世界を読み解く
一冊の本

オーウェル

一九八四年

ディストピアを生き抜くために

川端康雄

慶應義塾大学出版会

「世界を読み解く一冊の本」

オーウェル

『一九八四年』

目　次

序

読んだことはないけれどなんとなく知っている、そういう本がある。原作を読まずに「アダプテーション」によって、すなわち映画やテレビドラマ、あるいは漫画に「脚色」されたかたちで読んだり視聴したりしているということもあるだろうし、あるいはそうした作品をいっさい見なくても、ちょくちょく名前を聞くのでなじんでいるという場合もある。

ジョージ・オーウェル（一九〇三－五〇）の小説『一九八四年』（一九四九）もおそらくそうした本のひとつで、もちろん刊行以来世界中の多くの人が原書で、あるいは翻訳で読んできたのであるにせよ、そうした読者をあわせたよりも何十倍、何百倍（あるいはもっと多く？）もの人が、『一九八四年』自体を読まずしてこの作品世界をある程度「知っている」のだと思う。じっさい、二〇〇九年にイギリスでおこなわれたある調査によると、『一九八四年』は「読んでないのに読んだふりをしている本」の第一位であったという（二位がトルストイの『戦争と平和』、三位がジェイムズ・ジョイスの『ユリシーズ』だったとのこと）[1]。

「オーウェル的（Orwellian）」という形容詞が英語辞書の見出し語に入って久しい。「ビッグ・ブラザー」という独裁者名はもとより、「真理省」、「ニュースピーク」、「二重思考（ダブルシンク）」、「テレスクリーン」といった、作品中に出てくるオーウェルの造語は、その後広く用いられて、全体主義体制や行きすぎた管理社会化への懸念を表明するときの常套句にさえなっている。「『一九八四年』的世界」という語句で共有できるイメージを私たちはたしかに有している。そういう点からして、『一九八四年』は世界を読み解く鍵となるテクストのひとつであることは間違いない。

　本書ではまず第Ⅰ部で、オーウェルがこの小説を構想し執筆した一九四〇年代のイギリスと世界の政治状況を確認しながら、『一九八四年』がどのように成立したか、また出版直後にいかなるインパクトを世界に与えたかを確認する。第Ⅱ部でテクストの中身に踏みこみ、物語世界の版図、階層秩序、主要人物の錯綜した（「愛」をふくむ）関係、語られる事物の象徴的含意の読解、政治と言語、歴史の改竄、プロール、監視社会、反ユダヤ主義といった関連するテーマに沿って「『一九八四年』的世界」の実相を見る。最後の第Ⅲ部では、物語られる世界の正統的教義（オーソドクシー）とナショナリズムの関わりを探究したうえで、この小説が問題化する人間性と非人間性、また政治と芸術の問題について検討する。

　オーウェルは一連のエッセイによってすぐれた英語散文の書き手として定評があるけれども、『一九八四年』の文章はそうしたエッセイ群ほどには味読されてこなかったように思われる。それはこの小説世界に描かれた近未来のロンドンの陰鬱な描写に圧迫感を覚えるからであるのかもしれない。しかし、この小説には人間社会とそこでの人びとの暮らしについてのポジティヴなヴィジョンが（作者自身の表現を借りるなら）「窓ガラスのような散文」[2]によって綴られている。ディストピア小説の代表作と目される本作品を読むのに、そうした側面に注意を払うのが大事であると筆者は感じている。

I 『一九八四年』はどのようにして書かれたか

1　ジュラ島のオーウェル

一九四八年一〇月二二日にオーウェルはスコットランドのジュラ島から出版者であるフレドリック・ウォーバーグ（一八九八－一九八一）に宛てて手紙を書いた。それを引用することから始めよう。

> 私の本はうまくいけば一一月初旬に完成の予定です。タイプライターでの清書作業は避けたいところです。一日の半分は寝ていなくてはならないのですが、ベッドでのタイプ打ちは難儀なものですから。カーボンコピーで写しを作らねばならず、これがまた面倒なのです。しかも長大な本ときている。優に一〇万語を超え、一二万五千語くらいになります。信じがたいほど粗い原稿で、説明しないとだれにも訳が分からないほどなので、お送りするのは無理です。むしろ熟練したタイピストに私が指示を与えれば簡単にできるでしょう。こちらに来てくれる人の心当たりがあれば、私から旅費と詳細な旅程表を送ります。タイピストに居心地よく滞在してもらえると思います。食料はいつでもたっぷりありますし、暖かい仕事部屋を確保できるように取り計らいます。
>
> 　この本に満足しているわけではありませんが、まったく不満足というわけでもありません。最初に着想を得たのは一九四三年でした。いいアイデアだと思うのですが、結核にやられて書いたのでなかったならば、もっとよい出来になったことでしょう。タイトルはまだはっきり決めていませんが、『一九八四年』と『ヨーロッパで最後の人間』のどちらにしようかと迷っているところです[1]。

この手紙の発信元住所は「アーガイル州ジュラ島、バーンヒル（Barnhill, Isle of Jura, Argyllshire）」と記されている。ジュラ島はスコットランド西岸沖のヘブリディーズ諸島にふくまれる島で、スコッチウィスキーの愛飲家であれば、島で唯一の蒸留所で製造されるシングルモルトの銘酒「アイル・オブ・ジュラ」でご存知だろう。バーンヒルはこの島の北部にある二階建ての農場住宅である。ここにオーウェルが移り住んだのは一九四六年春のことで、一九四七年暮れから半年ほど病気療養でここを離れ、四八年七月にもどってくるが、半年ほど住んでまた療養のため離れ、その後一年の闘病生活の末にロンドンで死去した。したがって、この島に住んだのはわずか二年半ほどの短い期間だった。だがオーウェル自身はここを仮住まいでなく終の棲家にするつもりだったようだ。健康が許せばそうして、『一九八四年』につづいてさらに何冊か長編小説をここで書いたことだろう。

このバーンヒルは文字どおりの僻地で、港がある南端とは反対の北端に近い。オーウェルの狙ったとおり、都会から簡単に行ける場所でない。ロンドンにいると日々のジャーナリズムの仕事に忙殺される。一九四五年夏に『動物農場』が刊行されベストセラー作家になって、さらに原稿の注文が増えた。オーウェルの評論やコラム記事には独特の味わいがあり、一九四五年以降に書いたものにはとりわけ珠玉の作品が多くある。だからそうしたエッセイを書くことが時間の無駄であったとは思えないが、しかし構想中の本――すなわち、私たちの主題である『一九八四年』――を書くためには、それは妨げになる。その小説を書き上げるために、六か月間ジャーナリズムの仕事を中断し、「電話がかかってこない場所」に移る、と友人のジェフリー・ゴーラー（一九〇五－八五）に宛てた一九四六年一月二二日付の手紙に書いている。[2] また同年四月一三日にイートン校時代の恩師S・F・ガウ（一八八六―一九七八）に宛てた手紙では、過去の二年間にわたり週に三本の小論を書き、その前にはBBC（英国放送協会）で「書棚一段分になるほどの駄文」を書きつづけたものだから、自分はますます「オレンジの絞りかす」のようになってきた、しかしそこから抜け出し、スコットランドの「電話もないし郵便もあまり来ない」場所に移るつもりだと伝えている。[3] オーウェル在住時の記録では、ロンドンからそこまで行くのに鉄道とフェリーを使って、優に二日かかったという。いまはそれほどまでではないにせよ、アクセスの悪いことには変わりない。

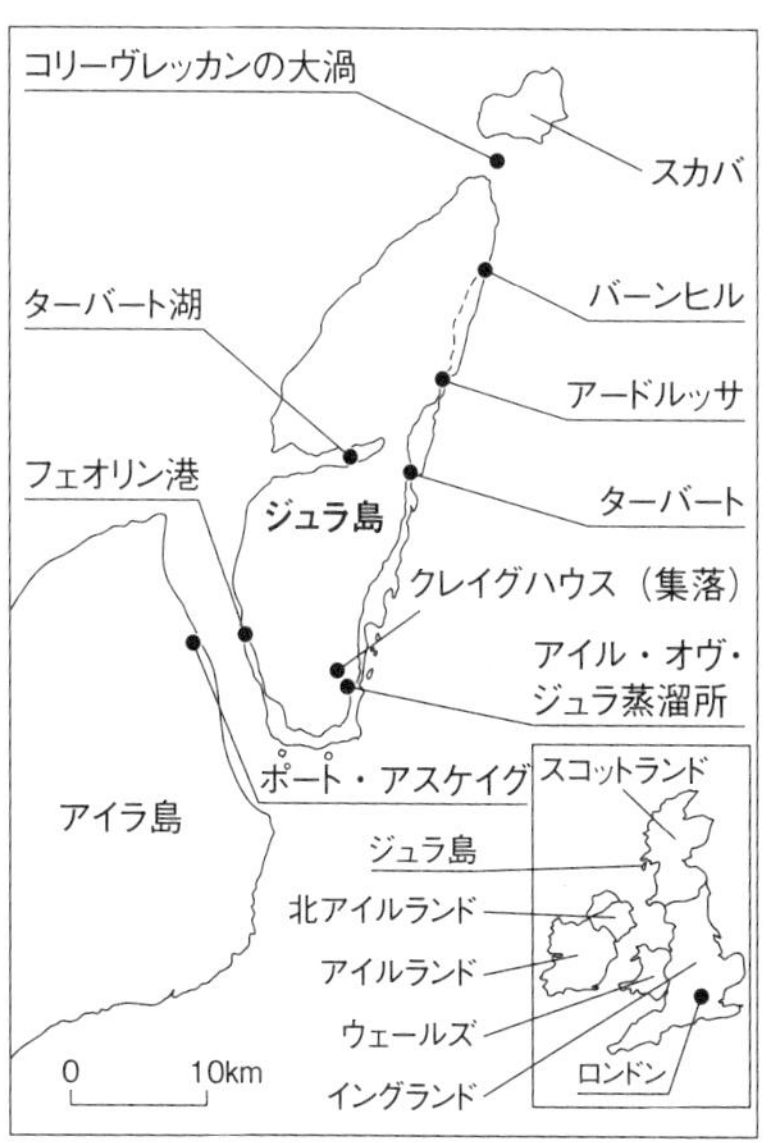

図I－1　ジュラ島地図

私がこの島を訪ねたのは二〇〇八年九月のことだった。[4] 当時在外研究中でイングランド北西部のランカスターに住んでいた私は、妻とともに車で向かった。インヴァレリー経由でキンタイア半島のケナクレイグまで下り、そこからフェリーで二時間かけてアイラ島のポート・アスケイグまで行き、さらにそこからジュラ島のフェオリン港まで乗り継いだ。そこから中心地クレイグハウス村まで車で二〇分。そこにたどり着いたところで夕刻となり、島唯一のホテル（ジュラ・ホテル）に投

図1－2　ジュラ島，バーンヒル（2008年筆者撮影）

宿した。ホテルの前面には海が臨め、裏手には「アイル・オブ・ジュラ」の蒸留所があり、豊潤な芳香が漂ってくる。

　隣り合うアイラ島とジュラ島は、面積はそう変わらないのだが、アイラ島が人口三〇〇〇人なのに対して、ジュラ島は二〇〇人にも満たない。翌朝、朝八時に宿を出て東海岸沿いの唯一の車道を北に一時間走らせて、行き止まりの地点（No Motor Vehicle という標識がある）で車を停め、途中鹿の群れや乳牛、各種の小鳥、鷲（稀少鳥類のゴールデン・イーグル）、それに花咲くヒースの野、ところどころに地肌を見せる泥炭（ピート）層などを眺めつつ、でこぼこ道を四マイル（六・四キロ）歩き、二時間ほどしてようやくバーンヒルにたどり着いた。オーウェルの住んだ農場住宅（ファームハウス）がそのまま残っている。

　いちばん近い隣家が七マイル（約一一キロ）南で、とにかく自身をジャーナリズムの世界（とその中心地のロンドン）と隔絶しようという意図からすれば恰好の場所といえる。電話がないのはもちろん、郵便配達は週に二便、しかも島に着いてからバーンヒルに届くまでさらに一日かかった。

　ここに妹のアヴリル・ブレア（一九〇八－七八）がロンドンから移り住みオーウェルの世話を焼いた。何人か友人たちも手伝いにきてくれる。しばらくして、一九四四年に養子にした幼子リチャードと家政婦のスーザン・ワトソンをロンドンから連れてきた（アヴリルとの確執のためまもなくスーザンは島を去ってしまうのだが）。日々の食料確保のため、海釣りをし、ロブスター捕獲のためのポットを沈め、ウサギを撃ち、畑を作り、果樹を植えた。ジュラ在住中の日記が残されているが、記載されているのはそうした戸外での作業（畑仕事、燃料用の泥炭掘り）が中心で、執筆のことは書かれていない。ラジオはあってニュースを聞いていたはずだが、時事的な話題も出てこない。むしろ鶏が産んだ卵の個数や、使用したガソリンの量、あるいは目撃した珍しい鳥、天候と海の荒れ具合を克明に記録している。例として一九四七年六月一八日の記載を引いておこう。

夜間にかなり雨が降った模様。今朝は濃い霧、午後二時頃晴れる。午後は日が照り、まずまずの暖かさ。ほぼ無風。

二回目のジャガイモの掘り出し。ビーツの間引き。果樹のあいだの草地の穴を芝草で埋める作業を開始。A〔妹のアヴリル〕は側面の庭の藺草（いぐさ）に塩素酸ナトリウムをかけた。ペポカボチャを間引いた。蔓薔薇が一株ほころんできた。林檎の木々に実がたくさん生（な）っているが、落ちずにいるのは当然多くないだろう。

大量の燃料洩れ（今日はまだましだったが）三パイント半。

水ガラス〔珪酸ソーダ水溶液。卵の保存用〕に入っている卵の数、九個。

〔今日採れた〕卵四個（〔累計〕六七個）[6]

ウォリントン村で暮らしていたときの「家事日記」と同様に、ジュラ島での日記も概ねこのような調子である。

せっかく育てた畑の野菜が鹿（ジュラ島にはたいへん多い）やウサギにやられたり、家畜が死んだり、苦労が絶えなかったが、健康であればここにずっといるつもりであったことは、ロンドンのフラットやウォリントン村のコテッジ（一九三六年から借りていた）の借家権を手放したことからも察せられる。息子もふくめ数人でコリーヴレッカン海峡（鳴門海峡のようなところ）をボートで渡っていたときに渦潮に流されて遭難しかかった出来事など、ジュラ島滞在時にはいろいろと興味深いエピソードがあるが、オーウェルの読者にとっては、なによりもここで『一九八四年』の主要部分を執筆し、完成させた場所であるということが特筆される。[7]

バーンヒルの住宅の二階の寝室にオーウェルはタイプライターを備え、そこで小説を書き進めた。『一九八四年』というタイトル自体はじつは完成後に決まったものであり、執筆の初期から脱稿まで、『ヨーロッパで最後の人間（*The Last Man in Europe*）』という仮題で書き進められたことはあまり知られていないことだろう。この仮題の含意については後で立ち返る。この寝室兼仕事部屋の窓は南南東にむいていて、海が真正面にのぞめる。その方角の五〇〇マイル（八〇〇キロメートル）先に大都市ロンドンがある。『一九八四年』においては、オセアニア国に統合されてイギリスという国名に取って変わった辺境（ボーダー・カントリー）の地域、「エアストリップ・ワン（滑走路一号）」の最大都市である。このようなロケーションでオーウェルが病身を押して、しかし良い季節には野趣に富む島暮らしに喜びを覚えつつ、小説を執筆していた姿を頭に思い描いておきたい。

2 『ヨーロッパで最後の人間』（仮題）の構想と執筆

『一九八四年』はどこからやってきたか——すなわち、何をもとにしてオーウェルはこの小説世界を構築したか、という問いに少なからぬ批評家、研究者が取り組んで来た。いわゆる「ソース」（典拠）についての調査・研究ということでいえば、シェイクスピアをはじめとする古典文学作家の作品であれば一大研究分野となっているが、現代文学作品ではそう多くはない。そのなかで『一九八四年』はかなり「ソース研究」がなされてきた作品であるといって間違いない（私もそうした先行研究に多くを負っている）[8]。

その場合の「ソース」とは、まずは彼が影響を受けた先行文献（文学作品をふくむ）ということになるだろうか。さらに拡大して考えるならば、著者が生きた時代の世界情勢（についての解釈）も「ソース」と見ることができるだろう。

これは作品そのものにオリジナリティが欠けていることを意味するわけではない。一人の天才が無から後世に長く残る傑作を創造するといった、ロマン主義的な創作観に立つのなら話は別だが、すでにある素材を取捨選択して用いつつ自身の物語を構築する、そこにむしろオリジナリティが発揮されるといってよい。

前節で引いたウォーバーグ宛の手紙でオーウェルは『一九八四年』の着想を最初に得たのが一九四三年だと述べていた。じつはこの着想の時期についても諸説あるのだが、オーウェルのこの証言にしたがって、時計の針を一九四三年にもどして、その時期からオーウェルの活動を確認しておこう。

ＢＢＣ勤務

第二次世界大戦の中盤にあたる一九四三年、オーウェルの主たる仕事はＢＢＣでの海外放送の番組制作だった。一九四一年八月以来、番組（当時のことなのでもちろんラジオ放送のみ）の制作助手として海外放送東洋部に所属して、インド向けの放送を手がけたのだった。担当した番組は文芸番組と戦況ニュース解説に大別され、オーウェルはその両者について放送台本を書き、出演者との折衝、打ち合わせ、そして本番に立ち会った。放送台本は長らくＢＢＣの資料室に埋もれていたが、およそ四〇年の時を経て研究者のＷ・Ｊ・ウェストがその多くを発掘して一九八四年に初めて活字にし、その後一九九八年にピーター・デイヴィソン編のオーウェル全集（第一五～一六巻）に収録された。

十代終わりから二十代前半にかけてのインド警察官としての勤務からおよそ二〇年をへていた。フリーランスのライターがＢＢＣで経験したのは戦時体制下での対外プロパガンダ、それに伴っての（自己）検閲であり、また放送局の官僚的な機構であった。二年三か月のあいだ同放送局に勤務したあと、一九四三年一一月に退職した。同年一二月九日にフィリップ・ラーヴ（一九〇八－七三年、米国のジャーナリスト、編集者）に宛てた手紙で彼は「ＢＢＣで無駄な二年間を過ごしたのちに退職しました」[9]と述べている。作家としての自身のキャリアにとって放送局勤務が妨げであったと感じていたようである。

もっとも、残されている放送台本を見るならば、文芸番組については『ヴォイス（声）』と題する詩の番組や、ジョナサン・スウィフト（一七六七－一八四五）を現代に甦らせてオーウェルと対話させる架空会見記など、中身の濃いものだし、「戦況ニュース解説」もヨーロッパでの連合国の対独伊戦、アジアでの対日戦とも目配りがきいている。[10]

そしてなによりも、「無駄に過ごした」と後悔の念を起こさせるネガティヴな経験こそが、『一九八四年』に生かされたのだといってよいだろう。すなわち、右で述べたプロパガンダ、（自己）検閲、そして官僚機構の直接経験である。

『動物農場』執筆と『トリビューン』紙の編集

BBCを退職したのとほぼ同時期にオーウェルは『動物農場』の執筆を開始している。一九四三年一一月、労働党左派系の『トリビューン』紙の文芸担当編集者となり、これがBBC勤務に代わる安定収入源となった。安定収入といっても、BBCでの報酬が年額で六四〇ポンド（円に換算して二〇二〇年代初頭の五〇〇万円ほど）だったのが、『トリビューン』での報酬は年額五〇〇ポンド程度（約三九〇万円）と推測される。これだけではロンドンで暮らすのに十分な額ではなかった。

収入源という言葉を使ったので、一言注記しておくと、オーウェルは一九二八年一月（当時二五歳）に約五年務めたインド帝国警察を退職してから作家の道に進んで以来、十分な収入を得ていたことはなく、とくに二〇年代末から三〇年代にかけてはかなり困窮していた。本当に金に困らなくなったのは一九四五年八月に『動物農場』がようやく刊行されてベストセラーとなり印税収入が急増してからのことである。

さて、『動物農場』は末尾に、「一九四三年一一月—一九四四年二月」と、オーウェル自身の手によって執筆の開始と脱稿の年月が明記されている。読者の多くはこの物語の最後に付されたこの日付に注意を払わないのではないかと思われるのだが(じっさい、米国版では省かれたし、日本語訳をふくめて翻訳版でも省略されることが多い)、第二次世界大戦中でソヴィエト(ソヴィエト社会主義共和国連邦、以下「ソ連」とも略記する)が連合国に参入した一九四一年六月以降(ソ連とドイツは大戦勃発の前月にあたる一九三九年八月に独ソ不可侵条約を締結していたが、一九四一年六月にドイツがその条約を破ってソ連に侵攻、独ソ戦となり、その結果ソ連は直後に連合国と連携することとなった)、イギリスの「味方」となっていたまさにその期間にオーウェルが「ソヴィエト神話の暴露」[11]を狙った動物寓話を執筆していたことの意義は大きい。一九四四年三月には『動物農場』をタイプライターで清書して出版社との交渉を始めたが、四つの出版社がこれを断った。主たる理由は戦時の同盟国であるソ連を批判した本であることで出版社が二の足を踏んだことだった。結局セッカー・アンド・ウォーバーグ社が引き受けることになったが、ようやく刊行されたのが一九四五年八月一七日、完成後およそ一年半が経過していて、このときには戦争が終わり、これから冷戦時代を迎えようとしている時期であった。[12]

『動物農場』の執筆開始の頃と同時に勤めだした『トリビューン』紙について言うなら、同紙は労働党の国会議員であるスタフォード・クリップス(一八八九-一九五二)とジョージ・ストラウス(一九〇一-九三)が資金を出して一九三七年に創刊したタブロイド判の週刊新聞である。のちに労働相となって国民保健サーヴィス(NHS)制度導入の最大の貢献者となるアナイリン・ベヴァン(一八九七-一九六〇)が編集担当理事の一人に入っていた。そしてBBCと比べるとはるかに高い自由度をもって編集にあたり、また自身で論説文や随想を多く寄稿した。とりわけ「気の向くままに(As I

Please)」と銘打った連載コラムは政局から日常生活のトピックまで多岐にわたる。一九四三年一二月三日号から連載を開始し、大戦末期の一九四五年二月下旬に一時中断するが、一九四六年一一月に再開、四七年四月初めまで、連載はあわせて八〇回におよぶ。一回につき三つの硬軟とりまぜた話題で書くのがパターンだった。連載タイトルのとおり、気兼ねすることなく自分の好きなように書くという方針を貫いた。とくに政治的な話題については、読者から反論や抗議の投書が寄せられて、それに対してオーウェルが再度反論をするということもよくあった。たとえば連載第三回（一九四三年一二月一七日号）では「当今政治的に幸福であるためには、動物以上の記憶力を持ってはならない」と述べたうえで、イギリス共産党系の「人民会議」の態度の変節を皮肉った文を書き、そのあとで読者との論戦が交わされたのだった[13]。

創作ノート「ヨーロッパで最後の人間」

ロンドン大学ユニヴァーシティ・コレッジ図書館のオーウェル・アーカイヴに所蔵されているオーウェルのノートブックのなかに、『一九八四年』のメモがあって、これは構想の初期段階のものと思われる。オーウェルの最初の公認の伝記を書いたバーナード・クリックは、これが「遅くとも一九四三年一月までに書かれた」と推測しているが、ピーター・デイヴィソンはそれよりもう少し後であった可能性を指摘している[14]。そのメモには『ヨーロッパで最後の人間』のために（For 'The Last Man in Europe'）」として、小説のキーワードと粗筋が記されている。まず以下のようにキーワードが箇条書きで列挙されている。

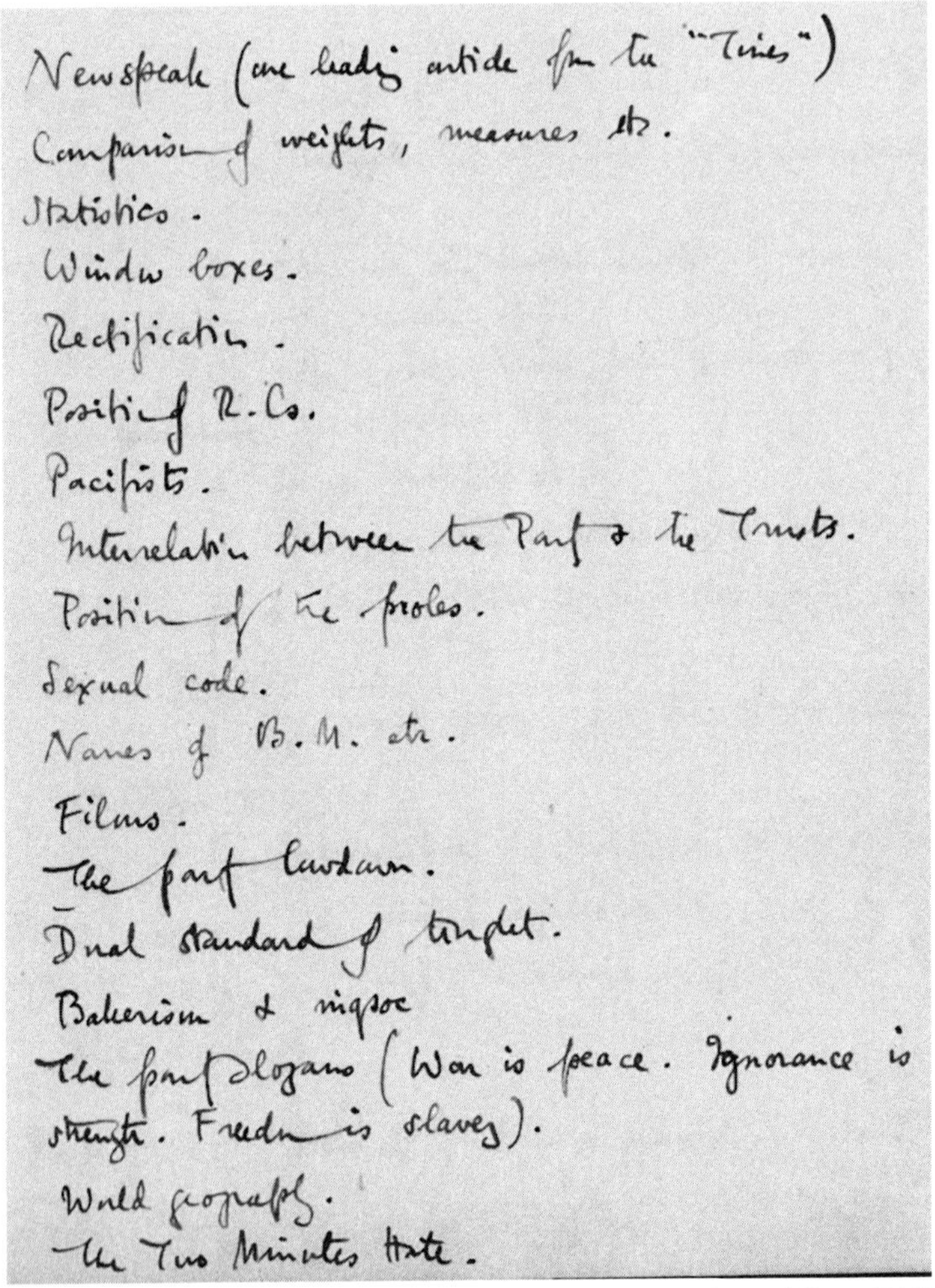

Newspeak (one leading article from the "Times")
Comparison of weights, measures etc.
Statistics.
Window boxes.
Rectification.
Position of R.Cs.
Pacifists.
Interrelation between the Party & the Trusts.
Position of the proles.
Sexual code.
Names of B.M. etc.
Films.
The party lowdown.
Dual standard of thought.
Bakerism & ingsoc
The party slogans (War is peace. Ignorance is strength. Freedom is slavery).
World geography.
The Two Minutes Hate.

図1－3　「『ヨーロッパで最後の人間』のための覚書」オーウェルのノートブックより（ロンドン大学 UCL 図書館所蔵）

導入されるべきもの

ニュースピーク（『タイムズ』からの社説ひとつ）
衡量（こうりょう）法、度量法などの比較。
統計。
ウィンドウ・ボックス〔窓台に置く植木箱〕。
修正。
RCs〔ローマ・カトリック教徒たち〕の地位。
平和主義者。
〈党（パーティ）〉と企業合同（トラスト）の相互関係。
プロールの地位。
性規範。
BM〔ブリティッシュ・ミュージアム〕などの名前。
映画。
党の内幕。
思考の二重基準。
ベイカー主義とイングソック
党のスローガン（戦争は平和。無知は力。自由は隷属）。

世界の地政図。
〈二分間憎悪〉[15]。

以上のメモのなかには「ニュースピーク」、「イングソック」、「二分間憎悪」といったキーワードがふくまれ、また「戦争は平和。無知は力。自由は隷属」という「党のスローガン」も記されている。これらはいずれも完成版の『一九八四年』に登場するものである。そしてこの創作ノートにはつぎのような粗筋が書かれている。

おおまかなレイアウトはつぎのとおり。
第一部　以下で構成――
a　社会の基礎となる組織化された嘘の体系。
b　その実践方法（記録その他の修正）。
c　客観的真実の消失に起因する悪夢の気分。
d　指導者崇拝など。
e　ベイカー主義とイングソックのペテン。
f　ライターの孤独。自分が最後の人間であるという気分。
g　プロール、キリスト教徒その他の曖昧な立場。
h　反ユダヤ主義（また戦争の恐るべき残酷さなど）。

i　ライターはXとYに接近。
j　Yとの情事の短い幕間。

第二部

a　イースタシアへの宣戦布告。
b　逮捕と拷問。
c　日記の継続、このときは筆記せずに。
d　最終的な失敗の意識。

すべて長い章なので、レイアウトをもっと正確に記すなら以下のようになるだろうか。

第一部は六つのパートに分ける——

i　嘘、憎悪、残虐、孤独。X
ii　ロンドンの映像、ベイカー主義のペテン。X
iii　〔二回〕ファンタズマゴリックな効果、〔記録文書の〕修正、日付の変更など。自身の正気への疑念。X
iv　プロールの地位など。
v　XとYへの接近に成功。
vi　Yとの情事。Xとの会話。
〔以上で〕三万語〕

第二部は以下の三つの主要部分に分ける――

i （一万五千語）拷問と自白。X

ii （一万語）日記の継続、頭のなかでの。X

iii （五千語？）自身の正気の再確認。O

以下の疑問が醸し出すファンタズマゴリックな効果――

われわれは一九七四年にイースタシアと戦争をしていたのか？ われわれは一九七八年にユーラシアと戦争をしていたのか？ AとBとCは一九七六年に秘密会談に出席していたのか？ ほかのだれともおなじ記憶を認めることが不可能であること。プロールたちの非記憶（ノン・メモリー）。曖昧な答え。

以下によって生みだされる嘘と憎悪の効果――

映画、反ユダヤ主義プロパガンダの抜粋。放送。

〈二分間憎悪〉。敵のプロパガンダとそれに対するライターの反応。[16]

以上が『ヨーロッパで最後の人間』の筋書きメモである。主人公にはまだウィンストン・スミスという名は与えていないが（そういえば、ビッグ・ブラザーの名も、それらしき人物も出ていない）、「ライター（the writer）」と記しているのが注意を引く。日記を書くという反逆行為を遂行する人間という意味での「書き手」をまず表しているのだろうが、全体主義体制のなかでの「作家」がいかなる境遇に置かれるかという問いも込められているのかもしれない。XとYは『一九八四年』ではそれぞれオブライエン、ジュリアと命名されることになる。第一部でXとYに近づき、「Xとの会話」で主人公は支配体制への疑念を抱き、Yとの「情事」によって、その体制にさらなる反逆を試みる。第二部で逮捕され拷問を受け、主人公の敗北に至るというディストピア的なプロットがここにすでに示されているのがわかる。「ベイカー主義」[17]への言及など、最終形では使われなかった要素も散見されるものの、骨格部分については初期段階で固まっていたことが見て取れる。

『一九八四年』の執筆と病気

前述のようにオーウェルはこの新しい小説に集中するためにジュラ島に移った。魚採りや庭造り、家畜の飼育など、島での生活基盤を築く作業があったものの、一九四七年の五月までにある程度原稿を進め、出版者のフレドリック・ウォーバーグにこう書いている。

本の執筆はかなりよいスタートを切りました。草稿のほぼ三分の一が書けたはずですが、現時点では考えていたほどまでは進めていません。今年は一月ぐらいからずっと体調がひどくて（例によって胸です）、治りきっていないためです。ですが、精を出して、一〇月にここを去るときまでには草稿を終えているか、あるいはともかく峠は越していることでしょう。むろん草稿というのはつねに幽霊のようなごちゃまぜで、最終結果とはほとんど関係がないのですが、それでもその仕事の主要な部分なのです。それでももし一〇月までに草稿を終えたら、病気が悪化しないかぎりは一九四八年のかなり早い時点で本を仕上げられるはずです。書き上げる前に本の話をするのは好みませんが、お伝えしておきます。それは未来についての小説です。つまり、ある意味でフアンタジーなのですが、自然主義小説の形式によるものです。そのために執筆が厄介なのです――もちろん、未来を予想するだけの本であったら書くのはわりあい簡単なのでしょうが。（一九四七年五月三一日付）[18]

ここで病気が言及されているが、それは肺結核であった。一九四七年の夏は比較的体調はよく、執筆のかたわら菜園の仕事などに当たる余裕があったが、秋になるとかなり悪化し、一一月には激しい咳の発作があり、血痰を吐いた。起き上がれず、ベッドに臥せって執筆する日もあった。小説原稿は四七年夏にロンドンに住むタイピストのミランダ・ウッドのもとに送られて清書がなされて一〇月に初期形が仕上がったが、これは完成稿ではなく、さらなる加筆修正を必要とした。

結核療養のためオーウェルは同年の一二月二〇日にグラスゴウ近郊のイースト・キルブライドという町にある肺疾患専門のヘアマイアーズ病院に入院、当時はイギリスでは珍しかったストレプトマイシンの投薬を（アメリカから調達してもらって）受けるなどして治療にあたり、おそらくその効果が出て病状が多少改善、七か月の入院生活をへて一九四八年七月に退院、ジュラ島のバーンヒルにもどり、入院中の五月に小説の推敲作業に着手していたのを継続した。菜園や家畜のことが気になるが、体力的にも原稿執筆のためにもそちらに手間を割く余裕はなく、同居している妹のアヴリルやビル（ウィリアム）・ダン（一九四八年八月からバーンヒルに住み、オーウェルの没後にアヴリルと結婚）に野良仕事を任せて小説に集中する。同年一一月初めに加筆修正の作業を終えた。ただしその原稿は初期形のタイプ原稿に手書きで大幅な加除訂正を施したものであり、編集者に渡して入稿する前にタイプライターで清書する必要がある。それで本書の冒頭に引用したフレドリック・ウォーバーグ宛のオーウェルの手紙でのタイピストの斡旋依頼がなされたのだった。

だがこのように手を回しても僻地に来てくれるタイピストは確保できなかった。戦後の復興期にあたり、イギリス全体が労働力不足の時代であった。前年の夏にロンドンで作業をしてくれたウッドも海外に転居していて頼めなかった。そのためにオーウェルは自ら机に向かい、体調が悪くて起きていられないときはベッドのなかで、清書のためにタイプライターを叩くことになった。むろん手動である。しかも機械の調子があまりよくない。そんななかで無理を押して数週間根を詰めてタイプ打ちをつづけた。その際、印刷所への入稿用に加えて、カーボン紙を使って二枚の写しを取りながら進めた。その作業にあたっている最中の一一月一五日に、友人の作家アントニー・ポウエル（一九〇五－二〇〇〇）に宛てた手紙で彼はつぎのように書いている。

いま自分の小説をタイプライターで清書するといういやな仕事に取りかかっているところです。起きて机に向かっていると疲労困憊するので、タイプ打ちは長くはやれません。ロジャー・センハウスに速記者を見つけて二週間こちらに送ってくれるように頼んだのですが、むろんそんな短期間で人を雇うのはそう簡単ではありません。一九四七年の六月以来この小説に悪戦苦闘し、いまだにこんな取り散らかった原稿で、着想がよいのに台無しにしてしまっているとは、考えるのも恐ろしいことです。とはいえ、もちろん、私はそのあいだの七、八か月は重病でいたわけです。[19]

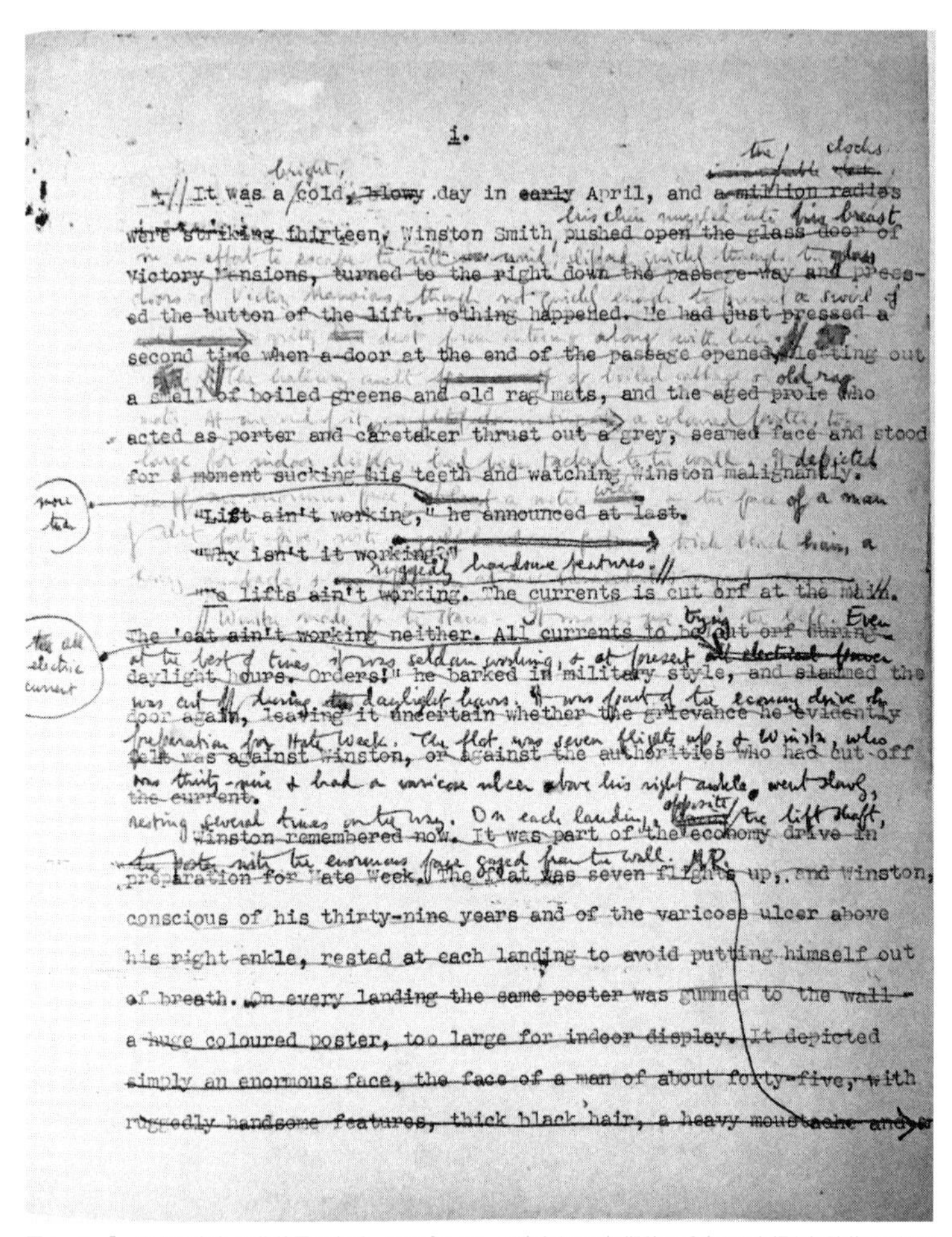

i.

It was a cold, blowy day in early April, and a million radios were striking thirteen. Winston Smith pushed open the glass door of Victory Mansions, turned to the right down the passage-way and pressed the button of the lift. Nothing happened. He had just pressed a second time when a door at the end of the passage opened, letting out a smell of boiled greens and old rag mats, and the aged prole who acted as porter and caretaker thrust out a grey, seamed face and stood for a moment sucking his teeth and watching Winston malignantly.

"Lift ain't working," he announced at last.

"Why isn't it working?"

"The lifts ain't working. The currents is cut off at the main. The 'eat ain't working neither. All currents to be cut off during daylight hours. Orders!" he barked in military style, and slammed the door again, leaving it uncertain whether the grievance he evidently felt was against Winston, or against the authorities who had cut off the current.

Winston remembered now. It was part of the economy drive in preparation for Hate Week. The flat was seven flights up, and Winston, conscious of his thirty-nine years and of the varicose ulcer above his right ankle, rested at each landing to avoid putting himself out of breath. On every landing the same poster was gummed to the wall — a huge coloured poster, too large for indoor display. It depicted simply an enormous face, the face of a man of about forty-five, with ruggedly handsome features, thick black hair, a heavy moustache and

図1－4　『一九八四年』の草稿冒頭部分．タイプライターで清書された初期稿に手書きで大幅な加除修正がなされている．（Orwell, *Nineteen Eighty-Four: The Facsimile of the Extant Manuscript*, Ed. Peter Davison. London: Secker & Warburg, 1984, p. 29.）

タイピングの作業をようやく終え、一二月四日までにオーウェルは自身の著作権代理人であるロジャー・センハウス（一九〇〇－六五）に郵送した。バーナード・クリックは、「彼のために秘書を見つけられていたら、あるいは彼が口述の機械を持っていたら、彼はもっと長生きしたかもしれない」[20]と記し、『一九八四年』の執筆作業、とくにその最終段階が彼の寿命を縮めたと示唆している。じっさい、『一九八四年』は無事に刊行の運びとなるが、このあと余命一年足らずで、一九五〇年一月にオーウェルは世を去ることになる。

3　『一九八四年』の刊行と出版直後の評価

版元のウォーバーグは送られてきた『一九八四年』のタイプ原稿を読み、これを気に入った旨を著者に手紙で伝えた。オーウェルは返信で「大きな売り上げが得られる本ではありませんが、まあ一万部は見込めるでしょう」（一九四八年一二月二一日付）と書いた。これはまったくの（過小の）見込み違いであったことが刊行後すぐに判明する。[21]ウォーバーグは社内での回覧の極秘文書（一九四八年一二月一三日付）として、小説の梗概およびコメントを記した。その冒頭で彼は「これは私がこれまでに読んだなかでもっとも恐ろしい本の部類に入る。スウィフトの残酷さが、人生を眺めてそれがさらにいっそう耐えがたいものになっていると思う後継者に手渡されている。〔……〕オーウェルはいかなる希望も持っていない。というか、少なくとも、読者に希望を――ゆらめくロウソクの炎ほどの希望さえも――持たせていない。ここにあるのは救われないペシミズムの研究である――ただし、『一九八四年』を着想できる人であれば、それを避ける意志を持つこともできるのではないかという一点では救いがあるのかもしれない」[22]と記している。

自らタイプを打ちながら完成原稿を仕上げたことで体力をほとんど消耗し尽くしたオーウェルは、一九四九年一月二日にジュラ島を永久に去り（本人はまたもどるつもりであったのだが）、英国西部の丘陵地コッツウォルズのクレイナム（グロースターシャー）のサナトリウムで療養生活に入った。その期間にセッカー・アンド・ウォーバーグ社による出版に向けての工程が進められ、著者校正も療養所でなされた。

さらにアメリカの出版社であるハーコート・ブレイス社が『一九八四年』に強い興味を示してきた。友人のリチャード・リース（一九〇〇―七〇）に宛てた一九四九年一月二八日付の手紙でオーウェルはこう書いた。


アメリカの出版社は拙著にかなり熱を上げているらしくて、ウォーバーグから校正刷りが送られるのを待たずに仕事を進めるつもりです。それはつまり校正刷りを二組見なければならないということです。たぶん大丈夫だとは思うのですが、万が一、私の体調が悪くて校正が満足にできないということになったら、代わりにやってもらえないでしょうか。新造語が多量にあるものだから、つまらぬ誤植がたっぷり出るのが目に見えているのです。それにアメリカの植字工は作者よりも自分のほうがわかっているとつねに思い込んでいるものだから、度し難いのです。出版社や代理人に校正を任せる気にはとうていなりません。それに対して、この原稿は信頼できます。原稿ではミスはほんのわずかのはず。この種の本では誤植を避けるのが肝心なのです。[23]

米国版の企画が言及されているのでこれについても補足しておきたい。ハーコート・ブレイス社は(当時)ニューヨークに本拠を置く出版社で、すでに一九四六年に『動物農場』の米国版の版元となっていた。オーウェルの著作権代理人のレナード・ムーアが『一九八四年』の版権交渉に当たった。表題については、ウォーバーグが一九四九年一月二一日にサナトリウムにオーウェルを訪ね、当初の『ヨーロッパで最後の人間』でなく『一九八四年』で行くこと、その場合、算用数字で *1984* とするのでなく *Nineteen Eighty-Four* と綴ることを確認したようである。年少の友人で作家のジュリアン・シモンズ(一九一二–一九四)に宛てた二月四日付の手紙では、「私の新しい本は、小説形式によるユートピアものです」と述べたうえで、「まだ正式決定ではありませんが、表題は『一九八四年』になると思います」[24]と告げている。ハーコート・ブレイス社はこの表題案を聞いて保留する意向を代理人をとおして伝えたようだが、オーウェル自身はこれには寛容で、「英国版と米国版で違う題名で出されても本を損なうことにはならないでしょう」[25]とムーアに書いている(一九四九年一月二二日付)。結局先方は英国版とおなじタイトルを採ることとなった。

『一九八四年』というタイトルの由来については諸説ある。よくいわれるのが、作品を仕上げた一九四八年の下二桁を逆にしたという説で、ジュリアン・シモンズはオーウェルからこれを直接聞いたと証言している。[26]だが本人がそういったとしても、それだけの理由だったのかどうかは疑問である。小説のはじめのほうでウィンストン・スミスは禁断の日記を「一九八四年四月四日」という記載で始めるのだが、初期草稿ではその年号はまずタイプライターで「一九八〇年」と記され、そこにブルーインクの手書きで「一九八二年」とされ、さらに下一桁の「二」が「四」に上書きされている。[27] 三五年ぐらいの近未来を想定して、執筆期間に物語の年代を微修正していることがわかる。米国の作家ジャック・ロンドン（一八七六－一九一六）の小説『鉄の踵』（一九〇七）のなかでファシズム的な「驚異都市（wonder-city）」のひとつアスガードは「ようやく一九八四年になって完成した」と記されている。[28] この小説はオーウェルが読み称賛していて、市民の顔をブーツで踏みつけるイメージとともに『一九八四年』の「ソース」のひとつと考えられており、タイトルもこれに触発されているとする説がある。さらに作家G・K・チェスタトン（一八七四－一九三六）の小説『ノッティング・ヒルのナポレオン』（一九〇四）で描かれる未来のロンドンが一九八四年に設定されていて、これを踏まえているのではないかと推測する論者もいる。[29] 他に、一九四五年に死去した彼の妻アイリーンが一九三四年に母校（サンダーランド教会高等女学校）の学校誌に「世紀の終わり――一九八四年（End of the Century, 1984）」と題するある種の暗い未来を予示した詩を寄稿しており、オーウェルはこれを踏まえているという比較的新しい説もある。[30] いずれも無関係とまでは断言できないが、確証はない。肝心なのは、おなじく『一九八四年』の「ソース」であるオルダス・ハクスリー（一八九四－一九六三）の『すばらしい新世界』（一九三二）とエヴゲーニイ・ザミャーチン（一八八四－一九三七）の『われら』（一九二〇－二一年執筆）がおよそ六〇〇年後のはるか未来に物語を設定しているのと違って、『一九八四年』は刊行時の読者の多くが生存中に迎えることが予想できる時期に物語を設定しているということだ。小野協一（一九二一－二〇〇二）の表現を借りれば、「断絶はないが現実べったりでもない、その不即不離のところ」[31] が、「ソース」よりも大事なポイントであろう。オーウェルの息子リチャードは一九四四年生まれで、主人公ウィンストン・スミスとほぼ同年代になる。息子が人生の半ばにさしかかったときの最悪の政治体制を頭に思い描いて小説を書いていた、そう考えてみてもいいだろう。

米国版の修正要求への拒否

表題は英国版とおなじということで決着したが、ハーコート・ブレイス社はさらに踏み込んだ修正案を出してきた。米国の「月間優良図書（Book of the Month）」の推薦書の一冊として出版する条件として、一部内容を削除するように求めてきたのである。どこを削除してほしかったのか。おそらくそれは、本文中にエマニュエル・ゴールドスタインの論文として挟み込まれた『寡頭制集産主義の理論と実践』および何章かの短縮、それに巻末に「附録」として附された「ニュースピークの原理」であったと推測される。米国で一九二六年に創設された「月間優良図書クラブ」は毎月五冊の新刊書を選定して会員に頒布する友の会(クラブ)であり、過去にはヘミングウェイの『日はまた昇る』（一九二六）やマーガレット・ミッチェルの『風と共に去りぬ』（一九三六）が選定されていた。有料会員は発足時に四千人であったのが、二〇年後には五五万人を超えるほどにまで増えていた。その選定委員が『一九八四年』を候補作とするのに際して、削除案を版元と代理人を介して示唆してきたというわけである。選定されると桁違いに売れる。ウォーバーグは「この選書に入ると〔当時の貨幣価値で〕少なくとも四万ポンドの収入になることをオーウェルは知っていたはずである」[32]と回想している。換算するといまの一億円ほどの金額になるだろうか。だがオーウェルはこれを断固として拒否した。三月一七日付の手紙でレナード・ムーアにこう書いている。

ロバート・ジルー〔ハーコート・ブレイス社の編集長、一九一四－二〇〇八〕からの手紙を受け取っておられるかと思います。その写しがこちらにも届きました。

そこで提案されているような変更と短縮には応じられません。それをしたらあの本の色合いがすっかり変わってしまうし、肝心なところのかなりの部分が削られてしまいます。私見ではそんなことをしたら物語がわけのわからぬものになってしまいます――選考委員は削るほうがよいという個所を読んでいるわけなので、それがわからないのでしょうが。五分の一、あるいは四分の一が削られて、切り詰めた幹に最後の章を接ぎ木したりしたら、本の構成が変であることが歴然とするでしょう。……私がこの提案を断ればハーコート・ブレイス社は失望するでしょう。貴兄も多額の手数料を失うのでしょう。ですが、長い目で見れば結局それをしたら経済的にも損になるのではないでしょうか。私の意向を先方にはっきりとお伝えいただけましたら幸甚です。[33]

このように、削除案の申し出を拒絶したのであったが、結果としては、削除しない完全版で刊行するという条件で「月間優良図書」に選定されたことを伝える電報が四月八日に届いた。リースへの同日の手紙でオーウェルは、「「美徳はそれ自体の報酬」だったか、「正直は最善の方針」だったか、どちらか忘れましたが、それが証明されたということになります。最終的にプラスという結果になるかどうかわかりませんが、とにかくこれで所得税の滞納分が払えそうです」[34]と書いている。

版元による前宣伝も精力的になされ、『一九八四年』は一九四九年六月にようやく刊行に至った。

英国版は六月八日にセッカー・アンド・ウォーバーグ社より、米国版は五日後の六月一三日にハーコート・ブレイス社より刊行された。価格と発行部数は英国版が一〇シリングで初版初刷りが二万五五七五部、一九五〇年三月に二刷五五七〇部、同年四月に三刷り五一五〇部、米国版は三ドルで初版初刷り二万部、翌年の六月までに五刷となり、一年間で合わせておよそ五万部出た。さらに「月間優良図書」の選書として一九四九年七月に出され、一九五二年三月までの二年八か月のあいだに併せて一九万部出た。[35] 英国版とは桁違いの売り上げを見せたわけであるが、これには事前の宣伝が功を奏したということもある。『月間優良図書クラブニューズ』の一九四九年八月号は「偉大な本は自ずと名を遂げる」と銘打ち、バートランド・ラッセル（一八七二－一九七〇）、アーサー・シュレジンジャー・ジュニア（一八八八－一九六五）らの推薦文を載せて、「われわれの世代のもっとも影響力のある本の一冊」であるという宣伝文句を繰り返したのだった。[36] ほかにカナダ版が米国版とほぼおなじ体裁で一九四九年に一万五千部刷られた。一九五〇年にはドイツ語版、フランス語版、日本語版など、翻訳も出始めている。ここで数多の刊本を列挙する余裕はないが、英語版と各国語版とを併せてオーウェルの著作でもっとも多くの部数が刊行されてきた作品であるということは論を俟たない。

図Ⅰ－５　『一九八四年』の初版（左：英国版，右：米国版）筆者撮影

出版直後の評価——冷戦初期の受容

『動物農場』の刊行ですでに著名な作家となっていたオーウェルであったので、『一九八四年』も刊行直後に多くの新聞雑誌で書評として取り上げられた。英国ではまず『タイムズ文芸附録』（一九四九年六月一〇日号）に書評が載った。主人公のウィンストン・スミスが拷問を受ける場面などに見られる「男子生徒風（スクールボーイッシュ）のセンセーショナリズム」が作品をいささか損なっていると指摘しながらも、「権力の本質と恐怖について真剣にかつ独創的なかたちで語った」作者に賛意を述べている。[37] これは匿名書評であったが、オーウェルはこれがジュリアン・シモンズの執筆であることをすぐに見抜き、感謝（と批判部分への弁明）の手紙を送っている。[38] イギリス共産党シンパの『ニュー・ステイツマン・アンド・ネイション』は編集長のキングズリー・マーティン（一八九七－一九六九）がスペイン内戦でオーウェルの記事を（ソ連批判をふくむという理由で）没にしたり、また前作『動物農場』を酷評したりするなど、オーウェルとは思想的に折り合いの悪い雑誌であったが、同誌に『一九八四年』の書評を書いたV・S・プリチェット（一九〇〇－九七）は、「これほど戦慄させ、また気を滅入らせる小説を読んだことがないが、独創的でサスペンスとスピード感にあふれる文章、また破壊的な憤怒の情をもたらすものなので、本を置くことができないほどである」[39]（一九四九年六月一八日号）と小説の力を認めている。

米国ではライオネル・トリリング（一九〇五－七五）、ダイアナ・トリリング（一九〇五－九六）、フィリップ・ラーヴといったいわゆる「ニューヨーク知識人」がそれぞれ刊行直後に書評を寄せた。それらは文学的価値に一定の留保をしつつも、政治的な著作としての意義を評価するものであった。左派でありながらソ連のスターリン体制に批判的である点でバランスの取れた評であったと言える。しかしソヴィエトの政治体制に同調する共産党系のメディアは英米いずれにおいても（またソ連本国でも）『一九八四年』に見られる「反ソ」的メッセージに強く反発した。『プラウダ』（ソ連共産党中央委員会機関紙）でI・アニシモフは「オーウェルの汚らわしい本は、これを〔要約で〕出した『リーダーズ・ダイジェスト』や、多くのイラストをつけてこれを紹介した『ライフ』のような主要な米国宣伝機関の精神に連なっているのは明らかである」[40]と断じている。

第二次世界大戦中の一九四一年六月のドイツ軍のソ連侵攻以来、ソ連は連合国軍に参入し、大きな犠牲を払って大戦の勝利に貢献した同盟国であったのだが、一九四五年八月の戦争終結直後から、米ソ関係は雲行きが怪しくなる。一九四六年三月、当時下野していたウィンストン・チャーチル（一八七四―一九六五年）がハリー・S・トルーマン大統領（一八八四―一九七二）に招かれて訪米し、「鉄のカーテン」の比喩を用いて東西両陣営の緊張関係に言及した。米ソ二大国を中心としたブロック化が急速に進み、両者が対峙しあう冷戦体制が加速する。一九四七年三月にはトルーマンがギリシア、トルコの共産主義化を防止するべく両国への経済・軍事援助を説く「トルーマン・ドクトリン」を打ち出す。また同年六月に西ヨーロッパの経済復興と経済統合を目指して「マーシャル・プラン」の実施を開始。一九四八年六月にはソ連によるベルリン封鎖（西ベルリンへの交通路を断って東ベルリンを完全封鎖）があった。一九四九年四月には米国主導で西側諸国の軍事同盟として北大西洋条約機構（NATO）を結成。一九四九年八月にソ連は原爆実験に成功。米ソの核兵器増強競争が以後進む。

『一九八四年』がこうした冷戦体制初期の（少なくともベルリン封鎖までの）世界情勢にある程度反

図1－6　『ライフ』誌の特集記事「1984年の奇妙な世界」1949年7月4日号

応して書かれたのと同時に、読者もこの状況をふまえて小説を読んだのだといえる。もっとも、共産圏では公衆が『一九八四年』を読む機会はほとんどなかった。実質上禁書となっていたからである。一九五九年にソヴィエト共産党の思想部門がロシア語版を作らせたが、これは情報収集の一環として関係者だけが見る資料であり、この小説がソ連で解禁となるのはペレストロイカが進行した一九八八年、一九九一年にソ連が解体する三年前のことであった[41]。

逆に、冷戦のもう一方の陣営、とりわけ米国政府は、『一九八四年』を前作の『動物農場』と併せて反共宣伝の材料として利用しはじめた。先ほど見た『プラウダ』の『一九八四年』批判（というか罵倒）は、小説の完全版をふまえたものでなく、『ライフ』の内容紹介と『リーダーズ・ダイジェスト』の要約に反応した評であったように思われる。いずれも、小説をまとめる際の作品の切り取り方は「反ソ・反共小説」としての単線的な小説解釈であった。『ライフ』誌によれば、オーウェルはスペイン内戦の経験で「共産主義者たちが何をもくろんでいるかを直に目撃し、それ以来、自由主義と体制を混同してしまうならいかなる運命が待ち構えているかを世界に警告するために彼の才能のすべてを捧げている」[42]という。『エコノミスト』や『ウォール・ストリート・ジャーナル』などでも『一九八四年』

の単純な解釈は同工異曲である。その要約に乗って『プラウダ』も反発しているわけである。小説中の「イングソック（Ingsoc）」という語の使用について、これはイギリス労働党および社会主義全般を攻撃したものだとする解釈が『ニューヨーク・デイリー・ニューズ』によって示されたことに対して、それを否認する声明文が『ライフ』（一九四九年七月二〇日号）と『ニューヨーク・タイムズ・ブック・レヴュー』（同年七月三十一日号）に発表された。いずれも全米自動車労働組合幹部のフランシス・A・ヘンソンに送った声明文をアレンジしたものである（二紙でほぼ同文だが若干異同がある）。その声明文でオーウェルはこう述べている。

> 私の最近作の小説は社会主義やイギリス労働党の攻撃を図ったものではなく（私は同党の支持者です）、中央集権的経済が陥りやすい誤謬、すでに共産主義やファシズムにおいて部分的に実現している誤謬を暴露しようとしたものです。私が描いたたぐいの社会がかならず現れるだろうとは思いませんが、（もちろんあの本が諷刺であるという事実を考慮してのことですが）あれに似たようなものが出現しうると私は確信しています。私はまた、全体主義的な思想がすでにどこでも知識人の頭のなかに根を張っていると確信しており、こういう思想が論理的帰結としてどうなるかを見ようとしたのです。本の舞台をイギリスに置いたのは、英語を話す種族といえども、生まれながらにして他の人間よりまさっているというわけではなく、全体主義というものは、それに対抗して戦わないでおけば、どこででも勝利を収めることがある、という点を強調したかったからなのです。[43]

ここでイギリスの政治状況を見ておくなら、一九四五年六月に総選挙で労働党が大勝利を収めて以来、党首クレメント・アトリー（一八八三－一九六七）を首班とする労働党政権がつづいていた。保守党が政権を奪還するのは一九五一年暮れのことなので、オーウェルの晩年（そして『一九八四年』の執筆期間と刊行直後）は労働党の時代なのであった。アトリー政権は一九四七年には石炭、電信・電話、四八年には鉄道、電力、ガスの国有化を実現し、さらに国民保健サーヴィス（ＮＨＳ）制度を発足、福祉国家の体制を整備した。ＮＨＳは七〇有余年をへて（政権によってその意義に消極的なこともあったが）いまなおイギリスの福祉政策の土台として生きつづけており、これひとつを実現しただけでも、アトリーは（チャーチルと比べると人気は落ちるものの）イギリス歴代の首相のなかでも高く評価されてしかるべきであろう。[44] だが、このような政策を実現していった一方で、一九四〇年代後半はイギリス現代史において「窮乏の時代（the Age of Austerity）」と称されるように、食料や生活必需品の配給制が戦時から引きつづき、というかむしろ戦後になってより厳しくなり、一般庶民に生活上の多大な負担を強いることになった。さらには、国家・官僚主導の統制経済のなかで体制への順応を強いる動きが強まっているように思われた。冷戦の初期段階にあって、労働党政権は一九四六年に原子力研究所を設立、原爆の開発に着手し、オーウェル没後の一九五二年に保守党政権はイギリスの最初の原爆実験を実行している。

オーウェルが『一九八四年』について、社会主義やイギリス労働党への「攻撃を図ったものでは」ないという声明を発したのは、同作品が狙う批判の標的が狭く限定されることを望まなかったためであろう。「私はその〔イギリス労働党の〕支持者です」という言葉も文字どおりに解してよい。なにしろ彼は、一九四三年一一月から四五年二月まで労働党系新聞『トリビューン』の文芸編集長を務め、アナイリン・ベヴァンら労働党左派の政策に賛同していたのだから。じっさい、一九四〇年代後半にオーウェルはつぎの選挙で政権交代がなされて保守党政権となることを憂いており、その恐れを表明していた。[45] この点を押さえたうえで、労働党の支持者として、しかしその政策を全面的に肯定するというのでなく、戦後イギリスでの労働党政権の進めた国家主導型社会主義政策に対してオーウェルが懸念を抱いていたこと、そこに萌芽としてある全体主義思想が最悪のかたちに至れば、イギリスでも自分の描いた悪夢の世界が出来することを警告していたということはいえるだろう。端的にいえば、イギリス労働党についてオーウェルが不満を覚えていたのは、それが彼の信奉する民主的社会主義の理念と実践に達していないと思えるところにあったと考えられるのである。

　だがアメリカでの初期の『一九八四年』受容の主流となったのは、イギリス労働党というよりは、もっぱらソヴィエト型共産主義を批判的に描いた小説という、ほとんど逐語的ともいえる限定的な読み方であった。これにはアメリカ政府のプロパガンダが大いに寄与した。小説の刊行からおよそ七か月をへた一九五〇年一月二一日の未明に、オーウェルはロンドン大学ユニヴァーシティ・コレッジ病院で大量の喀血ののちに死去した。享年四六であった。作者自身が反対声明を出す機会がもはやなくなったこともあり、一九四五年の『動物農場』刊行後に徐々に作られていった「反ソ・反共作家」としてのオーウェル像が一九五〇年代によりいっそう強化されてゆく。彼の「民主的社会主義者」の信条は隠され、冷戦下における西側すなわち資本主義陣営の正統的教義の擁護者としてオーウェルを祭り上げる傾向が高まった。

米国政府はオーウェルの本を三〇か国以上の言語に翻訳し配布するための資金援助をおこなった。一九五一年に米国国務省で作成された内部資料「国務省の反共闘争における書物の関与」（同状）では、『動物農場』と『一九八四年』が「共産主義への心理戦という面で国務省にとって大きな価値を有してきた」と指摘し、「その心理的な価値ゆえに、国務省は公然と、あるいは内密に、翻訳の資金援助をすることが正当であると感じてきた」[46]と記されている。

日本における『一九八四年』の初期の受容

日本でのオーウェルの紹介はこのような文脈でなされた。GHQ（連合国軍最高司令官総司令部。実質上は米軍が主導）の統制下で敗戦後の日本は外国文献の新規翻訳が凍結されていたのだったが、一九四九年にGHQの認可を受けた「第一回翻訳許可書」の一冊として『アニマルファーム』（永島啓輔訳、大阪教育図書）が刊行された。そして『一九八四年』も原作刊行の翌年の一九五〇年に最初の邦訳が出ている。吉田健一・龍口直太郎共訳、文藝春秋新社、「昭和二十五年四月二十日発行」と奥付にある。また題扉の裏には「総司令部民同〔ママ〕情報局第十回翻訳権の許可書」（「同」は「間」の誤植）と記されている。原書刊行からわずか一〇か月後に翻訳刊行されたわけであり、すぐれた訳者二人の共訳とはいえ、相当に翻訳作業を急いだことが伺われる。

日本での『一九八四年』への初期の批評としては、寺田透（一九一五－九五）の『二十五時』と『一九八四年』――あるいは、わがヴァレリー」（一九五一）が特筆される。同時期に翻訳刊行された

C・V・ゲオルギウ『二十五時』（河盛好蔵訳、筑摩書房）と『一九八四年』をヴァレリーの精神に関する省察に依拠しつつ、『一九八四年』を「戦時あるいは準戦時の政治経済体制のもとにある一個の人間の一様に抱いた確実な経験を、それをともに経験したものの沈著（ママ）さをもって、篩いわけ、作品のなかで拡大し、深めたところに生まれた」作品として高く評価している。[47] また『一九八四年』の訳者の一人吉田健一（一九一二―七七）は一九五一年に発表した「裏返しにされたユトオピア文学」と題する評論で、オーウェルが「純粋に全体主義的な国家の設計に専念」し「この世界を設定する仕事に打ち込めば打ち込む程、全体主義に背を向けた彼の存在は確立されて行く。人間性の勝ちだ、と彼が自信を籠めて断言してゐるのも同様である。しかも我々はそれだけの言葉を、彼を措いて現代のどの作家に聞くことが出来ただらうか」と称賛している。[48]『一九八四年』邦訳版の冒頭に附された訳者解説は二人の共訳者、吉田、龍口のどちらの文なのか（あるいは共著なのか）不明だが、その終わり近くで「全体主義的圧迫をそう感じてこなかつたはずのイギリス人でさえ個人の自由のためにかくまで闘おうと考えている。われわれ日本人がこの問題をそれほど痛切に感じないのは、個人の自由――わけても思想と感情の自由の喜びと尊さを知らないためなのであろうか？」[49] と、日本における戦前戦中の（さらにまた戦後の占領下もふくむのかもしれぬが）「全体主義的圧迫」に言及して、読者にとってこの小説世界がアクチュアルなものであることを示唆している。

右に挙げた三つの『一九八四年』論評は、冷戦体制でのおそらく米国政府主導によって同書が翻訳刊行を奨励され助成されたという出版事情にもかかわらず、「反ソ・反共小説」という狭い見方にとらわれておらず、オーウェル受容の初期段階でのすぐれた導入であったと思う。だが、米国での、狭陰で逐語的な『一九八四年』の読み方が日本にも強く作用したといってよい。トム・ホプキンソン（一九〇五－九〇）による小冊子の評伝『ジョージ・オーウェル』（一九五六）の「はしがき」で訳者の平野敬一（一九二四－二〇〇七）は、当時ソ連訪問から帰国してまもない石川達三（一九〇五－八五）が『一九八四年』のオーウェルについて「大変なデマゴーグである」と断言したのに対して、これを「たいへんな見当ちがい」であり、「オーウェルほどデマゴーギズムを憎悪し、果敢にそれと闘ってきた作家はほとんど例がない」と反論した。「これは虚心にオーウェルの書いたもの（とくにその諸エッセイ）を読めばわかること。自分の目で見、自分の耳できき、自分の心でたしかめることをあれほど真摯に実行してきた人間が、なんでデマゴーグであるものか」と、当時文壇のリベラル派と目されていた石川のオーウェル評を否定したうえで、「石川氏のばあいがそうだというわけではないが、マトモに読みもせずに、もっぱら自分の政治的偏見ないし好悪からオーウェルを評価する、という例はじつにおおい――否定するばあいでも肯定するばあいでも」と概嘆している。[50]

「マトモに読みもせずに、もっぱら自分の政治的偏見ないし好悪からオーウェルを評価する」――平野はいち早くそのような傾向に苦言を呈したのであったが、刊行後七〇年あまりにわたるオーウェルと『一九八四年』の「評価」の数々を振り返ってみるなら、その傾向はずっとつづいてきたように思われる。

そこで、本書は先人の平野の忠告に従って、以下の章では『一九八四年』を「マトモ」に読むことを試みていきたい。この小説を読むにはさまざまなアプローチがありうるが、まずは物語世界の大枠について見ていこう。

Ⅱ　何を書いたのか

1 「窮乏の時代」とオセアニア国の表象

『一九八四年』は主人公のウィンストン・スミスが自分の住居にもどる場面から始まる。その冒頭部分をまず読んでみよう。

> 四月のある晴れた寒い日のこと、時計が一三時を打っていた。ウィンストン・スミスは、いやな風を避けようと顎を胸に埋めたまま、ヴィクトリー・マンションズのガラスドアをすばやく通り抜けた。もっとも、一陣の砂ぼこりがいっしょに入り込んでしまうのを防げるほどすばやくではなかったのだが。
>
> 玄関ホールは茹でキャベツと古いラグマットの臭いがした。突き当たりには、室内に貼るのには大きすぎる色刷りのポスターが壁に画鋲で留めてある。巨大な顔が描かれているだけのもので、幅が一メートル以上もあった。それは四五歳ぐらいの男の顔で、黒々とした口ひげを生やし、精悍で整った顔立ちをしていた。ウィンストンは階段のほうに向かった。エレベーターを試しても仕方がない。いちばんよい時でもめったに動いていないし、いま現在は、日中の時間、電気が止められている。これは〈憎悪週間〉の準備のための節約キャンペーンの一環だ。フラットは七階にある。三九歳で右のくるぶしに静脈瘤性潰瘍ができているウィンストンは、途中何度か休みながら、ゆっくりと階段をのぼっていった。各階の踊り場では、エレベーターの向かいの壁から巨大な顔のポスターがにらんでいる。自分が動くときに目が追いかけてくるように考案された絵の

ひとつだった。〈ビッグ・ブラザーがあなたを見ている〉、絵の下にそう書いてあった。[1]（3.七―八）

『一九八四年』が刊行されて七〇年以上が過ぎた。その間、世界各地の読者はそれぞれに異なる時代状況のなかでこれを読んできたのだろう。冷戦期には、ソヴィエトおよびその勢力圏にある東欧諸国ではこれは概ね禁書扱いで、地下文書として読んだ読者にはいっそう切実な思いを掻き立てたことであろう。世界各地で出現した、またいまも各地に存在する独裁国家でも、これを入手できて読めた読者は七〇年前の作家の先見の明に驚きを覚えたことだろう。さらに、先進国で情報化社会に向かう急激な変化に対する懸念を表明するのにこの本を参照することも一九七〇年代あたりから増えてきた。それぞれの状況に身を置いて読むに堪える、そうした古典としての力を備えている作品であり、そうした受容史も別途議論するに値する重要な問題であるのは確かである。

だがその一方で、仮に一九四九年という出版当時にイギリス人の読者であればこの描写をどのように感じたか、ということを推測してみるのも無駄ではない。それはオーウェル自身が想定した読者と重なるように思われるからだ。あらかじめ『一九八四年』というタイトルを見てこれを読みはじめた読者は、三五年後の世界の描写が意外にも自分の見慣れた光景であるということ、それでありながら異質な要素が混じり込んでいるということに印象づけられたのではないだろうか。つまり、同時代人にとってのこの物語世界の、「近接性」と「異質性」という問題である。

「近接性」――「しょぼい」ロンドン

まず「近接性」から考えてみよう。ウィンストン・スミスのいる一九八四年のロンドンは、一九四〇年代後半の国民の窮乏状態がそのまま持ち込まれているように見える。前述のように、イギリスは第二次世界大戦で連合国の一員として戦勝国となったにもかかわらず、国民の大半は窮乏生活を余儀なくされた。戦時中の配給制は戦後もしばらくつづき、むしろ戦時中よりも強化された。パンは一九四六年から三年間配給制の対象とされた。「イギリス祭」が開催された一九五一年あたりが転換期で、それ以後徐々に国民の暮らしは上向いていくのだが、それでも小麦粉、卵、石鹸の配給制が解除されたのは一九五三年、チーズと牛肉は一九五四年、牛乳は一九五六年まで解除できなかった。イギリス国民は通常は馬肉を食べないのだが、この期間は馬肉さえ口にした。まさしく「窮乏の時代（the Age of Austerity）」という名が冠せられている時代であった。[2]

オーウェル自身、物資不足に苦しめられた。ジュラ島から一九四六年一〇月中旬に一度ロンドンのフラット（北東部のキャノンベリー・スクエア）にもどっていたのだが、あいにく四六年から翌年にかけてのイギリスの冬は記録的な厳寒で、四七年一月に大雪で交通網が麻痺したことから石炭供給に支障が生じ、国策として家庭での一日五時間の計画停電が実施された。『動物農場』の世界的ヒットにより、オーウェルの収入は増えてはいたものの、食糧や燃料の入手はままならず、石炭不足のため、養子リチャードのために作ってあった木製のおもちゃを薪にして暖を取ったという証言まである。[3] 小説の出だしの第二段落で、電気を止められていてエレベーターが停止しているため上階のフラットまで歩いて階段をのぼらなければならないというのは、この時期のイギリス国民（とくにロンドン市民）

の大半が経験していた現実だった。ちなみにウィンストン・スミスの住居は、オーウェル夫妻が戦時中に住んでいたセント・ジョンズ・ウッド、アビー・ロードの住居（ラングフォード・コート一一一番地）を思わせる。夫妻はそこの最上階の七階（！）に一九四一年四月から翌年夏まで住んでいたのだった。

『一九八四年』のロンドンは、たとえばオルダス・ハクスリーの『すばらしい新世界』のような未来図と比べると、なんとも「しょぼい」世界だという印象を与えるだろう。しかしその「しょぼさ」は、一九四九年当時のイギリスの（特権層でない）読者からするなら、自分たちの置かれた状況によく似たものであったと思えたに違いない。ヴィクトリー・マンションズの玄関ホールに漂っている「茹でキャベツと古いラグマットの臭い」がさらにその印象を強めている。このうち、「茹でキャベツ」というのは、オーウェルがイギリス料理を扱ったエッセイのなかで否定的に言及しているものだ。外国人から見て概して評判の悪いイギリス料理について、オーウェルはむしろ擁護派なのであるが、野菜の調理法については辛口で、どんな野菜でも単純に煮てすませてしまっていると述べ、その代表格として茹でキャベツを挙げている。[4] これが一九八四年のロンドンの「しょぼさ」を強調する一要素として使われているのである。建物もヴィクトリー・マンションズ＝勝利邸という名前だけは豪勢だが（恒久的な戦争状態であることを反映してなにかと「勝利」の名前を冠するところなどはオセアニア国風だが）、[5] 一九三〇年頃に立てられた築五〇年たつビルで、ぱっとしない集合住宅だ。がたがきていて、天井や壁面から漆喰が頻繁に剝がれ落ち、寒さで凍結すれば水道管が破裂する。雪が降ると屋根は水漏れする。電気が通っていても暖房は節約のため半分しか稼働しない（22–23. 三五）。「しょぼい」ロンドンという一点で、物語世界の一九八四年と、現実の一九四〇年代後半のロンドンは非常に近接している。同時代でありながら総じて経済状態が段違いによいアメリカの読者には、この類似はなかなか想像がつかなかったことだろう。むしろ日本人読者のほうが想像がつきやすかったのではないか。

物資の乏しさ、生活水準の低さは物語が進んでゆくなかでさらに強調される。オセアニア国の行政を司る四つの省のひとつで経済を扱う豊富省（ミニプレンティ）は、もろもろの生活必需品が日増しに増産されているという宣伝をおこなっているにもかかわらず、プロールはもちろん、ウィンストンら〈党外核（アウター・パーティ）〉のメンバーも、恒常的に生活必需品に事欠いている。ひげそり用の剃刀の刃が入手困難になっている。「ここ数ヶ月剃刀の刃は品不足だった。どんなときでも、〈党〉公認の店が供給できない生活必需品が何かしらあるのだった。ボタンがないときもあれば、繕い用の毛糸がないときもある、また靴紐が不足することもあった。いまは剃刀の刃がないのだった。手に入れようとするなら、「自由」市場に出向いて多少なりともこっそりとせしめてくるしかなかった」（51–52. 七七）。「窮乏の時代」が三六年後も継続し、さらに悪化しているという暗い図である。

さらに、小説世界のロンドンは第二次世界大戦の記憶も反映されている。三つの超大国オセアニア、ユーラシア、イースタシアがいずれも核武装し、オセアニア国は物語開始の時点ではユーラシアと交戦状態にある。ロケット爆弾がロンドン市内のどこかに頻繁に落ち、死傷者も必ず出るが（ウィンストンも危ない目に会う）、敵国に決定的に攻め込まれることはない。その空襲にしても、「電撃爆撃（ブリッツ）(the Blitz)」と呼ばれる大戦中のドイツ空軍によるロンドンその他のイギリス各都市への空襲、およびミサイル攻撃の経験と地続きであるといってよい。これも刊行時のイギリス人読者の近過去の生々しい恐怖の記憶を喚起させるものであったろう。[6]

「異質性」――時計の「一三時」と「一メートル」のポスター

では、「異質性」はどうであろうか。物語の出だしの一文「時計が一三時を打っていた」という表現がまずそれにあたる。物語のあとのほうでこの「時計」の音はテレスクリーンから出るものであることが知らされるのだが、とにかく「平時」の時計ではない。現代の私たちであれば、時間の呼び方で「一三時」の使用はめずらしくないだろう。人と会ったり、会合の案内などで一三時、一五時、一九時など、当たり前のように使うようになっているが、一九四九年当時のイギリスでは(日本でもそうだが)当たり前ではなかった。少なくとも市民の生活の場では一二時間制が標準であったわけであり、そのなかで二四時間制は「軍事時間(ミリタリー・タイム)」として際立つ。イギリスでは第一次世界大戦中に英国海軍が二四時間制を採用し、その後軍隊全体に普及、第二次世界大戦中もそれが標準だった。それ以外では国、あるいはBBCなどが二四時間制を民間に導入しようとする動きがあったものの、少なくともオーウェルの生前はこれが一般的になったことはない。そういうわけで、一二時間制が当たり前の一九四九年当時の読者にとって、この書き出しからして、すでに「平時」でないこと、つまり国民全体が特殊な「戦時体制」に置かれているということを印象づける数え方(軍事時間)だということになる。

なお、オーウェルの小説では出だしに時間を示すことが多いことも付言しておこう。「パリ、コックドール、午前七時」(『パリ・ロンドン放浪記』)、「上ビルマ、チャウタダの治安判事補ウ・ポ・チンは自宅ベランダに座っていた。まだ八時半であったが、四月なので蒸し暑く、息が詰まるような長い日中が予想された」(『ビルマの日々』)。「引き出しの目覚まし時計が鐘青銅(しょうせいどう)の恐ろしい小型爆弾のように爆発すると[……]」(『牧師の娘』)、「時計が二時半を打った」(『葉蘭をそよがせよ』)。「じつを言うと、その考えがおれの頭に浮かんだのは、新しい入れ歯を受け取った日のことだった。／その朝のことはよく覚えている。八時半だった」(『空気をもとめて』)。悪く言うとワンパターンだが、いま述べたように、「一三時」という表現だけで他の小説世界とは異質であることが示されていると見てよい。[7]

冒頭部分では早くもビッグ・ブラザーが言及され、そのポスターがウィンストンの住む集合住宅の各階に貼られていることが強調されているが、そのポスターが「幅一メートル以上」あるという表現も、先ほどの「一三時」と同様に一九四九年のイギリス人読者にとっては「ふつう」ではないことに注意すべきである。いや、刊行当時にかぎらず、イギリスでの長さの単位は古来インチ、フィート、ヤード、マイルを使う。センチ(メートル)、メートル、キロ(メートル)は使わないのである。ところがオセアニア国ではメートル法になっていることが冒頭からわかる。これもメートル法が標準になっている現代の日本人ではたいてい見逃してしまう点であろう。だから、イギリスでは(いや、この点では米国ほか英語圏も概ね同様だが)一九四九年当時もまたいま現在でも、長さの単位はイギリス人読者に大いに違和感を覚えさせるはずの細部なのである。ひとつこれに関わるエピソードを紹介するなら、コッツウォルズの療養所で『一九八四年』の米国版の校正に当たっていたオーウェルは、セッカー・アンド・ウォーバーグ社の共同所有者であるロジャー・センハウスに宛てて、米国版の版元であるハーコート・ブレイス社が原稿を間違いだと思い込んで勝手に直してしまうことについて苦情を言っている。

残念ながら、ハーコート・ブレイスと大きな戦いになりそうです。本の全編をとおしてメートル法の長さをマイルやヤードなどに変えたがっていて、じっさい、校正刷りでそうしてしまっているのです。これは重大な間違いというものです。すでに強い言葉で電報を打ったのですが、私の基地から三千マイル離れたところでそんな戦いなどしたくありません。[8]（一九四九年三月二日付）

あえてメートル法にしてあるのに、それを作者への断りなしに「ふつう」の単位に変えるという「重大な間違い（a serious mistake）」をおかしてしまう米国の出版編集者（あるいは印刷工）の無理解に憤慨していることが伺える文面である。

「メートル」は周知のとおり、一九世紀にフランスで考案され、採用されたものだが、オーウェルにとってみれば、人間の身体感覚、生活感覚から離れた抽象的な単位と思われ、「非人間的」に感じられた、だからこそオセアニア国で採用された単位としてふさわしいものだとみなしたのであろう。日本で職人が尺貫法に慣れているのを強制的にメートル法を押しつけられたことについて反対運動があったことを想起させる。

パブで「半リットル」のビール

長さの単位がこのように変えられているのに応じて、容積・体積の単位もメートル法にされている。

第一部第八章でウィンストン・スミスがプロール街のパブに入り込んで一人の老人から昔の話を聞き出そうとしてビールをおごる場面がある。一九四九年当時もいまもイギリスのパブで樽出しのビールを注文するなら「パイント」（五六八ミリリットル）か、あるいはその半分の「ハーフ・パイント」に決まっているが、オセアニア世界ではそれが「リットル」に変えられている。老人は昔の単位が体に染み付いているのでリットルにはどうしても馴染めない。

「おれは腰低くして頼んだよな？」と老人が肩を怒らせて言った。「このひでえ飲み屋に一パイントのジョッキがねえってのかい？」

「いってえパイントってなんのこったい？」とバーテンダーが身を乗り出しカウンターに指先を置いて言った。

「聞いたかよ！　バーテンダーのくせしてパイントを知らねえんだと！　いいか、一パイントってのはクォートの半分さ。四クォートで一ガロンになる。こんつぎはＡＢＣを教えにゃいかんな」

「そんなもん聞いたことねえや」とバーテンダーがむっとして言った。「リットルと半リットル——出せるのはそんだけだ。目の前の棚にグラスが並んでるだろ」

「パイントがいいんじゃ」と老人が言い張る。「一パイントを汲んで出すなんぞわけもねえこった。おれが若い時分はこんなひでえリットルなんてもんはなかった」

「あんたが若い時分はおれたちゃみんな木のてっぺんで暮らしてたんだよな」とバーテンダーは

ほかの客たちに目をやって言った。(91. 一三四－三五)

老人より年少の、パイントを知らない客たちはこれを聞いていっせいに笑う。そして老人の要求はかなわず、半リットル用の二脚のグラスにビールを注いで老人にわたす。「一パイント汲めるのに」と老人はあいかわらず不満気だが、それでもウィンストンのおごりのビールを飲む。

先のポスターのメートルと同様に、このパイントも読者が違和感を覚えるように図られていると見てよい。第一部第二章でテレスクリーンをとおして当局がチョコレートの配給を「三〇グラムから二〇グラム」(28. 四二)に削減すると伝えるが、ウィンストンは自分が一〇歳ぐらい(物語の時間では一九五〇年代後半)の頃にはまだ「オンス」の単位が使われていたと記憶している(170. 二五一)。このような「異質性」を帯びたディテールをオセアニア国の常態の説明にさりげなく忍び込ませているということ、これに注意しておきたい。[9]

「アメリカ化」したロンドン

あとひとつだけ単位の変化について指摘しておきたい点がある。これも日本人読者であると見逃してしまいがちな点だと思うのだが、それは貨幣単位である。イギリスでは一九四〇年代当時もいまも貨幣単位はポンドとペンスである(ただし一九四〇年代はまだシリング、ギニーという単位もあったし、現在は一ポンド＝一〇〇ペンスであるのに対して、当時は一ポンド＝二〇シリング＝二四〇ペンスだった)。ところが物語世界ではドルとセントになっている。第一部第一章で自宅にいるウィンストンは初めて日記を書く。その際に用いる日記帳は、少し前に貧民街の古道具屋（ジャンク・ショップ）で「二ドル五〇セント」で買い求めたものだと書かれている（8. 一四）。第一部第五章、情報省の食堂内でウィンストンは同僚のパーソンズに求められて〈憎悪週間〉キャンペーンのための寄付として「二ドル」を差しだす（59. 八八）。第一部第八章、ウィンストンが前に日記を買い求めた古道具屋を再度訪れた際に、店内にある古いガラスのペーパーウェイトに目を留めてその美しさに魅せられる。店主のチャリントン氏はウィンストンにこう述べる。

「ご所望でしたら、四ドルにいたします。このようなのが八ポンドした頃を覚えております。八ポンドといえば――ええと、うまく換算できませんが、かなりの金額でしたね。ですが、近頃では本物の骨董品のことなどだれも構やしませんね――ほんのわずか残されている品物であっても」（99. 一四六）

「八ポンドした頃」とは、イングソック党による「革命」以前の時代で、仮に一九四九年であるとすれば（単純に換算できないものの、七〇年後のポンドの百倍の価値があるとみなすと）、二〇二〇年代初めの日本円でいうとおよそ一二万円の金額になる。一九八四年の物語世界での「四ドル」は、主人とウィンストンのやりとりからするとディスカウントされていて昔の「八ポンド」よりももっと価値が低いようであるが、正確なところは不明である。その価値はともかくとして、貨幣単位の切り替えが「革命」後のある時点でなされたということになる。ドル通貨になっているという一点で見るならば、ロンドンを事実上の州都とするエアストリップ・ワン（滑走路一号）と名づけられた旧イギリスは、アメリカ化されているということができるだろう。その貨幣にもイングソックの教義が刻印されている。第一部第二章でウィンストンがポケットから「二五セント硬貨」を取り出すと、そこには真理省の建物に記されているのとおなじ「戦争は平和／自由は隷属／無知は力」の三大スローガンが「小さなくっきりとした文字」で刻まれており、それをひっくり返すと、表面にはビッグ・ブラザーの顔が刻印されているのである（29. 四四）。

アメリカ化ということでいうなら、ウィンストンが日記を書き出すという「決定的な行為」をするときに、まず「一九八四年四月四日」という日付（それが正確な日付なのかどうかウィンストンには確信が持てないのであるが）を記す。原文では'April 4th 1984'となっている（9. 一五）。「英国式」に'4 (th) April 1984'とせず（オーウェル自身の手紙や日記の日付表記は概ね「日月年」の順番である）、「米国式」に「月日年」としているのは、これもひとつの「アメリカ化」の微細な印のひとつと見てよい。

三つの超大国

エアストリップ・ワンは世界の三つの超大国のひとつオセアニア国の東端の最前線にあたる。物語の世界図を、本書の第二部第九章で引用されるエマニュエル・ゴールドスタイン著『寡頭制集産主義の理論と実践』の「第三章　戦争は平和」での記述をもとに（この「本のなかの本」の記述が正確なものであると仮定して）ヴィジュアルに表わすなら、およそ図Ⅱ－１のようになるだろう。その章の冒頭はこう書かれている。

世界が三つの超大国に分裂することは、二〇世紀の半ば以前に予見しえたし、じっさいに予見されていた。ロシアがヨーロッパを吸収し、アメリカ合衆国がイギリス帝国を吸収したことにより、現存する三つの大国のうちのユーラシアとオセアニアという二国は事実上すでに存在していた。三つめのイースタシアはさらに一〇年にわたって混乱した戦闘をへたのちにようやくひとつの際立った単位として出現したのだった。これら三つの超大国の国境は、恣意的に定められるところもあれば、戦争の成り行きで変動するところもあるのだが、概して地理上の境界線に従っている。ユーラシアは、ヨーロッパとアジアの両大陸の北部をポルトガルからベーリング海峡まで占める。オセアニアはアメリカ大陸、イギリス諸島をふくむ大西洋の島々、オーストラシア、そしてアフリカ南部からなる。イースタシアは、他の二国より狭く、西側の境界線が明確でないのだが、中国とその南の諸国、日本列島、そして広大だが境界が変動しつつある満州、モンゴル、チベットからなっている。(192–93. 二八六–八七)

さらにこれら超大国のあいだには「けっして三つの国の恒久的な領土とはならぬ、タンジール、ブラザヴィル、ダーウィン、香港を四隅にすえた大まかな四辺形が横たわっていて、その地域内には世界人口の五分の一が住んでいる」(194–95. 二八九)。

世界が三つの超大国に分割される未来図のヒントをオーウェルはおそらくジェイムズ・バーナム(一九〇五–八七)の『管理革命』(一九四一)から得ている。この本についてオーウェルは評論「ジェ

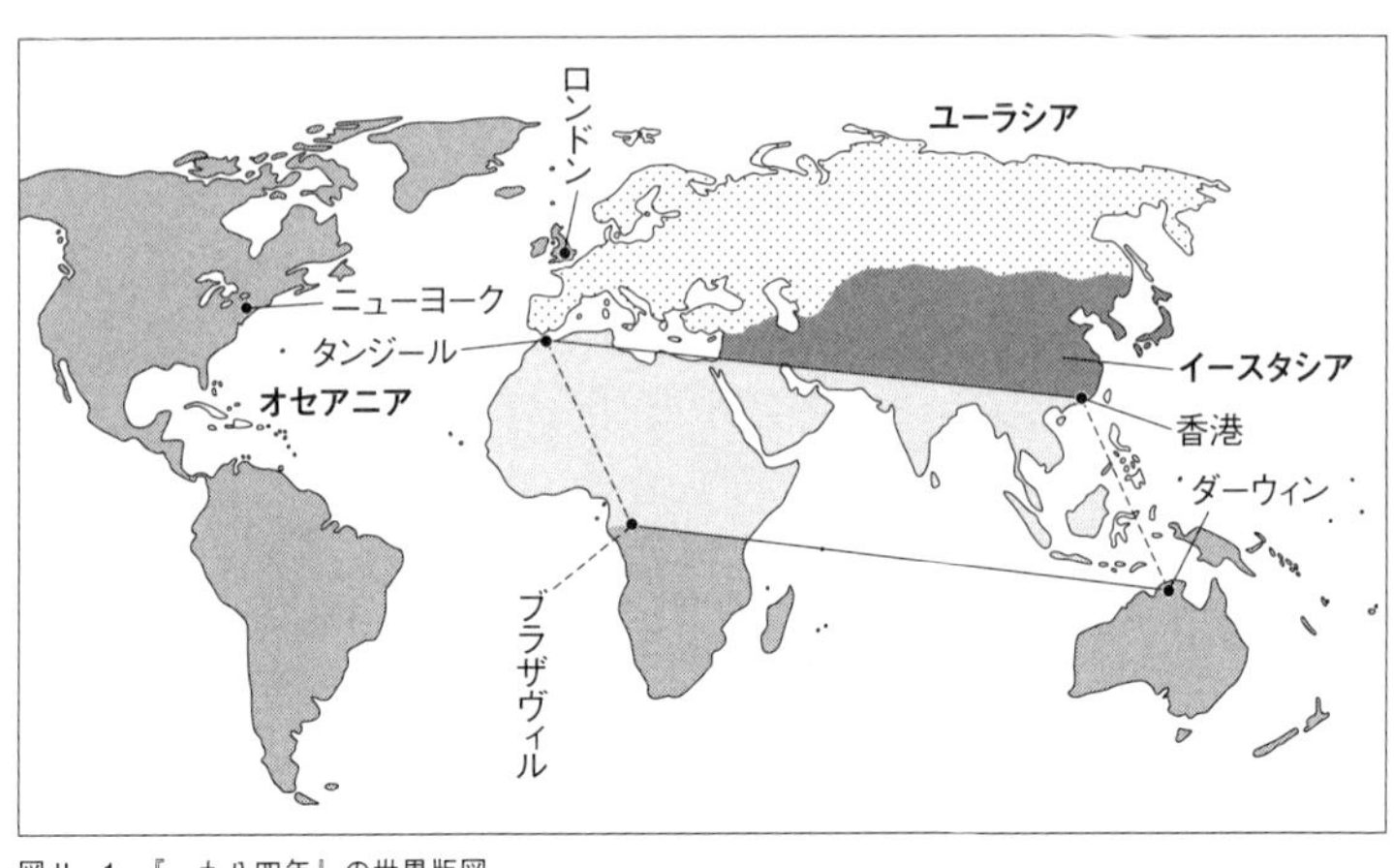

図Ⅱ－1　『一九八四年』の世界版図

イムズ・バーナムと管理革命」（一九四六）で論評している。[11] さらにバーナムが一九四七年に『世界制覇の闘争』を出した直後にも、オーウェルは書評エッセイとして「現代の世界的闘争に対するバーナムの見解」[12]を発表している。いずれの論考でもオーウェルはバーナムに代表される知識人たちの権力と威信への渇望を摘出し、批判的に論じており、むしろそれが主眼のエッセイであるといえるが、三つの超大国の予想図については（『管理革命』においては一九四一年当時の世界状況をふまえて日本、ドイツ、アメリカが核となって超大国化するとしていて二つは予想が外れたものの）知識人の潜在的な権力者崇拝と併せてその三超大国の構図を自身の小説の世界図に応用したのだった。一九四五年一〇月にオーウェルはすでにエッセイ「あなたと原爆」のなかでつぎにように指摘していた。

ジェイムズ・バーナムが『管理革命』を書いたとき、多くのアメリカ人にとって、ドイツがヨーロッパ方面での戦争で勝利する公算が大きいと思えたのであり、だからロシアではなくドイツが広大なユーラシア大陸を支配し、日本が東アジアの支配者の地位にとどまると思い込むのは当然のことだった。これは誤算だったのだが、議論の趣旨に影響はない。というのも、バーナムの描いた新たな世界の地政図が正しいことがわかったからである。ますますはっきりしてきたのは、地表が三つの巨大帝国に――それぞれが自立し、外界との接触を断ち、なんらかの偽装をおこなって、自選の寡頭制によって支配される三つの巨大帝国に――分割されつつあるということである。国境線をどこに引くかのせめぎ合いはいまもつづいていて、まだ何年かつづくだろうし、三つの超大国の三番目、すなわち中国が支配する東アジアは、現実のものというよりはまだ潜在的な可能性にとどまっている。だが全体としての流れは間違えようもなく、近年の科学的発見のことごとくがそれを加速させてきたのである。[13]

イギリス帝国が衰退して米国に組み込まれるという予想は、一九四〇年代後半の「窮乏の時代」のイギリスと、物質的反映を謳歌する米国との対照的な国情を考慮すると、予想しやすい未来図ではあった（第二次世界大戦でイギリスが米国に戦費の膨大な額の借金をし、戦後その返済が重荷になっていたという点も指摘できる）。ただし、米国を核としたオセアニアという超大国が、ソ連と対峙する資本主義国でなく、二〇世紀半ば過ぎに「イングソック」のイデオロギーによる「革命」によって共産主義化し、それがビッグ・ブラザーとエマニュエル・ゴールドスタインの権力闘争で前者が後者を放逐し、一九五〇年代から六〇年代にかけての「大粛清」をへて絶対的な寡頭制集産主義体制の大国を形成したという設定になっている。「イングソック」が「イギリス社会主義」の縮約形だとする説明からすると、イギリス起源のイデオロギーがアメリカをも席巻したということになるのだが、そのあたりの経緯はゴールドスタイン本には(少なくともウィンストンが読む部分については)記されていない。いずれにせよ、オセアニアの正統的教義となった「イングソック」は、ユーラシアにおける「ネオ・ボルシェヴィズム」、イースタシアにおける「死の崇拝」の教義とともに、二〇世紀の中頃に出現したとされている(211.三一二)。

他の二国について見るなら、「ネオ・ボルシェヴィズム」はむろんソ連の正統的教義であったボルシェヴィズム(ロシア革命でレーニンが率いて権力を握った「多数派」の革命勢力のイデオロギー)の進化形もしくは変異形であろう。『一九八四年』の世界図では、ヨーロッパが東西に分かれて(かたや共産圏、かたや資本主義圏として)対峙するという、現実に出現したような冷戦構造でなく、ヨーロッパ大陸すべてが「ネオ・ボルシェヴィズム」のもとでユーラシアに併合されたものとして描かれる。

「ネオ・ボルシェヴィズム」と比べて類推しにくいのはイースタシアの「死の崇拝」の教義である。そこでの「支配的な哲学」は「中国語の名称で呼ばれていて、通常は「死の崇拝(Death-Worship)」と訳されるが、「滅私(Obliteration of the Self)」と訳したほうがよいのかもしれない」(205.三〇三)とある。仏教思想のなかのある種の死生観が、少数の権力者によって支配体制の永続化のために盗用・曲解されて正統イデオロギーの地位に祭り上げられたということなのかもしれない。あるいは(日本の敗戦にもかかわらず)大日本帝国の掲げた「忠君愛国、滅私奉公」のスローガンや、「生きて虜囚の辱を受けず」をふくむ「戦陣訓」の変異形がイースタシアの中心思想として取り込まれたというのも考えられなくもない。いずれにしても、肝心なのはこれら三大国のイデオロギーの差異というよりは、むしろその同一性である。ウィンストンが読むゴールドスタインの本によれば、イングソックが正統思想とされているオセアニア国では、右の「ネオ・ボルシェヴィズム」と「死の崇拝」思想のいずれも禁忌とされて市民がアクセスできないようにされていながらも、「じっさいにはこれら三つの哲学はほとんど識別不能で、またそれらが支える社会制度はまったく見分けがつかない」（205．三〇三）のだった。三国ともおなじピラミッド型の階層秩序を持ち、半ば神格化された指導者を崇拝し、恒久的な戦争状態を手段としかつ目的とした経済が存在する、じつは似たもの同士の帝国なのである。

オセアニア国の「階層」

オセアニア国では、アメリカ合衆国という国名もなくなっているが、イギリスも独立国家でなく、海峡を隔ててユーラシアに対峙する最前線の軍事的拠点として「エアストリップ・ワン」（滑走路一号）という一地方と化している。ロンドンはオセアニア国の第三の都市とされている（ニューヨーク、ロサンゼルスに次いでということか）。オセアニア国内部についてもゴールドスタインの本に説明がある。絶対的存在とされるのはむろんビッグ・ブラザーであり、先に見たように、ロンドンでも至るところに「幅一メートル」のポスターが貼られて監視の目を光らせているのだが、物語中に生身のビッグ・ブラザーが登場することはない。

ピラミッドの頂点にはビッグ・ブラザーが立つ。ビッグ・ブラザーは無謬でありかつ全能である。あらゆる成功、あらゆる偉業、あらゆる勝利、あらゆる科学的発見、あらゆる知識、あらゆる叡智、あらゆる幸福、あらゆる美徳は、彼のリーダーシップとインスピレーションから直接引き出されたものと理解される。ビッグ・ブラザーを見た者は一人もいない。彼は広告板に示される顔であり、テレスクリーンを流れる声である。彼が不死の存在だとわれわれが信じたとしても無理からぬことであろう。彼がいつ生まれたかについてもすでにかなり曖昧になっている。ビッグ・ブラザーとは、〈党〉が世界に自身を示すために選んだ仮装なのだ。彼の機能は愛と恐怖と尊敬を集める焦点としての役割である。そうした感情は組織に向けてよりも個人に向けたほうが容易に感じられるものなのだ。ビッグ・ブラザーの下に来るのは〈党中核（インナー・パーティ）〉で、その数は六〇〇万人に限定される。つまり〈党中核〉のオセアニアの全人口の二パーセント以下に限られている。〈党中核〉の下に来るのが〈党外核（アウター・パーティ）〉で、これは〈党中核〉が国家の頭脳だとすると、まさしく手になぞらえることができるものである。その下に来るのが、われわれが常々「プロール」と呼んでいる、ものがいえぬ大衆で、これは全人口の八五パーセントを占めるのではあるまいか。
(216–17.三一九)

ここでの説明から計算するなら、オセアニア国の全人口はおよそ三億人、〈党中核（インナー・パーティ）〉のメンバー（高級官僚）はその二パーセント以下で六〇〇万人以下、〈党外核（アウター・パーティ）〉員（ヒラの党員でウィンストンがここに入る）は約一三パーセントで三九〇〇万人、そして最下層のプロールが約八五パーセントで二億五五〇〇万人ということになる。まさしくピラミッド型の階層構造をなしているわけである。ただしこの構造は世襲制ではないという説明もあり、この点では従来の階級制度とは異なる。入党するのに人種差別はなく、一六歳で受ける試験で高得点を取ればよいという、能力主義的な面がある。ロンドンは一国の首都の地位から格下げされているが、そもそもオセアニア国には正式な首都はなく、ピラミッド構造でありながらも、中央集権的な組織ではないという説明もなされている（320. 三二〇）。

このように、物語は三つの超大国のひとつとしてのオセアニアのなかの一地方の一都市を舞台としているわけであるが、このロンドンという場所（トポス）が焦点化されていて、ディケンズのロンドン、あるいはハクスリーの『すばらしい新世界』のロンドンにも重ね合わせて読むことができるような、独特な都市空間の描写がこの物語の特徴をなしている。この都市ロンドンに対比されるかたちで、ウィンストンがジュリアと逢い引きする田舎の空間、また「黄金郷（ゴールデン・カントリー）」の夢も描き出される。後者については後述することにし、つぎにウィンストンがへめぐるビッグ・ブラザーの都市ロンドンをウィンストンとともにしばしたどってみよう。

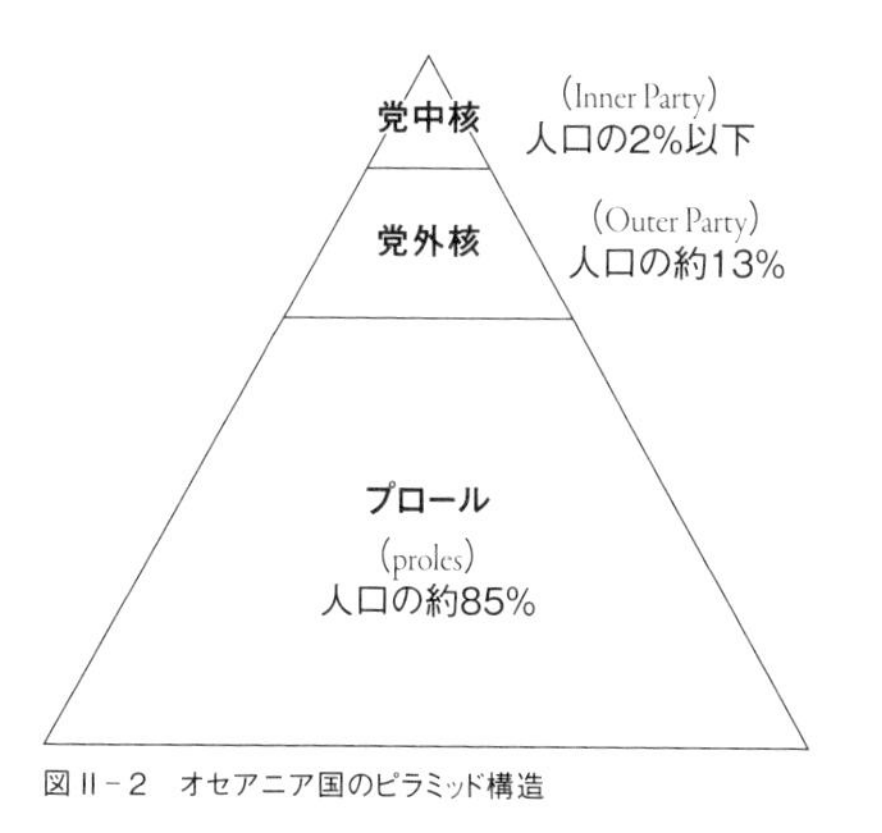

図Ⅱ－2　オセアニア国のピラミッド構造

ウィンストン・スミスのロンドン彷徨

オーウェルの小説では、登場人物がロンドンを歩く場面がよく出てくる。『葉蘭をそよがせよ』（一九三六）の貧乏詩人の主人公ゴードン・コムストックは、勤め先のハムステッドから南下してロンドンの中心部まで延々と歩いている。『牧師の娘』（一九三五）の主人公ドロシー・ヘアもトラファルガー広場ほかを徘徊する。『空気をもとめて』（一九三九）では主人公のジョージ・ボウリングは、ストランド街をそぞろ歩きしながら迫り来る戦争の予感に苛まれている。そして『一九八四年』では、ウィンストン・スミスの歩行は文字どおり危険と隣り合わせの行動になっている。[14]

そのウィンストンの行動の記述からイングソック体制下のロンドンの地図をおぼろげながら描くことができる。小説の冒頭のロケーションであるウィンストンの住居、ヴィクトリー・マンションズは、彼の勤務する真理省から「一キロほど」（5. 一〇）の距離にある。テレスクリーンが「一三時」の時報を鳴らしている最中に住居にもどったウィンストンは、日記を書くという決定的な行為を始め、隣人のパーソンズ夫人に請われてキッチンの流しの汚水がつまった配水管の修理をしてやり、自室にもどると「テレスクリーンが一四時を打った。一〇分で出かけなければいけない。一四時半までに仕事にもどらねばならなかった」（29. 四五）。その直前の描写で、部屋の窓から見える真理省の建物の描写で、「太陽は位置を変え、真理省の無数の窓はもう陽光を照らさなくなっており、城砦の銃眼のような不気味な様相を呈していた」（29. 四四）。逆にいうと、一三時過ぎに眺めたときには真理省の窓が陽光を照らしていたということになる。ピラミッド型の高さ三〇〇メートルの真理省の壁面の方角にもよるのでこれだけでは位置関係がはっきりしないが、仮に南側の壁面だとするとウィンストンの住居はおおよそ真理省の南西（あるいは西南西）一キロほどのところにあると推測できる。

ウィンストンの「街歩き」がもっとも濃密に描かれるのは第一部第八章である。その冒頭で彼はロンドンの街角を歩いている。「彼は舗道を何キロも歩いたので、〔足の〕静脈瘤性潰瘍がずきずきしていた」（85. 一二六）。「コミュニティ・センター」の夕べの会を欠席してこのような街歩きをするのは、原則的に党員には「余暇」なるものが存在しないこの世界では、ニュースピークで「自己生（オウンライフ）」と呼ばれる、利己的な異端的行為として危険視されるものであった。「衝動的に彼はバス停に背を向けて、ロンドンの迷宮へとさまよい込んだ。まず南へ、それから東へ、それからまた北へと、見知らぬ通りを迷いつつ進み、自分の行く先などもうどうでもいいという気になっていた。〔……〕彼はおぼろに見える茶色のスラム街に入っていた。かつてセント・パンクラス駅であった場所の北東のあたりである」（85–86. 一二七）。

セント・パンクラスの駅舎は一八六〇年代後半にジョージ・ギルバート・スコット（一八一一–七八）らの設計で建てられたヴィクトリア朝のネオ・ゴシック様式の代表的建築であり、いまもなおロンドンの主要ターミナル駅のひとつであるだけでなく、ユーロスターが発着する国際ターミナル駅にもなっている。「かつてセント・パンクラス駅であった場所」という表現からして、オセアニア国のロンドンでは、無用になったか空襲に見舞われたかして、ゴシックの偉容をほこったあの大建築は取り壊されてしまったようである。[15] とはいえ、この駅名が言及されていることでウィンストンの移動径路がある程度推測できる。勤務先の真理省から「最初は南、つぎに東、それからまた北へ」というのが、それぞれどれほどの距離なのか記されていないので、これも正確にはわからないが、真理省が方角としてはセント・パンクラスの西にあるということは確かであろう。

真理省のロケーションのひとつの候補として、BBCの本拠が置かれたポートランド・プレイス（メリルボン地区）五五番地を想定することができる。そこはリージェンツ・パークの南側入り口のパーク・クレスントから歩いて二分ほど南に下ったところにある。前述のように、オーウェルは第二次

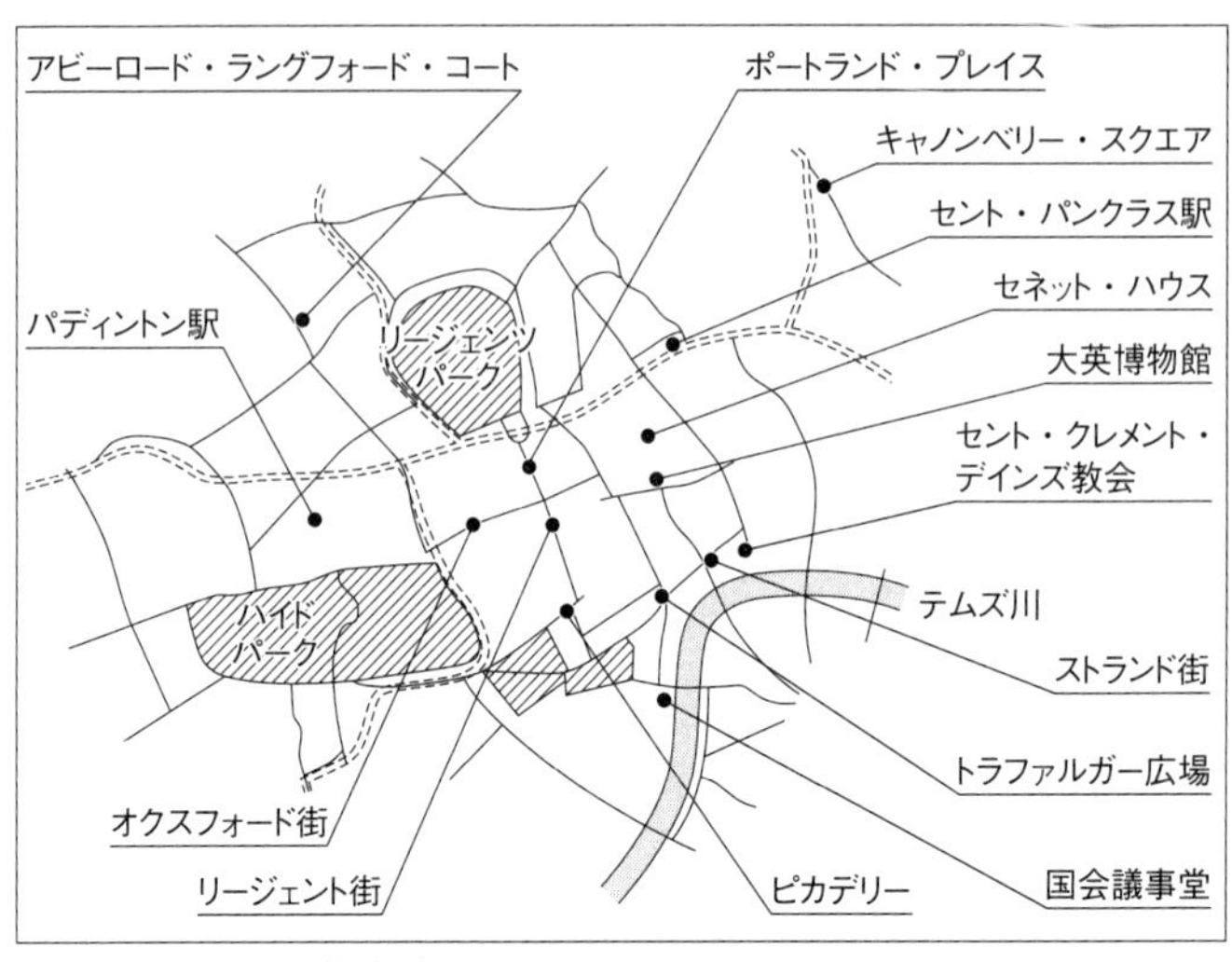

図II−3　1940年代の（現実の）ロンドン

世界大戦中の一九四一年八月から四二年一一月までBBC東洋部インド課に勤務し、インドおよび東南アジアの知識人をターゲットとして英語と現地語での放送に関わった（なお、東洋部は一九四二年にオクスフォード通り二〇〇番地に移った）。一年三か月で退職したのは、インド向けプロパガンダ放送の効果を疑っていたためということもあるが、官僚的な機構と、放送原稿に検閲を受けることに居心地の悪さを募らせたという理由が大きかったように思われる。情報操作への関与についても、戦略的な必要から事実を歪曲した放送を黙認することも一度ならずあった。これも前述のように、退職直後に米国の『パーティザン・レヴュー』の編集長のフィリップ・ラーヴに宛てた手紙のなかで彼は「BBCで無駄な二年間を過ごしたのちに退職しました」（一九四三年一二月九日付[16]）と書いていて、たしかに自分の書きたい小説にも取り組めず、本人の気持ちとしてはそのとおりであったのだろうが、退職後まもなく書き出す『動物農場』で、さらに『一九八四年』において、その物語世界に深く関わる経験をＢＢＣで得ていたというのは重要だろう。ニュースピークがベイシック英語やインターグロッサのパロディと見ることができるように（これについては後述する）、『一九八四年』のロンドンの風景についても一九四〇年代の機構や政策のパロディとして見るとすんなり理解できる部分がある。真理省のなかの食堂はとにかく不味い料理――たとえば「ピンクがかったスポンジのような角形の代物（調理済みの肉らしい）が入ったシチュー」（53. 七九）や固い黒パンや飲み物（ヴィクトリー・ジンやヴィクトリー・コーヒー）――しかありつけないところだが、ここもおそらくＢＢＣ内の職員食堂をモデルとしているということはつとに指摘されている。バーナード・クリックによれば「そこはいつもキャベツの匂いがしていた」[17]。これも「茹でキャベツ」の匂いであろう。『トリビューン』の連載コラム「気の向くままに」の一九四三年一二月三一日号に彼はこう書いた。「二年ぐらい前、食堂のメニュー・ボードの前を一列になって通りすぎたとき、私は隣の男に言った、「もう一年もすれば『ネズミ（ラット）・スープ』なんてのが出てくるだろうし、一九四三年には『ネズミ・スープもどき』になるだろうね[18]」。このように彼はＢＢＣの職員食堂の不味さを皮肉ることがあった。また、オーウェルが勤務期間にたびたび会議で使った部屋は一〇一号室であり、これは真理省でなくむしろ第三部の愛情省の部屋のモデルと考えられる[19]。

エアストリップ・ワン（滑走路一号）のロンドン地図にもどると、ウィンストンは「かつてセント・パンクラス駅であった場所の北東のあたり」にあるスラム街をさらに進んでゆく。丸石の敷かれた通りの両側には小さな二階建ての家が建ち並んでいる。狭い路地には驚くほど多くの、さまざまな年齢層のプロールの男女が見られる。そこでは〈党外核〉員の作業着である青いオーバーオールを着たウィンストンは異物であって、この界隈の人びとが目を留めると警戒し、「見慣れぬ動物が通り過ぎるのを前にしたような気持ち」（86. 一二八）を示す。そのように歩いていると、突然ロケット弾が飛来し、ウィンストンが進む先二〇〇メートルの家々を破壊、切断された手がころがっているのを彼は溝に蹴り込む。そこから右手の路地に曲がり、二〇時近くになっているが、パブに至る。そこでプロールの客が宝くじについて熱く議論をしているのを聞き、店内に入って老人にビールをおごる代わりに革命前の時代の記憶を引き出そうとする。老人がパイントの単位にこだわるがバーテンダーに相手にされないくだりは先程見た。老人から散漫な思い出しか聞き出せないウィンストンは、あきらめて店を出て、しばらく歩いて行くと、前に日記帳を買った古道具屋にたどり着く。時刻は二一時になっているが店はまだ開いている。

この古道具屋の場所はどのあたりであろうか。土地柄からして、セント・パンクラスから北東に二キロほど、イズリントン地区に入っているように思われる。伝記的事実と重ね合わせるならオーウェルが一九四四年秋からロンドンの住居としていたキャノンベリー・スクエアに程近いあたりを想定することができる。

第二部第一章でふたたびウィンストンはロンドンの街角に立っている。真理省の廊下内で虚構局勤務のジュリアが彼に恋文を渡したのがきっかけで二人は急速に接近、食堂内でジュリアが示した待ち合わせの場所は「ヴィクトリー広場の記念碑のそば」（119. 一七五）だった。

ウィンストンは約束の時間の前にヴィクトリー広場に着いた。縦溝のある巨大な円柱の基部のまわりを彼はぶらついた。その円柱のてっぺんではビッグ・ブラザー像が南の空を端倪(たんげい)している。かつてその空でなされた〈エアストリップ・ワンの戦い〉でビッグ・ブラザーはユーラシア空軍を(数年前まではイースタシア空軍となっていたのだったが)打ち破ったのだった。その前の通りにはオリヴァー・クロムウェルとみなされた人物の騎馬像があった。〔……〕彼は広場の北側までゆっくり歩いてゆき、セント・マーティン教会を認めて、ほのかな喜びといったものを感じた。ここに鐘があった昔には「お前に三ファージング貸しがある」と鳴り響いていたのだが」(119-20、一七五-七六)。

これが旧トラファルガー広場を指しているのは間違いようがない。ヴィクトリア時代初期の一八四〇年代にオープンしたこの広場の名前は、ナポレオン戦争時の一八一五年にスペイン南西トラファルガル岬の沖合でなされたフランス・スペイン連合艦隊との海戦でイギリス艦隊が勝利したのを記念して付けられた。一八〇五年にイギリスを勝利に導きながら自らは戦死したネルソン提督の像がおよそ五〇メートルの高さの円柱の上で南方のトラファルガー方面を見つめている。そのネルソン像に代えてビッグ・ブラザー像が据えられているという設定である。右の引用で「オリヴァー・クロムウェル像とみなされた人物の騎馬像」とあるのは、トラファルガー広場にあるのと同一だとすればジョージ四世の騎馬像のはずである(小説では出てこないが、本来のクロムウェル像は国会議事堂前の広場にある)。ネルソン像を代えたようにはこれをクロムウェル像に代える必然性は見当たらないので、オセアニア国での歴史的記録の抹消を示す一例として描かれていると思われる。また、セント・マーティン教会は小説世界ではキリスト教会としての機能が停止されているのだが、少し前に古道具屋のチャリントン氏から教わった伝承童謡「オレンジとレモン」の歌に詠まれている教会（のモデルのひとつ）、セント・マーティン・イン・ザ・フィールズの建物がそのまま戦争博物館に転用されているという設定になっている。

物語世界で出てくるロンドン市内の他の地名として、ウィンストンがジュリアと会う田園地帯に向かう鉄道駅パディントンがある（121. 一七八）。また「オレンジとレモン」の歌に出てくる、そして古道具屋の二階に飾ってあるスティール・エングレイヴィング（鋼版陰画）に描かれた「セント・クレメンツ・デイン」（この地名表記は不正確で、正しくは「セント・クレメント・デインズ」）教会について、王立裁判所の名前とともに言及される[20]（101. 一五〇）。主人公たちがバスや地下鉄に乗る描写はないが、交通機関としてはそれらの乗り物が依然として使われているようである。

「汚れた風景」にそびえる巨大ピラミッド

じっさい、一九三〇年頃の建設とされるヴィクトリー・マンションズをはじめ、「革命」前の建築物がこのロンドンでは多く残っている。なによりも、プロールの劣悪な住環境は、一九世紀のスラム街の描写を彷彿とさせる。ウィンストンの七階の部屋の窓から見られる光景は、真理省の建物をのぞけば敗戦国の荒廃した家並みというか、焼け跡に立ったバラックのような趣である。

> 一キロ先、汚れた風景のなかに、彼の勤務先である真理省の巨大な白い偉容が聳えていた。これが——と彼〔ウィンストン〕はある種の漠然とした嫌悪感を覚えながら思った——これがエアストリップ・ワンの主要都市ロンドン、オセアニア国のなかで三番目に人口の多い地方なのか。昔のロンドンはずっとこんなだったのだろうかと、彼は子ども時代の記憶のいくばくかをしぼりだそうとした。朽ち果てつつある一九世紀の家々の眺めはずっとこうだったのだろうか。家が倒れぬように側面を角材で支え、割れた窓はボール紙でふさぎ、屋根は間に合わせのトタン板を張り、庭の塀はぐらぐらで四方八方に倒れかけている。被爆跡には漆喰の粉が空気中に舞い上がり、アカバナが瓦礫の山のあいだからまばらに生えている。爆弾で広範囲に破壊されて空き地となったところには鶏小屋のようなみすぼらしい木造家屋が建ち並ぶことになった。昔からこんなだったのだろうか。だがだめだ、いくら思い出そうとしても思い出せない。一連の目に鮮やかな劇的場面(タブロー)がなんの背景もなく、ほとんど理解しがたいかたちで立ち現れるばかりで、子ども時代の記憶で残っているものは何もなかったのである。(5. 一〇—一一)

ここで言及される「爆撃」や被災跡の描写は、第二次世界大戦中のドイツ軍による「電撃爆撃(ブリッツ)」の記憶をもとに、おそらくじっさいにその爆撃跡も部分的にふくみつつも、一九五〇年代から六〇年代に大規模に落とされた(そして物語の一九八四年時点では規模を縮小しつつも継続されている)爆撃によるものと想定されている。右の引用文中に「一九世紀の家々の眺め」とあるが、じっさい一九四〇年代の現実のロンドンでも一九世紀の建築は多く残っていて、上層階級むきの高級な建築物はともかく、下層階級の住宅は劣悪なものが多かった。それらが第二次大戦後に再度起こった戦争で決定的に損なわれながらも、新築するような公的補助がまったくなされていない、そんな政治状況にあることが示されている。

ロンドンの「汚れた風景」(5.一〇)とまったく異質な偉容を見せているのが真理省の庁舎である。それは「巨大なピラミッド型の構造物で光り輝く白いコンクリートの建物がテラスを何層にも重ねて、三〇〇メートルの高さにまでそびえ立っている」。ウィンストンが眺める角度から建物に「優雅な文字」で〈党〉の三大スローガン、すなわち「戦争は平和/自由は隷属/無知は力」が記されているのが見える。真理省は「地上部分に三千の部屋が、地下にはそれに対応する分室があると言われていた」(6.一一)。ウィンストンの部屋の窓から見えるのは真理省だけだが、屋上にのぼって見渡せば平和省、愛情省、豊富省の三つの庁舎が「周囲の建物を小さく見せてしまう」(6.一二)ほど巨大で目立つものとしてロンドン市内の各所に置かれている。

以上述べたことを簡単にまとめるならば、『一九八四年』の物語世界でのロンドンは、オーウェルが生きた一九四〇年代当時の現実のロンドンの面影をある程度残しており、イギリス人、とくにロンドン市民にとっては、半ば見慣れた情景を喚起しつつも、「ブリッツ」による廃墟の出現などの暗い記憶を拡大したうえで、ビッグ・ブラザーを神輿(みこし)に掲げたイングソック党の寡頭制集産主義=独裁体制を象徴するピラミッド型の巨大建築を四つ置いて、不気味かつ抑圧的な都市空間を現出させている。

さらにいえば、それら四省の庁舎は、この世界のヒエラルキー構造を具現しているわけであるが、

（おそらく鉄筋の）コンクリート製の高さ三百メートルの高層という造りからいって、モダニズム建築の典型とみてよいだろう。これらの庁舎のモデルとなった建物が、ロンドンのブルームズベリー地区の大英博物館のすぐ北側にあるロンドン大学の本拠ビルであるセネット・ハウス（Senate House）である。ロンドン大学副総長であった経済学者のウィリアム・ベヴァリッジ（一八七九－一九六三）の主導で、ロックフェラー財団の資金援助を受けてブルームズベリーに敷地を入手、一九三二年から三七年にかけて建設された高さ六四メートル、一九階建ての、当時としては際だって高い建物で、チャールズ・ホールデン（一八七五－一九六〇）の設計によるアール・デコ（と通常形容されるが、かなり無機質な外観の）様式が特徴的である。[21] 第二次大戦中、ここは英国情報省のオフィスとして使われていたことから、また四角錐状ではないが、「テラスを何層にも重ねて」いる変則ピラミッド型の建物である点からも、オーウェルがこれを真理省のモデルにしたと見る向きが多い。真理省のロケーションについては、物語中の位置関係の記述に合わないので前述の候補地点からは除外したのだが、建物のイメージとしてここをモデルにしている可能性はたしかに否定できないだろう。前述した大戦中のオーウェル夫妻のロンドン、セント・ジョンズ・ウッド、アビー・ロードのフラット（ラングフォード・コート）の七階の部屋の窓から東の方を見やれば、当時はたしかにリージェンツ・

図Ⅱ－4　セネット・ハウス，ロンドン

図Ⅱ－5　《タトリンの塔》（模型），モスクワ，1920 年．

パークの彼方にセネット・ハウスの背面が臨めたのである。

二〇二〇年代のいまではブルームズベリーの地に馴染んだ建物になっているものの、セネット・ハウスの近代性、前衛性、あるいは異質性は、とりわけ建設直後の三〇年代、四〇年代には印象的であったと推測できる。取りようによっては、オセアニア国のピラミッド型の四省の建物は、二〇世紀前半の近代建築・デザインの担い手たちが夢想したユートピアの最悪の帰結の表現と見ることができる。例を挙げるなら、真理省や愛情省の描写は、ロシア・アヴァンギャルドの芸術家ウラジーミル・タトリン（一八八五－一九五三）が構想した第三インターナショナルの記念塔をどこか連想させる。

タトリンらは、伝統的な生活様式を捨てて、革命以後の新しい機能的・合理的な生活様式をデザインしたといえるが、オーウェルの未来都市ロンドンの「汚れた風景」のなかから浮かびあがっている超モダンな庁舎は、支配体制の永続化という唯一の目的に貢献する機能＝合理主義建築であり、画一性、計画性、集団性といったユートピア的特徴がすべて抑圧機構として貢献する。こうした狭義の機能主義がはらむ問題点をオーウェルは的確に切り取って示しているように見える。[22]

2 「ライター」、そして「X」と「Y」

――ウィンストンとジュリアの愛、同志オブライエンの奇妙な愛情

『一九八四年』の主要登場人物は、主人公ウィンストン・スミスに加えて、イングソックの〈党中核〉員でウィンストンを罠にはめて愛情省内で洗脳するオブライエン、そしてウィンストンの恋人となるジュリア、その三人となろうか。そのつぎに来るのがチャリントン氏。彼はプロール街の古道具屋を営む老人の装いで、店の二階の部屋をウィンストンとジュリアの密会の場所として提供するが、第二部の最後で〈思考警察〉が二人を捕縛する際に変装を脱いで〈思考警察〉の高官の正体を見せる。その他、脇役としてサイム、パーソンズ、アンプルフォースといったウィンストンの同僚、プロールの居住地区のパブでウィンストンが過去の話を聞き出そうとする老人、オブライエンの「従者」のマーティン、さらにビッグ・ブラザーとともに（物語上の）一九五〇年代に革命を指導して勝利を導いた英雄たちであったのが失脚して〈栗の木カフェ〉で廃人のような姿をウィンストンに見せる三人組ジョーンズ、ラザフォード、アーロンソンなどがいる。また、登場はしないが回想で語られるウィンストンの妻がいるし、回想と夢に出るウィンストンの母親と妹（また、影が薄いが父親）もいる。登場しないといえば、物語の冒頭からビッグ・ブラザーの「巨大な顔のポスター」が至るところに貼られていて不気味な存在感を示しているのだが、ポスターに描かれ、また〈二分間憎悪〉の映像に出てくるものの、物語世界のなかで存命中であるのか、あるいはすでに没していて〈党〉がカリスマ的指導者として利用しているだけなのか、判然としない。出生年でさえ不確実で、

「ビッグ・ブラザーを見た者は一人もいない」(216. 三一九)。さらにいえば、オセアニア国にとっての「人民の敵」とされたエマニュエル・ゴールドスタインも頻繁に言及され、その著作(と一応されている)『寡頭制集産主義の理論と実践』[23]も(その抜粋が)紹介されるのだが、ゴールドスタインが物語中で実在するという確たる証拠もない。

本書第I部で引いた『一九八四年』の初期のメモにあった粗筋には、登場人物たちの名前は記されておらず、ウィンストン・スミスとなる主人公は「ライター(the writer 書く人)」と記されていた。その他の登場人物としては「X」と「Y」という記号で示される二人のみで、前述のようにそれぞれオブライエンとジュリアということになる。「ライターはXとYに接近」とか、「Yとの情事。Xとの会話」といったプロット案も書き込まれていて、当初から「書く男」にXとYが絡む中心的な人物関係が記述されていることがわかる。「Yとの情事」は完成作では第二部でのウィンストンとジュリアの交際の始まりから禁断の逢引きとして細部をふくらませて描かれる。では「X」との関係はどうか。「ライター」、「X」、「Y」——この三人の関係について、「愛」を鍵語として見ておこう。

オセアニア国で「愛する」ということ——ジュリアの場合

『一九八四年』と聞いて多くの人がすぐに連想する感情語を挙げるなら、「憎悪」、「恐怖」、「怒り」、「不安」といったネガティヴな語ではないだろうか。むしろ「楽しさ」、「快適」、「幸せ」、「平安」、さらには「友愛」や「親愛」の情感はこの世界とは縁遠く思われるだろう。まっとうな「愛」が困難というか、ほとんど不可能と見える未来世界であるといってよい。

だが「愛」はこの小説で重要な役割を持っている。プロットの面でも、小説世界での内容面でもそれはいえる。まずは「ライター」と「Y」、すなわちウィンストンとジュリアの関係を見ておこう。

ジュリアは第一部ではウィンストンにとって愛の対象とは程遠い。むしろ「恐怖」や「不安」をもたらす存在として描かれる。最初からそうで、第一部第一章、ウィンストンが昼休みに自宅フラットに一時帰宅し、最初の日記執筆に着手した際に、その直前に職場である情報省記録局ホールでの〈二分間憎悪〉の模様を彼は思い出す。その回想の語りのなかにジュリアが登場する。ただし、名前は示されない。ジュリアの名がようやく彼女の口から明かされるのは第二部第二章で最初の逢引きをする際のことである。

さて、〈二分間憎悪〉の場でウィンストンが中央付近の席に座ろうとしたときに、「見かけたことがあるが話したことがない二人の人物」(1.一九)がホールに入ってくる。ジュリアとオブライエンのことで、二人が同時にウィンストンの前に(そして読者の前に)登場するというのは意味深長である。両者のうちでまずジュリアのほうからつぎのように紹介がなされる。

彼女の名前を彼は知らなかったが、〔真理省の〕虚構局で働いているのは知っていた。スパナを持ち両手が油まみれでいる姿を時々見かけていたので、おそらくは小説執筆機の保守点検が仕事なのだろう。目鼻立ちのはっきりした娘で、歳は二七くらいか、豊かな黒髪で、顔にそばかすがあり、運動選手のような機敏な身のこなしだった。〈反セックス青年団〉のしるしである細い深紅の飾り帯が彼女のオーバーオールのウエストに幾重にも巻かれ、彼女のヒップのかたちのよさを際立たせるのにちょうどよい加減でそれが締められていた。ウィンストンは初対面のときから彼女がいけ好かなかった。(11–12. 一九)

ジュリアへの反感が強調されているのだが、「豊かな黒髪」や「ヒップのかたちのよさ(the shapeliness of her hips)」といった表現によって、この女性にウィンストンが性的な魅力を覚えている点も書き込まれていることに注意したい。彼がジュリアを見て表面上好きになれないのは、このあとの説明にあるように、体全体で「自分はいかにも潔癖ですという雰囲気」を湛えている点にあった。

彼はほとんどすべての女性を、とりわけ若くて綺麗な女を嫌った。〈党〉のもっとも頑迷な信奉者で、スローガンを鵜呑みにし、異端を嗅ぎつけるアマチュアのスパイといえば、いつでも女、とりわけ若い女だ。だがここにいるこの娘はたいていの女よりも危険な輩(やから)だという印象を彼に与えた。ある時、通路ですれちがったとき、彼女はちらりと彼を見たのだったが、その視線は彼を貫き、真っ黒な恐怖が彼の心を一瞬満たした。〈思考警察〉の手先かもしれないという思いが頭をよぎりさえした。まあそれはありえないのだろうが、それでも、彼女が近づいてきたときには、いつでも奇妙な不安におそわれた。それは恐怖と敵意がない交ぜになった感情を伴っていた。(12. 一九–二〇)

ミソジニーとセクシズムが露骨に表出された問題のあるこのくだりで、ウィンストンはジュリアに対して表面上はもっぱら敵対的な感情を抱いていて、第一部をとおしてこれが変わらずにいる。第五章、昼食時に真理省内の食堂にいて同僚と会話をかわしているときに、隣のテーブルでジュリアが彼を見つめているのに気づいたとき、ウィンストンは自分が彼女に監視されているのではないかと思い激しく恐怖する（64-65．九五－九六）。第一部の最後にあたる第八章、夜中にウィンストンがプロール街の古道具屋を訪ねてそこで珊瑚を埋め込んだ古いガラスのペーパーウェイトを買い求めたあと、街路で青いオーバーオールを着た「虚構局に勤める例の黒髪の娘」（ジュリア）が突然姿を見せ、すばやく立ち去る。ウィンストンは彼女がスパイで自分を尾行しているに違いないと確信し、彼女を追跡しようかと一瞬考える。ポケットに忍ばせたペーパーウェイトで頭をたたき割ろうかとさえ思ったのだが、体力で彼女にかなうわけがないと思い直す（105．一五五－五六）。このように第一部をとおしてジュリアは油断ならない女としてウィンストンにとって精神的な脅威でありつづける。

だが第二部に入ってウィンストンのジュリアへの感情は一変する。きっかけは第二部第一章、真理省内の長い廊下で二人がすれ違ったときに、ジュリアがウィンストンに紙片を渡したことであった。テレスクリーンに感知されないように秘かに彼がその紙を開いて読むと、そこには一言「愛しています（I love you）」と書いてあるのだった（113．一六七）。これをきっかけにウィンストンのジュリアへの感情は様変わりし、ヴィクトリー広場での待ち合わせと逢引きの約束（第二部第一章）、田園地帯での初めての逢引き（第二部第二章、最初のセックス、そしてジュリアの名を知る）が描かれる。そこで〈党〉の規範に縛られない愛の行為が――なによりも性愛が――ビッグ・ブラザー体制を打倒する潜勢力を持つものとして一定の期待を込めて表象される。

「いいかい。君が関係した男がたくさんいれば、それだけ君への愛が深まる。わかるかい？」

「ええ、すごくわかる」

「純潔なんて大嫌いだ。善良さも大嫌いだ。美徳なんぞ存在しなけりゃいい。だれもかれも骨の髄まで腐っていてほしい」

「じゃあ、私はぴったりね。骨の髄まで腐ってるんだから」

「するのが好きかい？　私相手にということだけじゃなくて、これをするということそのものが」

「好きで好きでたまらないわ」

彼が何よりも聞きたかった言葉だった。一人の人間への愛情だけでなく動物的な本能、相手構わぬ単純な欲望、それこそが〈党〉を粉みじんにする力だ。〔……〕彼は思った、昔は男が若い娘の体を見て欲望を感じれば、話はそれで終わりだった。ところがいまは純粋な愛情や純粋な欲望を持つことはできない。どんな感情も純粋ではない。すべてが恐怖と憎しみと混じり合っているからだ。二人の抱擁はひとつの戦いであり、絶頂はひとつの勝利だった。それは〈党〉に加えられた一撃、ひとつの政治的行為なのだった。（132–33. 一九三－九五）

第二部第三章では「三〇年前に原子爆弾が落とされてほとんど住む人のいなくなった田園地帯にある教会の廃墟の鐘楼（ベルフリー）」（134. 一九七）での二度目の逢引き。そして第二部第四章からは、日記帳とペーパーウェイトを買った古道具屋の二階の部屋が二人の逢引きの場所となる。第八章でオブライエンの住居にジュリアと一緒に訪問し、「兄弟団」入会の儀式をおこなっている（それは罠であったのだが）。そして第九章で古道具屋の二階でウィンストンはジュリアに読み聞かせるというかたちでゴールドスタインの書『寡頭制集産主義の理論と実践』の一部を読む（ジュリアはしかしベッドで概ね眠っている）。そして第二部の最後にあたる第一〇章でその部屋に武装した〈思考警察〉の一団が踏み込んでウィンストンとジュリアを捕縛し、二人を引き裂く。つぎに二人が再会するのはただ一度だけ、第三部の最後にあたる第五章、愛情省でのオブライエンによる拷問と洗脳が完了し、釈放されたウィンストンは三月（一九八五年であろう）のある寒い日に公園で偶然ジュリアと邂逅する。言葉を交わして互いに相手を裏切ったことを確認するが、もうかつての愛情は消えてしまっている。

求め合って結ばれた男女が引き裂かれ、愛が終わる――という筋立てに即して見るならば、『一九八四年』はウィンストンとジュリアの「ラブ・ストーリー」、というか「悲恋物語」として見立てることもたしかに可能であろう。

ウィンストンのジュリアへの愛は終わる。そしてエンディングは「彼はビッグ・ブラザーを愛していた（He loved Big Brother）」という言葉で結ばれる（311. 四六三）。町中の至るところにポスターで描かれ、またテレスクリーンをとおして頻繁に映し出されるビッグ・ブラザーへの愛を感じ、ウィンストンは「戦いは終わった」と安堵する。自分が公開裁判の被告席に立ち、洗いざらい罪を告白し、だれもかれをも共犯者として売り、監獄で看守によって後頭部を銃で撃ち抜かれることを夢想する。最後のビッグ・ブラザーへの「愛」は、むろんアイロニーに満ちた、ジュリアとの関係とは異質のものとして描かれているようには読めるが、この結句はこれまたこの小説がひとつの「ラブ・ストーリー」であることを指示する重要なしるしと見ることができる。[24]

オブライエンとの「親密」な関係

「ラブ・ストーリー」という点から見たときに、ウィンストンとオブライエンの関係はより複雑というか、不気味なものとなる。小説での初登場は第一部第一章の〈二分間憎悪〉の回想場面で、ジュリアとともに現れることは前述した。じつは第一部でウィンストンは、ジュリアに不信感を抱いていたのと対照的に、〈党中核〉の重要メンバーであるオブライエンに恐怖しつつも、ある種の憧れを抱きつづける。その際にオブライエンの身体的な特徴にもウィンストンは魅力を感じていることが伝えられる。

この〈党中核〉メンバーの黒いオーバーオールが近づいてくるのを見て、座席の周囲にいた人びとは一瞬静まりかえった。オブライエンは大きなどっしりとした男で、首が太く、粗野でユーモラスで残忍そうな顔をしていた。そのいかつい体格にもかかわらず、物腰にどこか魅力があった。鼻のうえで眼鏡をちょこんと置き直す癖があり、それが妙に愛嬌があった――なんとも説明しがたいのだが、妙に洗練されていた。〔……〕ウィンストンがオブライエンを見かけたのは、ここ十数年ちょっとで十数回ぐらいだろうか。この男に強く引きつけられるのを感じた。それはただ単にオブライエンの都会風の物腰とプロボクサー並の体格との対照に興味をそそられたためだけではなかった。むしろ、オブライエンは政治的に完全に正統ではないという秘かに抱いた確信――いや、確信などではなく、単なる希望かもしれないが――によるところが大きかった。彼の顔にどこかしら押さえようがなくそれが示されていた。〔……〕彼はウィンストンとおなじ列の二つ離れた座席に座った。二人のあいだには、ウィンストンの隣の仕切り部屋で働く薄茶色の髪をした小柄な女が座っていた。黒髪の娘〔ジュリア〕はそのすぐ後ろの席だった。（12–13. 二〇–二一）

真理省ホールでの〈二分間憎悪〉の場面のウィンストン、オブライエン、ジュリアの席の位置が三角形をなしているところも興味深いが、ここではオブライエンの容姿と物腰にウィンストンが魅せられている点に注目したい。この場面よりも前のところでウィンストン自身の体格が紹介されていて、彼は「小柄で華奢な体つき」であり、〈党〉の制服である青いオーバーオールは「その肉体の貧弱さをいっそう際立たせるだけだった」（4. 八）とされている。ちなみに、作者オーウェル自身は一九〇センチの長身であったが、彼の小説に出て来る男性主人公が概ね小柄な人物として設定されているのは興味深い。オブライエンとウィンストンの好対照の体格について、私は以前に物語の構造での伝承童謡を用いた子どもの遊戯「オレンジとレモン」を模していると読み、そこでオブライエンは遊戯の「鬼」の一人を演じていることから大きな体格を与えられていて、逆にウィンストンは捕まえられる側として小さな体格を与えられていると読んだ。それについては拙著『オーウェルのマザー・グース』で詳述したので繰り返すことは避け、むしろ別の観点から見ることにしたい。[25]

怖れつつ、憧れる——第一部、第二部をとおしてウィンストンがオブライエンに抱く感情である。〈二分間憎悪〉の時間が盛り上がり、参加者たちがヘイトに熱狂して「B・B！　B・B！」とビッグ・ブラザーのイニシャルを朗詠するなかで、違和感を覚えつつも同調するふりをしつづけるウィンストンは、ほんのつかのまオブライエンの目を見る。

　ほんの一瞬、二人の目が合った。そんなわずかのあいだに、ウィンストンにはわかった——そう、たしかにわかった！——オブライエンは自分とおなじことを考えているのだと。間違いようのないメッセージが伝わったのだ。あたかも彼ら二人の心が開かれ、目をとおして思考が一方から他方へ流れ込んでいるかのようだった。「私は君とともにいる」とオブライエンが彼に語りかけているように見えた。「君が感じていることがありのままにわかる。君の軽蔑、君の憎しみ、君の嫌悪、すべてわかる。だが心配しないでくれ、私は君の味方だ！」それから、知性のきらめきが消え、オブライエンの顔はほかのみなとおなじように測りがたいものになっていた。(19. 二九－三〇)

　第一部第一章という小説の始まりの時点で、ジュリアが敵で、オブライエンが仲間であるのかもしれないと主人公は思い、読者にもそう思わせる、サスペンス特有の語りの仕掛けである。オブライエンと目が合って、ウィンストンはそこに自分と同様の異端者である同志を見出したと思い込む。結局それはウィンストンの妄想につけ込んでの〈党〉の罠であったことが第三部に至って判明することになるわけだが、「二人の目が合っ」て互いに感じ合う、というこのくだりは、「ラブ・ストーリー」の定型といえなくもない。ジョン・ボウエンが述べているように、「ホモエロティシズムがこの小説全体の色合いとなっている」といえるだろう。[26] ウィンストンとジュリアの「異性愛」を描いている場面にもそれを読むことができる。第二部第四章で古道具屋の二階の部屋を逢引きのための隠れ家として借りた動機がこう語られる。「彼は、いましているように、しかし人目も気にせず、恐れを感じもせずに、四方山話をしたり、日用雑貨品を買ったりしながら、二人で街を歩けたらよいのに、とりわけ、会うたびに愛を交わさねばならないなどと感じたりせずに、二人きりになれる場所が持てたらよいのにと願っていたのだった」(146.二一五)。『ゲイ文学の歴史——男性的伝統』の著者グレゴリー・ウッズはこのくだりについてつぎのようにコメントしている。

ゲイの読者はこれをクローゼットからのささやきと認識するかもしれない。〔……〕『一九八四年』を読むと私はどうしても、行間に、もうひとつの小説の幽霊のような存在を想像しないではいられない。すなわちそれは「一九八四年」というゲイ小説であり、そこではウィンストンとジュリアンという二人のロンドンの青年が互いに恋に落ち、脅迫状、暴露、逮捕といった怖れにたえずさらされながら関係をつづけようと奮闘しているのだ。[27]

「クイア」な愛の要素を『一九八四年』に読むのはけっして牽強付会とはいえない。結句の「彼はビッグ・ブラザー〔大きなお兄さん〕を愛していた」にそれは読めるし、ウィンストンが反逆の希望を託す「兄弟団（ブラザーフッド）」という名称にもその要素が埋め込まれている。オブライエンの体格、容貌と物腰へのウィンストンの強い関心は先ほど引いたくだりにとどまらない。第二部第六章、真理省内の長い廊下で今度はオブライエンから話しかけられる。そこはウィンストンがジュリアから「愛しています」と書かれた付け文を受け取ったのとおなじ場所で、今度は自分の家を訪ねるようにといわれて（『ニュースピーク辞典』第一〇版の見本刷りを取りに来るようにという名目で）オブライエンから住所を記入したメモを渡される。「自分より大きな人がすぐ後ろを歩いているのに気づいた」ウィンストンは「ただ逃げ出したいという衝動しか覚えなかった」とはいえ、「相手を安心させる奇妙な親しみやすい物腰」がオブライエンにはあり、彼の誘いに魅せられている（164. 二四二）。テレスクリーンに捉えられている位置で、〈党中核（インナー・パーティ）〉の制服（黒のオーバーオール）を着た大柄のオブライエンが、〈党外核（アウター・パーティ）〉の制服（青いオーバーオール）を着た小身のウィンストンと向き合い、親密に話をしているタブローをここで思い描くことができる。第二部第八章でウィンストンはジュリアを伴ってオブライエンの住む〈党中核〉の住居を訪ね、「兄弟団」への「加入」の儀式をおこなう（その際にオブライエンはジュリアのことはほとんど無視して、ウィンストンに語りかける）。そこにはマーティンという名の「小柄で黄色い顔の召使い」（177. 二六三）がワインを持ってきて歓待する。〈党外核〉という（党のなかでは）下位集団に属するウィンストンは、アルコールといえば「ヴィクトリー・ジン」しか口にしないので、ワインをまともに賞味できなくなっている。ボウエンが指摘するように、この場面には「贅沢な歓待と謎めいたセクシュアリティの注目すべき混合」が見られる。「そのすべてを下支えしているのは、語りえぬ欲望が存在しうることから来るウィンストンと読者の両方の深い不安であり、非人間的で恐ろしいことを明るみに出す関係性である」[28]。兄弟団への正規入会のやりとりは「あたかもお決まりの行事、あらかじめ彼には答えがわかっている教理問答のようなもの」(179. 二六六)であり、オブライエンはウィンストンに「命を投げ出す覚悟」、「殺人を犯す覚悟」、「子どもの顔に硫酸をかける覚悟」、「自殺する覚悟」があるかとたたみかけるように問い、ウィンストンはすべて「はい」と答えるのだが、ウィンストンとジュリアが「別れ別れになり二度と会えなくなっても構わないという覚悟」を問われたときに、ジュリアが急に割り込んで「いいえ!」と叫び、ウィンストンもためらったあげくに「いいえ」と、なんとか答える。

以上見たくだりでは、ウィンストンのオブライエンへの関心を強調したが、逆の回路を眺めてみるならば、じつはオブライエンのほうのウィンストンへの関心の強さも尋常ではない。すぐに「蒸発」させるような簡単な措置を取らずに、七年にわたってウィンストンの異端的思考を察知し、モニターしつづけてきた、その奇妙なパラノイア的な熱情は、第三部の愛情省の「闇の存在しないところ」での、「平板のベッド」に固定されたウィンストンを学校教師がこれと見込んだ生徒に教え諭すような、体罰(拷問)入りの熱血指導に持ち込まれる。「これまで以上に彼(オブライエン)は、聞き分けがないが見込みのある生徒を懸命に指導している教師といった雰囲気を強く醸し出していた」(260. 三八三)。この教師‐生徒の関係との類似性については、オーウェルが『一九八四年』を書いていたのと同時期にまとめた自身の寄宿制私立小学校時代の回想文「あの楽しかりし日々」[29]を併せ読むと、よりリアルに感じられることであろう。

女性の表象、セクシュアリティの問題

『一九八四年』に見られる女性表象については、先行研究の蓄積がかなりあり、二〇世紀半ばの全体主義的潮流に警告を発した「抵抗のテクスト」という『一九八四年』の評価に対して、フェミニズム批評の観点からの批判的な見直しが提示されてきた。そのもっとも知られる著作としては、ダフネ・パタイが一九八四年に刊行した『オーウェル神話——男性アイデンティティの一研究』[30]がある。パタイは、オーウェルの著作全体に男性優位主義とミソジニー、また男性同性愛嫌悪が見られるとしたうえで、『一九八四年』に顕著なペシミズムと絶望感は彼の狭量な男性優位主義の世界観の論理的帰結だと断じた。ミソジニスト＝オーウェルの断罪という趣が強すぎるものではあったが、「オーウェル年」に出された多くのオーウェル関連本のなかでもこれはかなりインパクトのある本だった。

それに先立つ（雑誌掲載の一文でもあり、パタイのと比べるとほとんど注目されなかったが、先駆的な）論考として田嶋陽子の一九八三年の論文「うしろ姿のロビンソンと眠れるロクサーナ——SFにおける男と女」での『一九八四年』の読解がある。田嶋によれば、ウィンストン・スミスの意識には「女（労働者）＝反人間＝官能（肉体）＝悪」という等式が潜んでおり、彼の「愛と正義」の信念は「抑圧された嫌悪と恐怖の裏返し」であり、「同じコインの裏表[31]」であるとする。「うっかりしていればいやおうなく父権性の権力構造にそのメンタリティをからめとられ、彼らが憎む体制と同じメンタリティをもつことになる」、そうした一連のSF小説の男性主人公たちと彼は同類なのであり、むしろジュリアのほうが見所があると田嶋は見る。「肉体的存在と規定され蔑視されるジュリアには、最初からこの構造がみえていた。たとえウィンストンがインテリの反逆者であろうと、その優越意識

と保護者意識ゆえに彼が指導者となる未来社会は、多かれ少なかれ偽善と権威主義の単性生殖的世界になるであろうし、あらゆるものを分断し序列をつける二元論ゆえに、男の中の母性原理が抑圧されている限り、個人主義であろうと全体主義であろうとその原理を生きるジュリアにはたいした変わりはない」[32]。ここにはジュリアの視点からオセアニア国を眺めたときの様相が鮮やかに捉えられている。

『一九八四年』の読解でさらにジェンダー・セクシュアリティの問題を複雑化させた論考として中村麻美の「家父長制批判としての『一九八四年』?」がある(タイトル末尾の疑問符に注意されたい)。男性性の主張、あるいは父権性イデオロギーが『一九八四年』の随所に現われていることを確認し、ウィンストンの「レイプ幻想」を詳細に分析したうえで、中村は第三部の愛情省内でオブライエンから執拗に拷問を受けるウィンストンを「非男性化」された存在として捉え直している。オセアニア国においては、テレスクリーンをとおしての監視、あるいは密告の奨励によって、すべての党員は性別にかかわらず恣意的に捕縛され責め苦を受ける可能性がつねにある。「ウィンストンが公共の場所を、監視されているかもしれない、逮捕・拷問されるかもしれない、と常におびえながら歩く様子は、女性が抱きがちな性暴力に対する不安・恐怖を想起させる。〔……〕性暴力の極致であるレイプと拷問を完全に同一視することはできないが、拷問も、権力あるいはヒエラルキーを伝達・維持する装置であるとは言える。レイプ文化において女性が潜在的なレイプ被害者なのであるならば、オーウェルが描く近未来のロンドンでは、男性も常に潜在的な、拷問という名の身体的・精神的虐待の被害者である」[33]。愛情省内ではその意味で男性の政治犯は男性性を奪われる。男性が依然として「レイプ文化」において女性に優位性を維持しているのであっても、「〈ビッグ・ブラザー〉による拷問の潜在的対象としてはレイプ文化における女性の地位に引き下ろされている」[34]、そう中村は見る。

第三部第二章、愛情省内で「平板のベッド」に縛り付けられオブライエンの拷問を受けるウィンストンは、苦痛の強度が増して一度失神する。意識を取りもどすと、彼は上体を起こして座っていて、オブライエンの腕が彼の両肩に回っている。「しばらく彼は赤ん坊のようにオブライエンにしがみついていた。奇妙にも、肩に回された逞しい腕に安らぎを感じたのだった。オブライエンは自分の保護者だ、苦痛は外部から、なにか別のところから来ている、その苦痛からオブライエンは自分を守ってくれている——そんなふうに彼は感じていたのである」(262–63. 三八七)。DV夫と被害者の妻の一シーンと重ね合わせてしまえるようなタブローがここに示されている。さらに拷問の程度が強まって、オブライエンの問いにウィンストンが多少満足させる返事をすると、すかさずこの拷問者は鎮痛剤の注射をする。「注射針がウィンストンの腕にすっと刺さった。その途端に、至福に満ちた、ほっとするような温もりが体中に広がった。苦痛はもう半ば忘れ去られた。彼は目を開けて感謝の面持ちでオブライエンを見上げた。その悲しげで皺が寄った、かくも醜く、かくも知的な顔を見て、彼の胸は高鳴った。動かすことができたら手を伸ばしてオブライエンの腕に重ねたところだ。いまこの瞬間まで、こんなにも彼を愛したことはなかった」(264. 三九〇)。このくだりも、中村の指摘する「レイプ文化における女性の地位」とのアナロジーが明らかな、拷問という身体と精神両面での虐待の犠牲者が抱く愛の幻想の表現として、ひりひりするような痛々しさをともなう語りである。

3　春と独裁

「ゆるい」エッセイ群

イギリスでは一九四七年から四八年にかけての冬が「窮乏の時代」といわれるこの時期のなかでももっとも過酷で、燃料の石炭の欠乏によってロンドンにいたオーウェルも養子の幼子リチャードをかかえて厳寒のなかで苦しく辛い日々を過ごしていたことは前述した。そうした時期に彼は季節や天候、あるいは小鳥やカエルといった生き物、また植樹などを話題にした一連のエッセイを書いている。小野寺健編訳のエッセイ集『一杯のおいしい紅茶』に収録されたものでいえば、「イギリスの気候」、「春のきざし」、「ひきがえる頌（しょう）」、「ブレイの牧師のための弁明」といったタイトルを挙げることができる。これらのエッセイは、オーウェルの著作のなかでは「ゆるい」書き物で、それこそ「ナショナリズム覚え書き」や「文学の禁圧」のような「政治的」な論考と比べて、肩がこらず、軽く読める。じっさい、ほとんどがタイプライターで一気に書かれ、推敲せずにそのまま掲載されたものであるように見受けられる。それもあって、これらのエッセイは、同時代の政治状況に反応しての「シリアス」な著作とは別種の書き物であると受け取られがちである。『一九八四年』のような「シリアス」な小説を執筆したのとは別次元の、オーウェルが片手間に書いた散漫な文章で、両者を並べて扱うことなど考えられない、という見方が長らくあり、いまもそれは残っているように思う。

その見方に対して私は従来から違和感を覚えてきた。『一九八四年』を単なる「反ソ・反共小説」と捉えて物語の構造や言葉の用い方を等閑に付す、まるで政治的論説文と変わらぬものとしてこの小説を読む――そういう読み方だけでは捉えそこなってしまうのではないか。『一九八四年』と、日常茶飯事を扱った上記のエッセイ群と、両者が一見別物であるように見えるのであっても、肝心な部分で両者はつながっているのではないか。私がオーウェルを論じる際に心を砕いてきた重要なポイントがこれであった。本書でもそれについてしばしば読者に注意を促してきたのであるが、改めてこれについて考えてみたい。

まずはとっかかりとして「ヒキガエル頌」から。これは労働党系の週刊新聞『トリビューン』の一九四六年四月一二日号に書かれた。原題は'Some Thoughts on Common Toads'である。「コモン・トード」とはヒキガエル科・ヒキガエル属に属するカエルの一種で学名は'Bufo bufo'、ヨーロッパで広く棲息することから和名ではヨーロッパヒキガエルという。common の名(「並の、ありきたりの」の意味がある)のとおり、イギリスでもよく見られるカエルである。このエッセイの出だしはこうだ――「燕よりも水仙よりも早く、ほぼユキノハナと同じころに現れて春が来たのを思わせてくれるのは、ヒキガエルである。大地の揺れのようなものか、わずかに気温が上がった程度のことか、何かがヒキガエルに目をさませと教えるのだ。去年の秋以来ひそんでいた穴から出てきたヒキガエルは、手近な水溜まりめざして一心不乱に這(は)っていく[35]」。

つづけてオーウェルはヒキガエルの容貌についてふれ、その目が「あらゆる生物の目のうちでも、いちばん美しいと言ってもいい」と称える。さらにヒキガエルの交尾の様子をユーモラスに伝える。「長い紐のような卵」が水中の葦の茂みに渦を巻いて現れ、やがてオタマジャクシの群れがあふれ、それが成長し足が生え、しっぽが消えて、成長したカエルとなり、またおなじサイクルを繰り返す。

このようなヒキガエルの産卵の話をもちだすのは「それがしみじみ春の到来を思わせる」ということがひとつあるが、雲雀やプリムローズのように、詩人によって称えられたことがないからだという。こうした春の情景を綴ることにいかなる意義があるのか。彼はこう問いかける。「春をはじめとして、季節の移ろいを楽しむのは悪いことだろうか。もっと正確にいえば、政治的に非難すべきことだろうか。だれもが資本主義の桎梏(しっこく)の下であえいでいる、あるいはあえいでいるべきときに、クロウタドリの声や十月の楡の黄葉のように金のかからない、左翼新聞の編集長が階級的視点と呼ぶものとは無関係ないろいろの自然現象のおかげで人生が楽しくなることもあると言ったのでは、いけないのだろうか」[36]。じっさい、『トリビューン』紙の編集者兼執筆者としてのオーウェルが経験したところでは、自然を賛美するような文章を書くと読者から批判の投書がきた。きまって「センチメンタル」だと非難される。「これには二つの思想もからんでいるらしい。一つは、人生の現実の流れを楽しむのは一種の政治的静観主義を助長するという思想である。この思想はさらに、人民は不満を抱くべきであり、欲望を増幅させるのがわれわれの務めであって、すでに所有しているものをいっそう楽しむだけではいけない、という風に発展する。もう一つの思想は、現代は機械の時代であり、機械を憎悪するのはもちろん、機械の支配領域を制限しようとするのは、それだけでも退嬰(たいえい)的、反動的であって、いささかこっけいだという思想である」[37]。

ウィンストン・スミスの春

『一九八四年』の世界では、この投書者のような見方が優勢というか、少なくともプロールは別にして、党員のあいだでは自然のうつろいに関心を抱くことは、それだけで当局から疑惑を持たれる。だからウィンストン・スミスが春の陽気に誘われて町を彷徨するというのは異端的で危険な行動にほかならない。そして物語にはたしかに季節の推移が書き込まれている。物語の冒頭は四月四日から始まる。晴れてはいるが肌寒く、不快な風が吹いていて砂埃が舞っている。だが物語の進展とともに次第に気候がよくなる。第一部の最後はまだ四月が終わっていない。第二部は五月から八月まで季節が推移する。ところが第三部の愛情省でのオブライエンによるウィンストンの洗脳の場面となると、外界の季節の移ろいとは遮断されていて、時の経緯が曖昧になってしまう。季節の観念のみならず、昼夜の区別も皆目わからなくなってしまう。

ビッグ・ブラザーが監視する世界であっても、人為が及ばないところでは、春から初夏にかけての季節の心地よさは変わらない。第一部第八章で夕刻にウィンストンがプロールの地区を探索するのは、「四月の空気のかぐわしさ」に誘われてしまったからだった。前に部分的に引用したところだが、その前後も併せて引いておこう。

彼〔ウィンストン〕は舗道を何キロも歩いたので、〔足の〕静脈瘤性潰瘍がずきずきしていた。無謀な行為だった。〈コミュニティ・センター〉での夕方の集会を休むのはこの三週間でこれが二度目だった。原則としてセンターでの出席回数が入念にチェックされているのは確実だからである。原則として党員に余暇というものはなく、ベッドに入っているときをのぞけば、けっして一人きりでいることはない。仕事中、あるいは食事中や睡眠中以外は、党員はコミュニティでのレクリエーションに参加するのが当然とされていた。孤独を好むというのを匂わすような振る舞いは、一人で散歩に出かけることでさえ、つねにいささか危険なことであった。ニュースピークにはこれを表わす語がある。〈自己生(オウンライフ)〉と呼ばれ、個人主義と常軌を逸した奇行を意味した。だが今宵、庁舎から外に出たとき、四月の空気のかぐわしさに抗えなくなった。空は今年になって初めて見るような暖かい青色で、それでセンターでの長く騒々しい夕べの会が、退屈でぐったりさせるゲームやら講演やら、はたまたジンで景気づけした同志たちのキーキー声の親睦会が、急に耐えがたいものに思えてきたのだった。衝動的に彼はバス停に背を向けて、ロンドンの迷宮へとさまよい込んだ。まず南へ、それから東へ、それからまた北へと、見知らぬ通りを迷いつつ進み、自分の行く先などもうどうでもよいという気になっていた。(85, 一二六－一二七)

ウィンストン・スミスがロンドンの街歩きを始める重要なくだりである。この世界での政治体制は根本的に旧世界と変わっているが、春の心地よさは、党員であっても、それを感受できる者にとっては、昔と変わらないのである。もっとも、ウィンストンはあくまで例外的な〈党外核(アウター・パーティ)〉員であって、隣人のパーソンズのような他の従順な党員たちは通常このような危険な行為はおこなわない。そうしようとも思わないほどまでにイングソックの「正統」思想に馴化されている。

〈黄金郷〉

春の心地よさがこの小説でいちばん濃密に描かれているのは第二部第二章、ウィンストンとジュリアがロンドンから離れた田園地帯で密かに落ち合い、愛を交わすくだりである。その場所はどのあたりか。第二部第一章、ヴィクトリー広場（旧トラファルガー広場）でウィンストンはジュリアと雑踏に紛れて秘かに会い、つぎの日曜日の午後に会う場所を彼女が指定する。まず「パディントン駅に行って」と述べ、ウィンストンが驚くほどの「一種軍事作戦のような正確さ」でもって待ち合わせ場所までの経路を伝える。「列車で三〇分、駅を出て左折、道路を二キロ、てっぺんの横木が取れた門、野原の一本道、草の生えた細道、木立のなかの小道、苔むした一本の枯れ木。まるで彼女の頭のなかには地図が入っているかのようだった」（121. 一七八）。

パディントン駅はロンドンの鉄道ターミナル駅のなかで南西部に位置し、近場ではオクスフォード、遠距離だとウェールズのカーディフ、あるいはイングランド南西部のエクセターやプリマスをつなぐ列車の発着駅である。降車駅はもとより、他の地理上の目印が何も記載されていないので、発着駅から推測するしかないのだが、オクスフォード方面の列車に乗ったとして、パディントン駅からオクスフォード駅までは各駅停車だとおよそ一時間半かかるので、「列車で三〇分」となるとその三分の一ほどの距離、旧バークシャーの町スラウの近辺というふうにいちおう当たりがつけられる。そこから南に数キロ歩けばテムズ河畔のイートンに至る。さらにテムズ流域をさかのぼれば、オーウェルが少年期を過ごしたヘンリー・オン・テムズもそれほど遠くない。

ジュリアの指示に従って、ウィンストンは待ち合わせ場所に向かう。彼は「光と影がまだらになった小道を一歩一歩ゆっくりと進んでいった。大枝にすきまがあるところでは、黄金色の陽だまりに足を踏み入れる。左側の木々の下には、ブルーベルの花が霞（かすみ）のように地面を覆っている。大気が人の肌にキスをしてくるかのように思えた。五月二日だった。森のもっと奥深いところから、ジュズカケバトの低い鳴き声が聞こえてきた」(123. 一八一)。さらに進んでいくと歩道までもがブルーベルで覆われ、踏まずには通れない。待ち合わせ時間の一五時まで少し時間があるのと、ジュリアに贈ろうと思ったので、その場でブルーベルの花を摘んで大きな花束を作る。そのときに背後からジュリアが現れ、彼女の手引きでさらに安全と思われる奥まった場所に入ってゆく。

二人が立っているのはハシバミの木立が影を作っているところだった。陽光は無数の葉のあいだから漏れ落ちてくるのだが、それでも頬に当たると熱く感じられた。ウィンストンはかなたに広がる草原を見やった。すると何か思い当たるという奇妙な感覚がじわりとしてきた。見覚えのある景色だったのだ。草が動物に食い荒らされた古い牧草地で、一本の曲がりくねった歩道が通り、モグラ塚があちらこちらにある。向こう端の手入れのされていない生垣では、楡の木の枝がそよ風でかろうじてわかる程度に揺れている。その葉が濃い塊となってかすかに揺れるさまは女の髪のようであった。たしかに近いところに、見えはしないのだが、小川が流れ、緑なす淀みにはウグイが泳いでいるに違いない。

「近くに小川があるんじゃないかな?」彼はささやいた。

「ええ、小川があるわ。隣の野原の端っこにね。そこに魚がいる。とっても大きい魚よ。柳の下の淀みで尾びれをゆらせてじっとしているのが見えるわ」

「〈黄金郷(ゴールデン・カントリー)〉だ、まるで」と彼はつぶやいた。

「〈黄金郷〉?」

「いや、なんでもない。時々夢で見た景色なんだ」

「見て!」とジュリアがささやいた。

ツグミが一羽、五メートルも離れていない枝にとまっていた。二人の顔の位置とほぼおなじ高さだった。二人のことが見えなかったのかもしれない。ツグミは日なたにいて、二人は木陰にいたのだ。翼を広げてから、注意深くもとにもどし、あたかも太陽にお辞儀をするかのように、一瞬頭を下げる。それから勢いよく歌いはじめた。午後の静けさのなかでその歌声は驚くほどの大きさだった。ウィンストンとジュリアはひしと抱き合ったまま、その声に聞きほれていた。(129–30. 一九〇–九一)

『一九八四年』の物語世界の基調をなすのが、オセアニア国の極東に位置する旧イギリス、エアストリップ・ワン(滑走路一号)の一都市ロンドンの景観——貧相な住宅群や空襲で生じた廃墟のなかに四棟のピラミッド型の巨大庁舎がそびえ立つ都市空間——であるとするならば、ウィンストンとジュリアの最初の逢瀬の場所であるこの田園は、その対極に立つ理想的空間であるとひとまずいえる。見てのとおり、右の情景は西洋古典文学以来の牧歌(パストラル)、あるいは田園詩(イディル)のジャンル特有のイメージ群が駆使されている。五月のかぐわしい空気、林のなかの木漏れ日、一面に咲き誇るブルーベル、ジュズカケバトのクークーという鳴き声、陽光を浴びてさえずるツグミ、小川の淀みの柳の下のウグイ——アルカディア的な「悦楽境(ロクス・アモエヌス)」というトポスがこれらのアイテムによって提示されている。

ドイツ人のロマンス語文学研究者E・R・クルツィウス（一八八六－一九五六）によれば、この「悦楽境」は西洋文学において「ローマ帝政時代から一六世紀に至るまで、あらゆる自然描写の主要モティーフをなしている」。そこは「うるわしい、日陰のある寸景であって、その最小限の道具立ては一本（もしくは数本）の樹木、草地、泉もしくは小川である。これに鳥のさえずりと草花がつけ加わることもある」[38]。テオクリトスとウェルギリウスではこれらの描写は田園詩の舞台背景のようなものに過ぎなかったが、それがやがて田園詩から分離して「修辞的記述の対象」になる。ラテン文学でのそうした細密描写の最初期の例としてクルツィウスは古代ローマの詩人ペトロニウスの詩行を挙げる。その散文訳を引くとこうである。「しなやかなプラタナスが夏の日影を投げていた。漿果（ベリー）のまつわる月桂樹（ダフネー）、震える糸杉、枝を落とされ、いただきを揺する松の木立もまた同じ、木々のあいだを縫って、泡立つ小川がせせらぎ、もの悲しい音をたてながら小石を洗っていた。これは愛にふさわしい場所であった。これを証（あか）しするのは森のナイチンゲールと都会（まち）の燕。彼らは草とやさしいスミレの上を軽やかにとびかい、その歌声でこの場所をかざった」[39]。これに照らしてウィンストンが〈黄金郷〉と感嘆した光景を見てみれば、そこに「悦楽境」の道具立てが揃っているのがわかるだろう。そして「これは愛にふさわしい場所であった（Dignus amore locus）」という点も、『一九八四年』版のこの「心地よい場所」に当てはまる。

「愛にふさわしい場所」

「大気が人の肌にキスをしてくるかのように思えた」という表現が示すように、このあとでウィンストンとジュリアが林間の空き地で愛を交わす背景にふさわしく、そこはエロティシズムが横溢した場でもある。そこはイングソック党の寡頭制集産主義による抑圧機構の埒外にある。第一部第六章で述べられているように、〈党〉は「性行為からあらゆる快楽を除去すること」(68. 一〇二)を狙う。「愛情よりもむしろエロティシズムこそが敵なのだった。夫婦間でも婚外の関係でもそれは変わらない。党員間の結婚はすべて、このために任ぜられた委員会の承認を得なければならない。そしてその原則が明確に述べられたことがなかったのだが、男女が互いに肉体的に惹かれあっているという印象を与えてしまうと、必ず結婚の許可は与えられなかった。唯一公認された結婚の目的は、〈党〉に奉仕する子供をもうけることなのだった。〔……〕〈党〉は性本能を抹殺しようとしていた。あるいは、それが無理だとすれば、性本能をゆがめ、汚そうとしていた」(68–69. 一〇二−三)。だからウィンストンとジュリアの密会と性行為は〈党〉への反逆となる。「二人の抱擁はひとつの戦いであり、絶頂はひとつの勝利だった。それは〈党〉に加えられた一撃であり、ひとつの政治的行為なのだった」(133. 一九五)。

このイングソックによる性本能の抑圧という政策は、おなじくディストピア小説の古典と目されるオルダス・ハクスリーの『すばらしい新世界』のそれと対照的である。ハクスリーの描く「フォード紀元六三二年」(西暦二五四〇年)の世界では、人は母体からでなく一種の人工授精によって瓶のなかで培養され、あらかじめ五つの階級(アルファからエプシロンまで)のいずれかになるように調整して生み出される(『一九八四年』の物語世界では当局は人工授精の効用を認めているもののその技術は未だに得られていない)。「結婚」や「父」「母」といった言葉自体が原始的で卑猥な語とされ、生殖と無縁な快楽のみを追求した乱交が日常的になされており、ソーマという政府公認のドラッグの日常的な服用とともに、それがこの世界のシステムの維持に役立っている。[40] オセアニア国では、真理省の虚構局の業務のひとつとして、プロール向けにポルノ小説を自動機械で製造して（ジュリアはこの仕事に従事している）頒布し、ある種の大衆操作に役立たせている（じっさい、プロールへの〈党〉による倫理規範の強制はないに等しい）のだが、党員（特に〈党外核〉員）に対しては性の管理は厳格このうえない。田園で最初になされたウィンストンとジュリアの性行為はこの文脈ではきわめて過激な、命懸けの反抗の身ぶりである。

〈黄金郷〉と口走ったのをジュリアに問われて、ウィンストンは「時々夢で見た景色」だと答えた。じっさい、すでに第一部第三章でウィンストンの夢の語りの一部としてこの〈黄金郷〉が読者に紹介されていた。夏の夕暮れ、西に傾いた陽光が「地面を黄金色に染めて」いる。繰り返し見るその夢をウィンストンは〈黄金郷〉と名付けていた。ウサギに食い荒らされた古い牧草地、そこに通る一本の曲がりくねった歩道、生垣のあたりで楡の木立の枝が微風にかすかに揺れ、それが「女性の髪のように濃い塊となってゆらいでいる。〔……〕近くでは、目には見えないものの、清流がゆるやかに流れていて、柳の下の淀みでウグイが泳いでいる」（32–33. 五〇）。そして夢のなかのこの〈黄金郷〉の理想的景観を完成させるかのように、「黒髪の娘」が草原のむこうから近づいてきて、ウィンストンの目の前であっというまに服を脱ぎ全裸になる。服を放り投げるときの彼女の身ぶりに彼は感嘆の気持ちを抱く。彼女の「優美で無頓着なしぐさは文化全体を、思考の体系の総体を無化するかのように思われた。まるで腕をあざやかに一振りしただけでビッグ・ブラザーも〈党〉も〈思考警察（ソートポリス）〉も一掃して無に帰してしまえるかのようだった」(33. 五一)。この夢はいわば「予知夢」として提示されていて、「黒髪の娘」はジュリアの姿をまとって物語の現実に現れる。「彼女は一瞬、彼を見て、自分のオーバーオールのジッパーに手をやった。そう、これだ。夢で見たほぼそのままだ。思い描いていたのとおなじようにすばやく彼女は服を脱ぎ捨てた。それを脇に放り投げるしぐさもおなじで、文明全体を無化するような堂々としたものだった」(131. 一九二)。

この〈黄金郷〉を、〈党〉の支配するディストピア的空間に対立するユートピア的空間と見立てることは可能であろう。ただし、この「快い場所」は主人公たちが禁断の快楽にふけり、自由の感覚を味わえる場所でありながらも、完全には監視の危険を逃れることはできない。牧歌の一要素をなす樹木のなかに隠しマイクが仕込まれている恐れがある。恋人たちの会話をモニターして「その機械の向こう側で、甲虫のような小男がじっと聞いているのかもしれない」(130. 一九一)。二人がつかのま愛の行為にふけるアルカディア的田園が盗聴受信機を通して愛情省と接続されているというふくみがあり、その点で〈黄金郷〉は一抹の不安をまとった、アイロニーを帯びた両義的なトポスとなっている。そしてそのアイロニーは、二人がその後ロンドンで得る隠れ家――プロール街のチャリントン氏の古道具屋の二階の部屋――にも潜んでいる。つぎにそちらの場所のほうも見ておこう。

隠れ家とガラスのペーパーウェイト

ロンドンから離れた田園地帯がウィンストンとジュリアの最初の逢引の場所だったが、そこにふたたび赴くことはできず、「その五月のうちにじっさいに愛を交わすことができたのはもう一度だけ」

（134. 一九七）で、それはジュリアが知るもうひとつの「隠れ場所」で、「三〇年前に原子爆弾が落とされてほとんど住む人のいなくなった田園地帯にある教会の廃墟の鐘楼（ベルフリー）」（第二部第三章、134. 一九七）だった。この物語世界で一九五〇年代に核戦争が起こったこと、そして「コルチェスターに原子爆弾が落ちたとき」（35. 五三）という言及が第一部第三章に出てくる（これ以外で原子爆弾の標的になった地名は出てこない）ことからして、その教会の廃墟は英国北東部エセックス州の都市コルチェスターの周辺のどこかにあると推測してよいのかもしれない。最初の逢引の牧歌的な「悦楽境」が、うって変わって核爆弾で廃墟化した土地で、時は「日差しの強い午後」、「鐘の上にある四角い小部屋の空気は暑くよどんでいて、鳩の糞の匂いがひどく立ち込めている」（136. 二〇〇）。床は小枝が散らばっていて埃っぽい。前の田園地帯以上に監視の目が厳しいので、神経が休まらず、落ち着いて過ごすことができない。

それでウィンストンは思い切ってロンドン北東部、プロール街にあるチャリントン氏の古道具屋（ジャンク・ショップ）の二階の空き部屋を借り受け、そこをジュリアとの逢引の場所にする。ウィンストンが〈党〉に対する最初の反抗の行為としておこなったのは、秘かに日記を書くという行為であったが、そのための古い日記帳を購入した際に初めて訪れた店であり、また第一部の最終章で再度訪れて、百年以上前の品と思われる、珊瑚が埋め込まれたガラスのペーパーウェイトを店内で見つけてそれに魅せられて購入、さらにチャリントン氏に案内されて二階の部屋も見せてもらっていたのだった。

その時点にもどるなら、パブで老人に昔の時代（ビッグ・ブラザー体制以前）についての話を聞き出そうとしたが要領を得なかったエピソードのあと、たまたま入り込んだのが古道具屋のある界隈だった。オセアニア国のなかにあって、その店内の雰囲気は、ウィンストンにとってたいそう魅力的に感じられるものだった。

ちっぽけな店内はたしかに足の踏み場もないほどものであふれていたが、少しでも値打ちがあるものはそこにはほとんどなかった。埃をかぶった無数の額縁が四方の壁のまわりに積まれていたので、ひどく手狭だった。ウィンドウにはトレイに入った留めねじと締め釘、擦り切れた鑿（のみ）、刃のこぼれたペンナイフ、まともに動いている様子さえ見せない錆びた懐中時計、その他種々雑多なくずが置いてあった。かろうじて片隅の小さなテーブルにだけは、おもしろそうなものが入っているガラクタの山があった。ラッカー塗りの嗅ぎ煙草入れだとか、瑪瑙（めのう）のブローチといったものである。(98. 一四五)

「春の訪れ」や「ヒキガエル頌」など、オーウェルの「ゆるい」エッセイ群が『一九八四年』と肝心なところで深く関連している、ということを前に述べた。おなじことが右のくだりにもいえる。なにしろ古道具屋めぐりを愛好していたオーウェルがそれについてエッセイを書いていて、その記述にはウィンストンが訪ねるチャリントン氏の店とかなり似通ったところがあるからだ。

一九四五年の一二月から四六年の春先まで、オーウェルはロンドンの夕刊紙『イヴニング・スタンダード』の土曜版に一連の肩の凝らない短文を連載した。いずれもイギリス人の日常生活の些事に関わる話題で、暖炉の火の魅力であったり、ディナーに招待されたときの服装であったり、はたまた懐かしい流行歌、イギリスの天候についてだったりする。そのなかで「一杯のおいしい紅茶」と「イギリス料理の弁護」はこの手の「ゆるい」エッセイでよく知られているものであろう。いずれも政治の大問題にはまったくふれていない。その連載のある回（一九四六年一月五日号）で彼は古道具屋（ジャンク・ショップ）について書いた。そこでオーウェルはジャンク・ショップとアンティーク・ショップを区別する。後者のアンティーク・ショップというのは「清潔で、品物もきれいにならべてあって、実質の倍くらいの値段がつけてあり、ひとたび中へ入ろうものならうるさくつきまとわれ、ついに買わされてしまう店」である。ところがジャンク・ショップのほうは「ショーウィンドーもうっすら埃（ほこり）をかぶっていて、置いてあるのも捨ててもいいようなものが珍しくなく、たいてい奥の部屋で居眠りをしている主人は、まるで売りつける気もない[41]」。そのように区別したうえで、オーウェルはジャンク・ショップでおそらく彼自身が見つけた掘り出し物を列挙している。「蓋に絵が描いてあるパピア・マシュ〔箱、盆などの製造に用いる紙粘土状の模造紙〕でできた嗅ぎ煙草入れ、ラスター〔真珠の光沢を持つ陶磁器〕でできた水差し、一八三〇年前後の先込め式ピストル、瓶の中に造った船の模型などがある。こういうのは今でも造られてはいるが、古いものがいいのだ。ヴィクトリア朝の瓶は形が美しいし、グリーンのガラスの微妙な色合いがいい[42]」。

このくだりにかぎらず、彼はヴィクトリア朝時代（一八三七―一九〇一）の古物をかなり好んでいたように思われる。一九四〇年当時はヴィクトリア朝時代の産物は一般的には否定的な見方がされていた。もう数十年するとその見方に変化が生じて、その時代への調査、研究が進み、また保存運動も盛んになるのだが、ヴィクトリア朝文化への愛好者は少数派だった（「ヴィクトリアン・リヴァイヴァル」の先駆者として、作家のイーヴリン・ウォー（一九〇三−六四）、詩人のジョン・ベッチマン（一九〇六−八四）など、同好の士がいたのではあるが）。さて、いま引いたジャンク・ショップ礼賛のエッセイでの掘り出し物のリストはさらにつづいていて、そのなかで注目すべきなのはガラスのペーパーウェイト、すなわち文鎮の記載である。「底に絵がはいっているガラスの文鎮」があり、「そのほかにもガラスの中に珊瑚を封じこめたものもあるが、これは例外なくべらぼうに高い[43]」とある。この最後の「ガラスの中に珊瑚を封じ込めた」ペーパーウェイトが、『一九八四年』のなかできわめて重要な古物として登場する。ウィンストンがチャリントン氏の店で面白そうなものがある例のテーブルに向かうと、「丸くてなめらかなものがランプの明かりに照らされてやわらかい光を発している」のが彼の目にとまる。彼はそれを手に取る。


それは重いガラスの塊で、片面は丸く、もう一方の面は平らで、ほぼ半球体をなしていた。ガラスの色合いにも手ざわりにも、雨水のような独特な柔らかな味があった。その中心には、丸い表面によって拡大されて、薔薇の花かイソギンチャクを思わせるような、不思議なピンク色の渦巻き状のものが入っていた。

「これは何だい？」とウィンストンは魅せられて聞いた。

「珊瑚ですね、それは」と老人［チャリントン氏］が答えた。「インド洋で採れたものに違いありません。昔はそれをガラスのなかに埋め込んだものです。作られて優に百年はたっていますね。見たところではもっと古いものでしょう」

「美しいものだね」とウィンストン。

「美しいものです」老人はほれぼれとして言った。「ですが、近ごろはそうおっしゃる方はだいぶ少なくなりました」(98–99. 一四六)

このペーパーウェイトの魅力はウィンストンには抗いがたく、チャリントン氏が提示した言い値の四ドルをその場で支払い、自分のものとなった品をポケットにすべり込ませる。このペーパーウェイトのどこに彼は惹かれたのか。それは「美しいからというよりも、現在とはまったく異なる時代に属している雰囲気を備えているように見えるから」(99. 一四六–一四七)という理由だった。「彼がそれまで見たいかなるガラスとも似ていなかった。柔らか味のある雨水のようなそのガラスは、一見何にも役に立たないように見えるという理由でその魅力はいや増した——かつてはペーパーウェイトとして用いられたに違いないことは推測できたのではあるが」(99. 一四七)。イングソックの正統的教義で画一化されたオセアニア国のロンドンのなかで、そのペーパーウェイトは、一見役に立たないように見えるものでありながら、公的には抹消された過去の記録、歴史につながる手がかりとしてウィンストンの前に立ち現れたのだった。後日、ジュリアとの逢瀬のときに、ウィンストンはこの古物を手に取り、その「柔らかな、雨水のような淡い色をしたガラスのかたち」に魅せられている。それを見たジュリアが「それ、何だと思う?」と尋ねると、ウィンストンは「べつに何だとも思わないな」と答え、こうつづける。「つまりね、何かに使われたものとは思えない、ということさ。そこが気に入っているんだ。これは連中が改変するのを忘れた、歴史のひとかけなんだ。百年前の昔からのひとつのメッセージなんだよ。その読み方さえわかったらね」(152. 二二四頁)。

このペーパーウェイトを買った直後に店主のチャリントン氏はウィンストンをもうひとつの部屋、すなわちのちに彼がジュリアとの密会のために借りることになる二階の部屋に案内する。それは通りには面しておらず、窓からは丸石を敷いた中庭と林立する煙突が見える。古い家具が揃っていて、住もうと思えばすぐに住める状態になっている。「床には細長い絨毯(じゅうたん)が敷いてある。壁には絵が一枚か二枚、暖炉の前には深々としてだらっとした感じのアームチェア。一二時間制の旧式のガラスの置時計が炉だなの上で時を刻んでいる。窓の下にはマットレスをのせたままのベッドがあり、それは部屋の四分の一ほどを占めるような大きなものだった」(100. 一四七-四八)。こうした古い品々からなるこの部屋もウィンストンを魅了する。この部屋を借りたいという衝動に彼はとらわれる(この時点で彼とジュリアとの関係は生じていないので、一人でここに滞在したいという欲求ということになるが)。

〔部屋を借りるという〕その思いつきは無謀でとんでもない考えでそんなことは思ったとたんに断念すべきものだった。だが、この部屋は、彼の内奥の、過去への憧憬(ノスタルジア)の念といってもいいようなもの、いわば祖先の記憶といったものを目覚めさせていた。このような部屋にいて、裸火のかたわらでアームチェアに身を沈めている——両足をフェンダーにかけ、やかんが暖炉にかけてある——そのようにしているのがどのような気分であるのか、彼にはじつによくわかるように思えた。一人きりで、安心しきって、だれにも監視されず、つきまとってくる声もなく。耳に入る音といえば、やかんの鳴る音と、時計の針の親しみのある音だけで。(100. 一四八)

「だれにも監視されず、つきまとってくる声もなく」というのは、この部屋にはウィンストンのヴィクトリー・マンションズのフラットに備え付けられているテレスクリーンが見当たらない（とウィンストンが信じた）からで、代わりに壁面には古書を並べた本棚があるし、またこれも一九世紀のものと見られる古い版画――セント・クレメント・デインズ教会を描いたスティール・エングレイヴィング（鋼板陰画）が掛かっている。その版画に注目したのがきっかけになって、チャリントン氏は伝承童謡「オレンジとレモン」の断片を口ずさむことになり、それを聴いたウィンストンがその古い歌にも魅了され、この歌を復元しようとする以後の彼の企図が物語の展開と密接に関わって動いてゆく。[44]

春のかぐわしい空気、林間地に咲き乱れるブルーベル、木漏れ日、ツグミのさえずり、緑なす小川のウグイ、そして古道具屋で見つけた百年前の昔のガラスのペーパーウェイト、スティール・エングレイヴィング、またウィンストンが日記を書くクリーム色の古い日記帳、付けペンにインクという古い筆記具――こうしたものたちに、主人公が生きたい世界の質感が埋め込まれている。それらの価値とヴィジョンは、物語世界の正統思想（オーソドクシー）によって否定され、彼が敗れ去るのであっても、読者に共有され慈しまれるべきものとして残される。

4 「ニュースピーク」の効用

『一九八四年』の「附録（Appendix）」として「ニュースピークの諸原理（The Principles of Newspeak）」が巻末に載っている。研究書や評論集ならいざ知らず、小説ジャンルでこのような附録が添えられているのは珍しい。小説の第一章、「ニュースピーク」の語が最初に出てくるくだりで、「真理省――ニュースピークで言えば〈ミニトゥルー〉（The Ministry of Truth—Minitrue, in Newspeak）」に脚注が附され、「ニュースピークはオセアニアの公用語であった。その構造と語源の説明については、附録を見よ」（p. 一一）と記されている。小説をとおして脚注はこのひとつだけである。読み出してまもなくの段階で、この脚注にしたがって巻末にページを移して附録を全部読む、という読者がどれほどいるか、疑問である。私の場合も、学生時代に新庄哲夫訳のハヤカワ文庫旧版を最初に読みだしたとき、附録をさっと見て、じっくり読むことなくすぐに物語のほうにもどり、結末まで行ってから改めて附録を通読したのを覚えている。それさえもせず附録は読まずに済ます読者もあるいは多いのかもしれない。なにしろそれなりに分量がある。原文で四三〇〇語強、邦訳で（高橋和久訳のハヤカワepi文庫版で）一八ページに及んでいる。

オセアニア国の支配原理のうちの重要な部分を占める言語政策とその基礎をなす言語観の詳細な説明として、この附録はたいへん意義深い。ではそれはいかなる言語観であるのか。その書き出しはこうなっている。

ニュースピークはオセアニアの公用語であった。それはイングソック、すなわち英国社会主義のイデオロギー上の必要に応えるために考案された。一九八四年には話し言葉であれ書き言葉であれ、ニュースピークを唯一のコミュニケーション手段として用いる者はまだいなかった。『タイムズ』の社説はニュースピークで書かれてはいたが、これは一人の専門家だけがなしうる離れ業だった。ニュースピークが最終的にオールドスピーク（すなわちわれわれの言う標準英語）に取って代わるのは二〇五〇年ぐらいのことだと見込まれた。そのあいだにニュースピークは着実に地歩を占めてゆき、全党員がニュースピークの語と文法構造を日常の話し言葉のなかでますます多く用いるようになっていた。一九八四年に使われ、ニュースピーク辞典の第九版と第一〇版に具体化されていたヴァージョンは暫定版であった。そこには余計な語や古い形態が多くふくまれていて、後日廃棄されることになっていた。ここ〔「ニュースピークの諸原理」〕で扱うのは、辞典の第一一版で具体化される、ニュースピークの最終の完成版である。(312. 四八一)

ここで注目すべき点のひとつは、一九八四年（頃）という物語世界の時点で、ニュースピークはいまだに完成形ではないと書かれていることである。未完成なのでオールドスピークなしでこれだけを用いて「コミュニケーション手段」にすることはできないというのだ。ニュースピークを使いこなせる人は物語世界のなかで一人もいないということになる。『タイムズ』の社説はニュースピークで書かれているが、だれにでもできる仕事ではなくて、「一人の専門家だけがなしうる離れ業」だとされている。

新聞記事の改竄・捏造

イギリスの数ある新聞のなかで保守的な高級紙『タイムズ』（一七八五年創刊）が物語世界のなかで存続して、イングソックの御用新聞となっているという設定は作者の仕込んだ皮肉のひとつと見てよい。そしてこの「一人の専門家」とは、物語に登場しているとするならば、情報省で主人公ウィンストン・スミスの同僚であるサイムなる人物をおそらく指している。姓（Syme はスコットランド人に多く見られる）だけしか紹介されていないこの人物の初登場の場面は、第一部第五章、昼食時に情報省内の地下食堂で長蛇の列に並んでいるウィンストンに彼は背後から声を掛ける。「言語学者で、ニュースピークの専門家」であり、「ニュースピーク辞典第一一版の編纂作業に当たる大作業班の一員」である。小柄なウィンストンよりもさらに背が低く、黒髪で、「突き出た大きな目は悲しみを湛えつつも嘲りも浮かんでいる」（51. 七六）。サイムが声を掛けてきたのは品不足である剃刀の刃を求めているためであるが、ウィンストンはそれを断る。前日にあった戦争捕虜の公開処刑の話題があり、昼食をようやく受け取り、ウィンストンとサイムは同席して昼食をともにしながら雑談をする。ウィンストンがサイムにニュースピーク辞典の進み具合を聞くと、いわば「ニュースピークおたく」といってもよいようなサイムは、待っていましたとばかりに熱く語り出す（52–53. 七七以下）。

ニュースピークの実例はサイム登場前にすでに紹介されている。第一部第四章でウィンストンが勤務する情報省記録局での業務が紹介される。オフィスでウィンストンは四枚の紙片に書かれた文書を処理する。「それぞれ一、二行程度のメッセージ」であり、「正確にはニュースピークではないが、ニユースピーク語が大半を占めて」おり、情報省内の連絡で使われている。原文に注釈をまじえた逐語訳を添えて引用しておこう。

times 17.3.84 bb speech malreported africa rectify
times 19.12.83 forecasts 3 yp 4th quarter 83 misprints verify current issue
times 14.2.84 miniplenty malquoted chocolate rectify
times 3.12.83 reporting bb dayorder doubleplusungood refs unpersons rewrite fullwise upsub antefiling（40–41. 六二）

タイムズ　八四・三・一七　bb　演説　悪報　アフリカ　改正
タイムズ　八三・一二・一九　3yp　八三第四・四半期予測　ミスプリ、真実化　最新号
タイムズ　八四・二・一四　ミニプレンティ　悪引用　チョコレート　改正
タイムズ　八三・一二・三　bb日勲　倍超不良　言及　非在人　書キ換エ　十分的　上提　ファイル前

逐語訳を右のように示してみたが、なかなか原文のニュアンスを伝えるのが難しいと実感する。形式面でまず目につく点を言うと、センテンスの冒頭であれ、固有名詞であれ、語頭が大文字でなく、全文が小文字で記されていること、また日付部分を別にして、句読点が使われていないことである。四つの紙片とも冒頭の語がtimesであるが、これは新聞の『タイムズ』の紙名を表わしているので、これだけで（大文字始まりでなく、またイタリック体でもないので）表記が異様に見える。

さて、ウィンストンは四枚目の作業が込み入っているので後回しにして、最初の三枚の事務処理をてきぱきと済ます。こちらは簡単だというのだ。

一つ目の紙片でいえば、〝times 17.3.84 bb speech malreported africa rectify〟(タイムズ　八四・三・一七　b b演説　悪報　アフリカ　改正)は、『タイムズ』紙一九八四年三月一七日号に掲載されたアフリカに関するビッグ・ブラザーの演説が間違った報道であるので改正すべし、ということらしい。「三月一七日の『タイムズ』からすると、ビッグ・ブラザーはその前日の演説で、南インド前線は動きがないままであろうが、ユーラシアが近々北アフリカで攻撃を仕掛けてくるだろうと予言していたように見えた。じっさいには、ユーラシア軍最高司令部は南インドに攻撃を仕掛け、北アフリカは放置した。それゆえ、ビッグ・ブラザーの演説のなかの一段落を書き直し、じっさいに起こったことを彼が予言したとおりにする必要があった」(41. 六三)。この紙片で純粋にニュースピーク語といえるのは(つまり標準英語の語彙にない語は)「悪報」と訳した malreported だけであろう。文法構造が示されておらず、不慣れな者には構文がつかめないだろうが、ウィンストンのような熟練者なら容易に意味が取れる。

二つ目の紙片の〝times 19.12.83 forecasts 3 yp 4th quarter 83 misprints verify current issue〟(タイムズ　八三・一二・一九　3 y p　八三第四・四半期予測　ミスプリ　真実化　最新号)は、語り手によれば、「一九八三年の第四の四半期――それは〈第九次三カ年計画〉の第六の四半期でもあったが――のさまざまな消費物資の生産高の公式予測を発表していた。本日号にはじっさいの生産高が発表されていて、先の予測はどこを取っても大きな誤算であるのが明らかだった。ウィンストンの仕事は、当初の数字をのちの数字と合わせることによって修正すること」(41. 六三)だった。「3yp」は three year plan の略語。ここは厳密にニュースピーク語にあたる語はないが、一つ目と同様、統語法が無視されているので、構文は推測するしかない。

三つ目の紙片の'times 14.2.84 miniplenty malquoted chocolate rectify'（タイムズ　八四・二・一四　ミニプレンティ　悪引用　チョコレート　改正）は、「二分で正せるような非常に単純な誤りに言及したもの」だと語り手はいう。「つい最近、二月のこと、豊富省は一九八四年にチョコレートの配給を削減することはないという約束（「定言的誓約」というのが公式用語だった）を表明していた。ウィンストンが気づいていたように、じっさいにはこの週末にチョコレートの配給が三〇グラムから二〇グラムに削減されることになっていた。当初の約束を、四月のどこかで配給を引き下げる必要があるだろうという警告に変えるだけでよかった」（41–42. 六三－六四）。ここでは「豊富省」を意味する「ミニプレンティ（miniplenty）」と「悪引用（malquoted）」の二語がニュースピークの語彙に入る。

ウィンストンが勤務する情報省記録局のオフィスは、フロアが個室の仕切り部屋に分かれており、各部屋の壁にそれぞれ三つ穴が開いている。「スピークライト」という自動口述筆記器の右側には通信文用の気送管、左側には新聞用のもっと大きな気送管、そして脇の壁には「ウィンストンが腕を伸ばせばすぐ届くところに、金網で保護された大きな長方形の口」が開いている。最後のは紙くずを処理する穴で、「おなじような穴がこの建物中に何千、何万と存在した。各部屋だけでなくどの通路にも短い間隔であった。ある理由でそれらは記憶穴（メモリー・ホール）というあだ名がついていた。なんらかの文書が廃棄すべきであるとわかったとき、あるいは紙くずが落ちているのを見つけたときでも、いちばん近くにある記憶穴のふたを開けてそこに紙を落とすのが反射的な行動になっていた。その穴に入れると紙くずは暖かい気流にのって旋回しつつ、この建物のどこか奥まったところに隠されている巨大な焼却炉へと運ばれるのだった」(40. 六一－六二)。ウィンストンは『タイムズ』の過去の号の要修正箇所を「スピークライト」を使って口述し、修正指示のメモを新聞の当該号にクリップで留めて気送管に落とし込む。用済みになった文書は「記憶穴」に送り込んで焼却する。

さて、四つの紙片のうち最初の三つが処理が容易だというので、ウィンストンはそれを先に済ませ、〈二分間憎悪〉のための中断をはさんで、"times 3.12.83 reporting bb dayorder doubleplusungood refs unpersons rewrite fullwise upsub antefiling"(タイムズ　八三・一二・三　bbデイオーダー　倍超不良　言及　非在人　書キ換エ　十分的　上提　ファイル前)という、いちばん手のかかる最後の紙片に取り掛かる。これは「オールドスピーク」に翻訳すると、「『タイムズ』の一九八三年一二月三日号に掲載されたビッグ・ブラザーの〈本日の叙勲〉の報道は極めて不十分なものであり、存在しない人物に言及している。全面的に書き直し、綴じる前に草稿を上司に提出せよ」(47. 七〇)ということになる。ビッグ・ブラザーが国家への多大な貢献をしたとして〈党中核(インナー・パーティ)〉のウィザーズ同志およびその一派に勲章を授与したのであったが、彼らは失脚し消えてしまった。「非在人(アンパーソン)」とあるので彼らは秘密裏に処刑されてしまったのだろう。記事からその人物名を抹消して別の文面に書き換えなければならない。しばし思案した末、ウィンストンはオーグルヴィ同志という虚構の党員がビッグ・ブラザーから勲章を受ける話を思いつき、それを記事にしてウィザーズらの叙勲の記事に差し替えることにする。「同志オーグルヴィは現在に存在したことはけっしてなかったのだが、いまでは過去に存在しており、ひとたび偽造の行為が忘れられてしまえば、彼はシャルルマーニュやユリウス・カエサルとまさにおなじくらい信憑性のあるものとして、またおなじ証拠に基づいて、存在することになるだろう」(50. 七五)。歴史の改変という主題にふれる箇所であるが、ここではニュースピークの使用に話を絞っておく。四つ目の紙片はニュースピークの語彙が前の三つよりも断然多い。「デイオーダー」(dayorder オールドスピークでは「その日の叙勲」the Order of the Day)、「倍超不良(doubleplusungood)」、「非在人(unpersons)」、「十分的(fullwise)」、「上提(upsub)」、「ファイル前(antefiling)」と、数えてみると六語ある。

「ニュースピークの諸原理」

附録の「ニュースピークの諸原理」はまえがきに次いで三つの語彙群に分けてニュースピーク語を説明している。A語彙群は「日常生活の事柄に必要な語」。B語彙群は「政治的目的のために意図的に組み立てられた語」、C語彙群はA、Bの補遺として「全面的に科学と技術の用語」からなる。右の四つの紙片に出てきた語ではA語彙群のものが多くて、antefiling, doubleplusungood, fullwise, malquoted, malreported, upsub がこれにあたる。doubleplusungood は標準英語なら worst(最悪)を使えば済むのであろうが、この世界では語彙を最小限に切り詰める方針の一環として、標準英語の不規則形(good, better, best)や、more と most で比較級、最上級を表す用法は廃止されており、程度を強めるために very good といわずに接頭辞 plus を付して plusgood とする。さらに強めるには double を付して doubleplusgood、その逆の意味にすると上記の doubleplusungood となる。A語彙群ではすべての名詞は動詞を兼ねるようにし、たとえば thought(思考、思想)は廃止され think で済まされる。そこから doublethink(二重思考/をする)という名詞・動詞兼用の語ができる。こうした名詞兼動詞に -ful を付けると形容詞に、-wiseを付けると副詞が作られ、それ以外の形容詞と副詞の語彙は廃棄されている。動詞用法についても語形変化は画一化され、標準英語でいう不規則変化の過去形および過去分詞形は廃止され、すべて-edで済まされる。関係代名詞ではwhomが不要とされ、また助動詞のshall, shouldもwillとwouldに置き換えられている。B語彙群は右の例ではminiplentyとdayorderが入る。これはすべて複合語であり、「速記語」とでも呼ぶべきもので「しばしば広い範囲におよぶ観念をまるごと数音節に詰め込みながら、同時に、通常の言語よりも正確で強力」(316. 四七五)なものだという。

そもそもニュースピークを組織することでイングソックは何を狙っているのか。「ニュースピークの原理」の第二段落はまさにその目的を記している。

> ニュースピークの目的は、イングソックを信奉する人びとに固有の世界観や心的習慣のための表現媒体を提供するだけでなく、他のあらゆる思考法を不可能にすることだった。そこで意図されるのは、最終的にニュースピークが採用され、オールドスピークが忘却されれば、異端思想は——すなわちイングソックの諸原理から逸脱する思想は——少なくとも思考がことばに依存するかぎりは、文字どおり考えもおよばなくなる、ということであった。〔……〕明白に異端的である語を廃棄したのとはまったく別個に、語彙の削減自体が目的とみなされた。なくても済むような語はすべて存続が許されなかった。ニュースピークが考案されたのは、思考の範囲を拡大するためでなく、縮小するためであった。そして語の選択の幅を最小限まで切り詰めることによってこの目的が間接的に助長されたのである。(312–13. 四八〇－八一)

「思考の範囲を拡大するためでなく、縮小するため」にニュースピークが作られたという、ここが急所である。

小説のなかでは先ほどふれた第一部第五章、情報省内の地下食堂で同僚のサイムがウィンストンに熱く語るニュースピーク論はこの原則を少しわかりやすく語り直したものといってよいだろう。

> 「ニュースピークの目的はひとえに思考の幅を狭めることであるのはわかるよね？　最終的には〈思考犯罪（ソートクライム）〉を文字どおり不可能にしてしまう。それを表現する語がなくなるのだからね。必要な概念があればすべて一語だけで表現される。その単語の意味は厳密に定義され、それに附随していたいろいろな意味はすべて消し去られ忘れられる。〔……〕この言語が完全なものになったときこそ〈革命〉の完成だ。ニュースピークはイングソックで、イングソックはニュースピークだ」と彼は一種の謎めいた満足を示しながら付け加えた。「ねえウィンストン、考えてみたことがあるかい、どんなに遅くても、二〇五〇年までには、いまこうして僕らの交わしている会話を理解できる者は一人もいなくなるってことを」（55.八二–八三）

ニュースピーク完成のあかつきには、〈党〉のスローガンさえも変わってしまうだろう、とサイムはさらにつづける。「自由の概念が廃棄されてしまったときに、「自由は隷属」みたいなスローガンなんてありえなくなるよね。思考の環境全体が変わってしまっているだろうから。じっさい、いま僕らが理解するような思考なんていうものはなくなる。正統的教義とは考えないということを意味する――考える必要がないということなんだ。正統的教義とは意識を持たぬことなのさ」(56. 八三)。

サイムはニュースピークの信奉者であるのだが、その諸原理の要諦をこのように「オールドスピーク」を駆使して明晰に説明しえているという点にひとつのアイロニーがある。聞き役になっているウィンストンはその場で確信する――「いずれサイムは蒸発させられるだろう。知性がありすぎる。ものがはっきり見えすぎているし、包み隠さずにしゃべりすぎている。〈党〉はそんな連中を好まない。ある日彼は消えるだろう。そう顔に書いてある」(56. 八三―八四)。じっさい、まもなくこの言語学者は突然職場から消えてしまう。ニュースピークでいう「非在人」に、すなわちもとから存在しなかったことにされてしまうのである。

「ニュースピーク」と「ベイシック英語」

オーウェルによるニュースピークの着想源と思われるもののひとつに、「ベイシック英語 (Basic English)」がある。なにやら日本のラジオ講座や学校の英語科目でよく見られる「基礎英語」を連想させる。じっさい、必ずしも無関係ではないのだけれども、これはイギリスの心理学者C・K・オグデン(一八八九―一九五七)が考案して一九二〇年代半ばに提唱しはじめた補助的国際言語で、英単語を八五〇語に限定し、文法を簡略化して非英語話者にとってより習得しやすくした英語である。オグデンは『ベイシック辞典』(一九三二)ほか関連書を多く出してその普及に務めた。H・G・ウェルズ(一八六六―一九四六)やエズラ・パウンド(一八八五―一九七二)のようにこれに賛同する文学者も現われた[45]。

オーウェル自身、これに深い関心を寄せていた。BBC東洋部インド課に勤務していた期間（一九四一年八月－四三年一一月）には、その効用を認め、四二年一〇月にベイシック英語についてのインド向けの解説番組を制作している。これを聴いたオグデンはオーウェルに放送の反響を問い合わせた。その返信でオーウェルは、とくになんの反響もなかったことを知らせ、そもそも自分たちの作る番組にインド人の聴取者からの反響はほとんどないので、反響がないことに特別な意味はないと述べている。それにつづけてオーウェルは、ベイシック英語を教える新たな連続講座を放送し、それを後日パンフレットにしてインドで出す意向を持っていたのだが、反対意見が多くあって難しい（「そうした意見には理解できるものもあればそうでないものもあります」）と述べている。「ベイシック英語についていつかまた放送でなにかやれそうな機運が生じましたら、もちろん貴殿にご連絡いたします。／目下のところはあいにくこれ以上お役に立てそうにありません[46]」と彼は結んでいる。

一九四二年一〇月の時点ではBBCの内部でベイシック英語について否定的な意見が多かったということがオーウェルの手紙から伺えるのだが、翌四三年九月にウィンストン・チャーチル首相が訪米中の演説でベイシック英語を推奨する発言をおこなって風向きが変わる。ハーヴァード大学で催された講演でのことだった。「連合諸国が使用すべき共通国際語の必要を自分は確信するに至った。スターリンもベイシック英語に関心を示している」とチャーチルは発言したのである。これを導入する計画は「他国民の土地や資源を奪い、彼らを弾圧して搾取するなどといったことよりは、はるかにすばらしいことなのだ。将来の帝国は〈心の帝国〉である[47]」。チャーチルは帰国後すぐにベイシック英語

図II－6　オーウェルとウィリアム・エンプソン．BBC 放送局のスタジオ内で．1942 年 9 月．

の促進に特化した戦時内閣委員会を立ち上げた。ＢＢＣはこれに深く関わり、海外向け週刊ニュースのベイシック英語版放送を導入、原稿をベイシックに訳せる人材の養成が急務とされた。ＢＢＣ内でそれまでにベイシック英語に強い関心を持っていた少数の人びとが突然に引っ張りだこになったのである。そのテーマで放送を製作したオーウェルは当然その一人であり、他にウィリアム・エンプソン（一九〇六‐八四。文学批評家として『曖昧の七つの型』（一九三〇）や『複合語の研究』（一九五一）といった名著で知られる）、そしてガイ・バージェス（一九一一‐六四。のちにソ連のスパイであることが判明する人物）がいた。

しかしオーウェルはこの時点でのラジオをとおしての戦争への貢献というのに嫌気がさしていて、一九四三年一一月にＢＢＣを退職、結局これに関わらなかった。仕事をつづけていたら同僚のエンプソンのようにニュース番組の「ベイシック訳」に従事させられていたはずである。ちなみにオーウェルのベイシック英語への関心はエンプソンの影響であった可能性が高い。エンプソンは一九四〇年に「ベイシック英語とワーズワス」と題する論文を書いている。そうして見ると、真理省のウィンストン・スミスの同僚のサイムのモデルをエンプソンと考える見方は一定の根拠がある（容姿の描写も当時のエンプソンをモデルにしている気配がある）。「ニュースピーク」の完成をめざすサイムの熱情は、海外向け週刊ニュースの「ベイシック訳」についてエンプソンがオグデンに長文の手紙を書いて細かく質問を書き綴る熱意とパラレルをなす。[48]

BBC退職後もオーウェルはベイシック英語を擁護する発言をしている。『トリビューン』の連載コラム「気の向くままに」のなかで、ランスロット・ホグベン（一八九五－一九七五）が考案した人工言語「インターグロッサ」と比較して、ベイシック英語のほうが国際言語として有用であると述べ、同紙でその特集を組むことを予告している（一九四四年一月二八日）[49]。おなじコラムの別の回では、ベイシック英語の効用として、「標準英語（スタンダード・イングリッシュ）」と並べて使うと、政治家や評論家の大言壮語がいかに実体のないものであるかがわかる」という点を特筆している。[50] オーウェルが一九四六年に発表したエッセイ「政治と英語」（これについては以下で詳しく見る）で批判した、政治の堕落を助長する言語の悪化のひとつとしての「大言壮語」はたしかにベイシック英語によって空疎さが暴き出される。知識人が偏重する長たらしい抽象語でなく、日常の暮らしに根ざした語を使うようにというオーウェル自身の処方箋とベイシック英語は一定の親和性がある。

だがベイシック英語（およびその派生物といえるインターグロッサ）がはらむ問題についてもオーウェルは自覚的であった。先ほど引いたチャーチルの発言にあったように、それは帝国主義的な用途にも用いられうる。独裁者が自身の権力維持のために民衆の思考力を狭める方途として、ベイシック英語もインターグロッサも応用可能である。それらは標準英語の補助役として考案されたのだが、補助でなく取って代わってしまったらどうなるだろう――それを突き詰めたかたちが「ニュースピーク」にほかならない。それはベイシック英語（とインターグロッサ）の原理を極端にまで推し進め、誇張して示した、巧妙なパロディとして見ることができる。[51]

「ニュースピークの諸原理」の冒頭部分で、「ニュースピークが最終的にオールドスピークに取って代わるのは二〇五〇年ぐらいのことだと見込まれた」と記されている。その実現は不可能であるということが、「オールドスピーク」で書かれた明晰な文章によって示唆されている。物語世界の閉鎖系に穴を穿つ仕掛けのひとつとしてこの附録を捉えることができるだろう。

「政治と英語」(一九四六年)

オセアニア国におけるニュースピークの用途、狙いを考察するうえでひとつ重要な手掛かりとなるのが、エッセイ「政治と英語」である。これをオーウェルは文芸誌『ホライズン』の一九四六年四月号に発表した。その内容をかいつまんで説明しておきたい。

冒頭でオーウェルは「とにかくこの問題に関心がある人であればだれでも、英語が困った状態にあることを認めるだろう」と述べる。だがこれを自然の摂理のように受け入れて手をこまねいているべきではない。言語の堕落は個人的な問題というよりは、結局は政治と経済の問題に深く関わるという立場に彼は立つ。「英語が醜悪で不正確になるのは私たちの思考が愚かしいからなのだが、英語がぞんざいであるために愚かしい思考を抱くことがいっそう容易になっている。肝心なのはこの道筋が逆にもなりうるということだ」。つまり愚かしい思考が悪しき英語を導くという回路もありうるということである。言語の質と思考の質とが相互関係にあることが強調されている。「とりわけ英語の文章がそうなのだが、現代の英語は悪習に満ちている。それは模倣によって広がるもので、必要な手間を取ろうという気になれば避けることができる。そうした悪習を捨てられれば、人はもっと明確に考えることができる。そして明確に考えることは政治の再生のために必要な第一歩なのである」[52]。

だから言語の堕落の問題は、文筆業を専門とする者のみならず、すべての人びとに関わる問題であるということになる。のちほどこの点にもどることを告げてから、オーウェルは悪文の実例を五つ挙げてみせる。一つ目のハロルド・ラスキ（一八九三－一九五〇）の文章は、五三語からなる長い一センテンスのなかに否定辞が五つ（not が四つ、nothing がひとつ）もある。二つ目のランスロット・ホグベン教授（前述の「インターグロッサ」の提唱者）の文章は二つの異質の隠喩を組み合わせているためにイメージが混乱してしまう。三つ目は『ポリティクス』という雑誌からの引用で、不明瞭な語が寄せ集められている。四つ目はイギリス共産党のパンフレットからの一文で、紋切り型の語句に満ちている。五つ目はオーウェルが編集者を務めた新聞『トリビューン』への読者からの投書で、書いている本人が使っている言葉に無関心であることを示すような文章である。以上の実例を掲げたあとで、これら五つの文に共通して見られる特徴として、「イメージの陳腐さ」と「正確さの欠如」の二点が挙げられるとし、こうつづける。

> このように曖昧さと無能さが混ぜ合わされている点こそが、現代の英語散文、とりわけあらゆる種類の政治的文章に見られるもっとも際立った特徴である。特定の論題が提起されるやいなや、具体的なものが抽象的なもののなかに溶け込み、だれ一人として陳腐でない言い回しを考えることができなくなってしまうようだ。意味のために選ばれた単語が減り、組立て式の鶏小屋の部品

のようにつなぎ合わせた句で文章が作られることがますます多くなっている。[53]

こう述べたうえで、オーウェルは悪文の典型的な特徴として、①「死にかけた隠喩」、②「機能語、あるいは義肢語」、③「大げさな言葉遣い」、④「無意味な語」、の四点を挙げる。

①「死にかけた隠喩」とは、使いすぎたために書き手にも読み手にも視覚的なイメージをほとんど喚起できなくなった隠喩表現をいう。'take up the cudgels for'（「～のために棍棒を取る」→「～のために敢然と立ち向かう」）、'ride roughshod over'（「釘付き蹄鉄をつけて～の上に乗る」→「～を手荒く扱う」）、'fishing in the troubled water'（「荒波で釣りをする」→「混乱に乗じて利をはかる」）といった例を挙げている。オーウェルによれば、これらは「イメージの喚起力をいっさい失っているのに、書き手が自力で語句を編み出す手間が省けるからというだけの理由で使われている」。[54]

②「機能語、あるいは義肢語（Operators, or verbal false limbs）」というのは、単一の動詞で言い表せるのを形容詞や名詞を付加した句動詞を多用する傾向について述べている。「適切な動詞や名詞を選び出す手間が省けるのと同時に、それぞれのセンテンスに余分な音節を詰め込んで、釣り合いが取れた文であるように見せかける」ものである。要するに、break, stop, spoil, mend, kill といった単語ひとつで済む表現を、prove, serve, form, play, render といった動詞に名詞や形容詞を付加する句動詞を多用する傾向を述べている。また陳腐な言明を not と un- を組み合わせた「～でないこともない」というもったいぶった表現であたかも深遠な言葉であるかのように見せかける常套手段についても指摘している。

③「大げさな言葉遣い」は「単純な言明を飾り立てて、偏った判断があたかも科学的に公平でない

かのように思わせるために使われる」語法である。使われる語としてはphenomenon（現象）, objective（客観的な）, categorical（定言的な）, eliminate（除去する）, liquidate（粛清する）といった動詞が挙げられる。またここではイギリス人の生活に根差したアングロ・サクソン語（古英語）由来の語よりも古典ギリシア語やラテン語のような知識人向けの「外来語」のほうがより上等だと思い込んで後者を多用する傾向についても批判的に述べている。マルクス主義者の著作ではロシア語、ドイツ語、フランス語由来の語の多用が目立つとも指摘している。

④「無意味な語」は、「認めうるいかなる対象をも指し示していないだけでなく、指し示していることを読者によって期待されてもいない」[55]という意味で無意味であるとする。具体例としては、romantic（ロマンティック）, plastic（成形的な）, values（価値）, human（人間的な）, dead（生気のない）, sentimental（感傷的な）, natural（自然な）, vitality（生命力）が挙げられる。また democracy（民主主義）, socialism（社会主義）, freedom（自由）, patriotic（愛国的）, realistic（現実的）, justice（正義）といった語は、政治用語としてはさまざまなイデオロギーの持主によって乱用されていて確たる意味をなさなくなっていると見る。

以上のような現代の悪文の特徴をまとめたうえで、オーウェルは旧約聖書の「伝道の書」の一節（第九章第一一節）を現代英語の悪文訳にしてみせる。原文に和訳を付けて並べて引用する。

〔「伝道の書」のもとの文〕I returned, and saw under the sun, that the race is not to the swift, nor the battle to the strong, neither yet bread to the wise, nor yet riches to men of understanding, nor yet favour to men of skill; but time and chance happeneth to them all.（われまた身をめぐらして日の下をみるに、疾（と）き者走ることに勝つにあらず、

強き者戦いに勝つにあらず、賢き者食い物を獲るにあらず、智き人財宝を得るにあらず、知識人恩顧を得るにあらず、すべて人に臨むところのものは時あるもの偶然なるものなり。[56]）

〔オーウェルのパロディ〕Objective consideration of contemporary phenomena compels the conclusion that success or failure in competitive activities exhibits no tendency to be commensurate with innate capacity, but that a considerable element of the unpredictable must invariably be taken into account.[57]（目下の現象の客観的な考慮は、競争的諸活動における成功もしくは失敗が内在的能力に相応する傾向をなんら示さず、予言しえぬ事態の相当な要素が一定不変に勘定に入れられるべきであるとの結論を強いる。）

オーウェル独特のいわばバーレスク趣味が発揮されたパロディの提示で、読者の笑いを誘う個所であるが、本エッセイの論点を具体的に示すものとして効果的な役割を果たしている。二つのヴァージョンを比べると、聖書の本文（一七世紀初めに作られた『欽定訳聖書』の英語）のほうは単語数は四九語あるが音節は五九、つまり単音節の日常語（生活に根ざしたアングロ・サクソン由来の語）が多いのに対して、二番目のほうは、三八語で音節が八六あり、ラテン語由来の語が（objective 以下）一九、ギリシア語由来の語（phenomena）がひとつある。前者が具体的なディテールによって視覚的なイメージがくっきりと浮かぶのに対して、現代版は具体的なイメージに欠け、ラテン語経由の音節の長い抽象語がまわりくどい言い回しで述べられていて、ふつうの人の頭には入りにくい。音節がこんなに多いのに、前者の文にふくまれていた意味の大略しか伝えていない。だが明らかに現代英語は後者の種類の文章が幅をきかせているとオーウェルは指摘する。紋切り型を盛んに使う傾向は、書き手が自分の使う言葉について無頓着であることから生じるが、それは書き手が正統的教義に服従して、自分でものを考えていない、ある種の機械になってしまっていることを示す。そう指摘して現代英語の政治的な使用についてのオーウェルの批評はきわめて重要と思えるので少々長くなるが引用する。

私たちの時代では、政治的言論は、主として擁護できないものの擁護である。イギリスのインド統治の継続、ロシアでの粛清と強制退去、日本への原爆投下といったことがらは、たとえ擁護しうるとしても、これらを弁じるためには、あまりに酷くてたいていの人が顔をそむけたくなるような論法で、しかも諸政党が公表している目標と折り合いがつかない論拠を使うしかない。したがって政治の言葉は、主に婉曲法と論点回避と、曖昧模糊とした表現から成り立たざるをえない。無防備な村々が空爆され、住民が野山へと追いやられ、家畜が機銃掃射を受け、草屋が焼夷弾で焼かれる、これが「平定」と称される。何百万人もの農夫が農場を奪われ、持てるだけの荷物をかかえて、とぼとぼと道を歩かされる。これが「住民の移動」とか「国境線の修正」などと呼ばれる。人びとが裁判ぬきで何年も投獄されたり、背後から狙撃されたり、北極の木材伐採飯場へ送られて壊血病で死んだりする、これが「不穏分子の除去」と言われる。頭のなかに絵を思い浮かべることなくものごとを名指そうとすれば、こうした言い回しが必要になる。たとえばぬくぬくと暮らしている英国の教授先生がロシアの全体主義を弁護するところを考えてみたらよい。「それでよい結果が得られるなら、反対勢力を皆殺しにするのに賛成だ」、と単刀直入に言うことは彼にはできない。それでたぶんつぎのように言うだろう。

「ソ連の体制が、人道主義者が遺憾に思う傾向を持つであろうような若干の特徴を示していることを認めるのに吝かではないが、私見では、政治的反対の権利の一定の削減は、転換期に於ける不可避の附随性であり、ロシア国民が耐えるべく要請されている過酷さは、具体的達成の局面に於いて豊富に正当化されてきているということに我々は同意せねばならない。」

大げさな文体はそれ自体で一種の婉曲法である。大量のラテン語起源の語彙が、柔らかい雪のように事実の上へ降り積もり、輪郭をぼかし、あらゆる細部を覆ってしまう。明瞭な言語の大敵は不誠実である。本当の狙いと公表した目的とのあいだに隔たりがあるとき、イカが墨を吐き出すように、いわば本能的に長たらしい単語と使い古された成句にすがる。現代においては、「政治に近寄らずにいる」ことなどできない。あらゆる問題は政治問題であり、政治自体は嘘、言い逃れ、愚行、憎悪、分裂症のかたまりである。全体の雰囲気が悪くなれば、言語もどうしてもそれに染まってしまう。おそらく――これは私の推測であって、十分に知りえていないので確かめようがないのだが――ドイツ語もロシア語もイタリア語も、独裁政治の結果、ここ十年から十五年にかけておしなべて悪化してしまっているのだろう。[58]

これをオーウェルが脱稿したのは一九四五年一二月初旬と推測される。このエッセイのための覚え書きが残されていて、それは同年二月から一〇月までに書かれていたと思われる。[59] すなわち、第二次世界大戦の末期、ドイツ降伏（四五年五月）、日本降伏（八月）による終戦をへて、連合国軍による戦後処理がなされていた時期のことである。この期間には八月に『動物農場』がようやく日の目を見ている。この動物寓話の執筆は一九四三年一一月から四四年三月のことであったが、そこでも言語の悪化と政治の悪化の相関関係が物語の重要な要素として書き込まれている。このテーマについて、オーウェルが長く関心を抱いていたことがわかる。

「政治と英語」の執筆後、いまに至るまで（つまり二〇世紀後半と二一世紀の最初の二〇数年）を思い返してみて、世界のさまざまな地で起こった紛争、戦争あるいは圧政において、その非道さを隠蔽するためにいかなる言語が（英語に限らず）駆使されてきたかを考えてみるなら、愕然としてしまわないだろうか。日本語話者の読者であれば、オーウェルのエッセイの応用編として「政治と日本語」を思い描くことができるだろう。その場合、右に引いたくだりで、ラテン語起源の（つまりふつうの人びとの生活感覚から離れた）語彙の頻用が英語の言論における曖昧模糊と不誠実をもたらす要素になっているという指摘を日本の状況に当てはめるなら、政治家や官僚、あるいは「有識者」らが外国語、とくに英語の語彙を一般になじみのないカタカナにして、あたかも新奇な概念を表わすかのように用いる流儀に相当するといえるかもしれない。それが近年とみに急増していると感じられるのは、私ひとりではないだろう。

「政治と英語」のエッセイをオーウェルは悪しき現状を指摘して憂えることで終えたりせず、この事態をいかに改善するかという積極的な提言をおこなっている。彼が挙げる六つの規則はいまの英語の文章作成の作法としても通用するのみならず、日本語の文章作法にもおなじように使えるのではないか。

一、印刷物上で見慣れている隠喩や直喩やその他の比喩表現をけっして使わぬこと。
二、短い語で済むならば、けっして長い語を使わぬこと。
三、一語削ることができる場合は、つねに削ること。
四、能動態を使える場合は、けっして受動態を使わぬこと。
五、日常で使う英語で相当する語を思いつけるのであれば、外来語や科学用語や専門用語をけっして使わぬこと。
六、あからさまに野卑な言葉遣いになってしまうぐらいなら、以上の規則のどれであれ、さっさと破ってしまうこと。[60]

以上の規則は、言語の悪化＝政治の悪化に抗う処方箋と見ることができる。政治言語は油断すると容易に独裁者の道具となりうる。民主主義国とされる社会においても、政府や政党の用いる言語は概して抽象的な一般化と曇った思考に満ちている。明晰さを奪うための言語、その極端な形態としてオーウェルはニュースピークを仮構したのだった。『一九八四年』で彼が発した重要な警告のひとつとして、英語にかぎらず、どの地域、国であっても、言語の「ニュースピーク」化がもたらす災禍に注意を怠らないようにせよという、促しがある。

5　ユダヤ人表象の問題

第一部第一章でウィンストン・スミスが勤務先の真理省記録局から昼休みの時間に一時帰宅したのは、日記を書きはじめるという「決定的な行動」に取り掛かるためだった。わざわざ一時帰宅せずに夜中に書けばよいのではないかとも思うのだが、考えてみると、ペンを執って書くのには明かりがいる。ウィンストンのフラットの壁面に備え付けられたテレスクリーンはカメラとマイクが内蔵されていて、一定以上の大きさであればすべての音を拾うが、この部屋の変則的な造りのために、カメラが捕捉しきれない死角の空間があって、そこの机に向かえばウィンストンの行為がモニターされずに済む（と彼は信じている）。夜間ではおそらく明かりが漏れてしまって、モニターをしている何者かに察知される恐れが増す。だから昼間にあえて昼食を抜かしてまでも帰ってきたのだった。そしてまた、二時間ほど前にオフィス内で起こった出来事〈二分間憎悪〉の際のオブライエンとの心的交歓）が引き金になってその行動にいち早く着手しようという気になったようである。

昼食時だがフラットには食べ物がない。キッチンに黒パンの厚切りがあるが、これは朝食用だ。つまり昼食を抜くのを覚悟して一時帰宅したのだ。棚に置いてあるヴィクトリー・ジンのボトルを取り出して、ティーカップ一杯にそれを注ぎ、これを一気に飲み干す。すると、頭をこん棒で殴られたような衝撃があるが、そのあとアルコールが体に回る。狙ったとおりの効果が生じる。ジンを飲むのは「決定的な行動」に移るための景気づけなのだ。意を決し彼はインク壺にペン先を浸し、まっさらな古い日記帳にまず「一九八四年四月四日」と記す。そこで途方に暮れてしまったのは、いまが本当に一九八四年なのかどうか、それさえも確信が持てないからだった。いったいだれに向けて自分はこれを書くのか、と自分のおこなうことの意味がはっきりつかめないでいるが、突然、彼は何かに取り憑かれたかのように書き出す。無意識の自動筆記のような文を一気に書き連ねる。

一九八四年四月四日。昨夜、映画（フリックス）へ。すべて戦争映画。ひとつとてもよかったのは、難民でいっぱいの船が地中海のどこかで爆撃されるところ。観客に大受けだったのは、太った大男がヘリコプターに追いかけられ、泳いで逃げようとする場面で、まずその男がイルカのように水中をもがいて進むショット、つぎにヘリコプターの照準器から狙いをつけ、それから男の全身が穴だらけとなり、あたりの海面がピンク色に染まる、それから突然、体の穴から浸水したかのように男は沈んでゆく、観客は男が沈む場面で大笑い、それから子どもで満杯の救命ボートと、その頭上を旋回するヘリコプター、一人の中年の女性、見たところユダヤ女らしいのが舳先に坐り、三歳くらいの男の子を抱いている、男の子は恐怖で泣き叫び、女の体内にこもろうとするかのように、胸もとに頭を埋める、女は子どもを両手でひしと抱きしめてあやすのだが自分も恐怖で顔面蒼白、ずっと子どもの上に身をかがめまるで自分の両腕で銃弾を妨げると思っているかのよう、するとヘリコプターが二〇キロ爆弾を投下しすさまじい閃光とともにボートは木端微塵となる、それから子どもの片腕が空中にぐんぐんぐんぐんぐんまいあがる見事なショットそれはヘリコプターの機首につけたカメラがおいかけていったにちがいないすると党員席から拍手大喝采しかし下のプロール席にいた一人の女がとつぜんさわぎだし子どもの前でこんなの見せちゃいけない子どもの前で見せちゃいけないと叫ぶとまもなく警察が女をつまみだしたつまみだしたその女はなにもされはしなかったろうプロールがなにを言おうがだれも相手にしない典型的なプロールの反応にやつらはけっして……（10-11. 一七‐一八）

ここまで書き連ねたところで、手が引きつったこともあって、書くのを止める。このように、ウィンストンが「一九八四年四月四日」と日付を記載し、しばしためらってから一気に書き出した文章が前日に見た映画館でのことで、「すべて戦争映画」が上映されているなかで、難民を多数乗せている船が「地中海のどこかで爆撃」される場面を乱れた筆致（途中からセンテンスの冒頭が小文字になるのみならず、後半は句読点もない、典型的な自動筆記になる）で記録している。イングソック党による支配体制の永続化の手段のひとつとして大衆文化の散布による人民の馴化ということがあり、この小説での映画の典型的な使用法が物語の早い段階で描かれているわけであるが、ここで注目したいのは、「一人の中年の女性、見たところユダヤ女らしいのが舳先に坐り、三歳くらいの男の子を抱いている」という書き込みである。断言はできないものの、見かけから「ユダヤ女（jewess）」とウィンストンは推定し、日記にそれを書きとどめている。

『一九八四年』のなかで、Jewに女性名詞語尾を附したJewess（ウィンストンの日記は乱れているので小文字で始まっている）の使用はこの一か所のみだが、Jewsは二か所、また形容詞Jewishが二か所見られる。そのなかでおなじく第一部第一章に出てくる形容詞の使用例が問題含みであるのでこれも言及しておかなければならない。

右で引いた日記の最初の記載まで行ったあと、ウィンストンはこの日の午前中に経験した出来事を思い出す。職場である真理省内のホールでこの世界の定例の行事である〈二分間憎悪〉がなされた際に、ウィンストンはおなじ場でジュリアとオブライエンの二人と出会う。主人公ウィンストンにからむ二人の中心人物が物語の早い段階で導入される場面であり、二人に対してウィンストンはあべこべの誤認をする。ジュリアを敵と想定する一方で、オブライエンについては自分と同様にイングソックへの反逆心を秘めている人間と勘違いし、それがその数時間後に日記に着手する促しとなる。この二人との関係についてはすでに述べた。ここで見ておきたいのは〈二分間憎悪〉で中心的なヘイトの標的とされるエマニュエル・ゴールドスタインの描写である。

日記のなかでウィンストンは昨夜見た戦争映画の中身とそれへの観客の反応について乱れた文章をつづったのであったが、〈二分間憎悪〉のセレモニーも映像が用いられる。ウィンストンをふくむ参加者たちはホール内に並べられた椅子に腰かけ、正面の壁面には特大のテレスクリーンが設定されている。定刻の午前一一時になると、〈憎悪(ヘイト)〉が始まる。

つぎの瞬間、耳障りな音が突然流れ出した。巨大な機械がオイル切れできしるようなひどい音だ。部屋の奥にある大型テレスクリーンからだ。歯が浮き、うなじの毛がぞわっと逆立つような騒音だった。〈憎悪〉の始まりだ。

いつものように〈民衆の敵〉エマニュエル・ゴールドスタインの顔が画面に現れた。席のあちこちから非難の声がわき起こる。砂色の髪の小柄な女性が恐怖と嫌悪の入り混じった金切り声を上げる。ゴールドスタインは転向者、背教者。かつて、大昔に（どのくらい昔だったか、はっきり覚えている者はいなかったが）、〈党〉の指導者の一人で、ビッグ・ブラザーとほぼ同等の地位にあったのが、反革命活動に参加し、そのため死刑宣告を受けたが、奇妙にも逃げ出して姿をくらました。〈二分間憎悪〉のプログラムは日によって違っていたが、ゴールドスタインが主要人物として登場しないものは皆無だった。彼は第一級の反逆者であり、〈党〉の純潔を汚した最初の人物であった。それ以後、〈党〉に対してなされたあらゆる犯罪行為、あらゆる裏切り、破壊工作、異端、偏向はすべて彼の教義から直接生じたものであった。彼はまだどこかに生きていて陰謀を企んでいるのだ。海外のどこかで、外国人の雇い主に庇護されているのかもしれない、あるいは時々噂されているように、オセアニアのどこかのアジトに潜伏していることさえありうる。

ウィンストンの横隔膜がひきつった。ゴールドスタインの顔を見ると、どうしてもいろいろな感情が入り乱れて胸がひりひりしてくる。やせたユダヤ人の顔で、白髪が縮れた大きな光輪のように見え、小さな山羊ひげをつけている——賢そうな顔だが、どこか持ち前の卑しさがある。細長い鼻の先に眼鏡をちょこんと乗せていて、その鼻には年をとって耄碌（もうろく）したような感じがあった。羊の顔に似ていて、その声もまた羊を思わせた。ゴールドスタインはいつものように〈党〉の教義に対して敵意に満ちた攻撃を加えていた。（13–14. 二一 – 二三）

大型テレスクリーンのプログラムに反応しての、党員たちの憎悪の集団ヒステリー状態の描写がこのあとにつづく。人びとのエネルギーを仮想敵に向けて消尽させるイングソックの巧妙な手法が描かれている。ここで注目したいのは、〈二分間憎悪〉の際のオセアニア国の住民たちの憎悪の最大の標的であるゴールドスタインの容貌の描写である。それは「やせたユダヤ人の顔（a lean Jewish face）」と形容されているのだ。

物語の最初の章に出てくる二つの「ユダヤ人」の言及は何を意味するか。ゴールドスタインのほうから検討してみよう。アイザック・ドイッチャー（一九〇七－六七）をはじめ、多くの論者によって指摘されているように、ゴールドスタインはレオン・トロツキー（一八七九－一九四〇）をモデルにしている可能性が高い。[61] ポスターに描かれたビッグ・ブラザーが（少なくとも刊行時の読者の大半にとって）ヨシフ・スターリン（一八七九－一九五三）を連想させるのと対になっている。オセアニア国の支配体制がそのままソヴィエト・ロシアの体制と完全に同一視するのは誤りであると思うのだが、オーウェルが両者を部分的に重ね合わせているであろうことは否定できない。その点で『動物農場』でのナポレオンとスノーボールという二頭の指導者の豚（権力闘争の末にナポレオンはスノーボールを追放し、以後、前者は後者をつねに最大の脅威として恐怖政治に利用する）のイメージがこの小説に持ち込まれたということはいえる。

さて、トロツキーはユダヤ系のロシア人であった。ゴールドスタインの右の描写はたしかにトロツキーを彷彿とさせるものであり、「ユダヤ人の顔」というのもその一部をなしている。レーニンに重用され、一九一七年の十月革命の成功の立役者となった革命家で、ソヴィエト建国の最大の貢献者の一人であったわけだが、スターリンの権謀術数の罠に陥って一九二九年に国外追放された。最終的に一九四〇年に亡命先のメキシコの地でスターリンの刺客ラモン・メルカデル（一九一四－七八）の手にかかって殺されている。なお、トロツキーというのは二〇歳代で採用した姓で、本名はレフ・ダヴィードヴィチ・ブロンシュテイン（Lev Davidovich Bronstein）という。オーウェルはこの本名Bronstein（英語読みするなら「ブロンスタイン」となる）を知っていたはずなので、Goldsteinという命名にトロツキーのイメージを響かせていたことはほぼ間違いない。トスコ・ファイヴェル（一九〇七－八五）の以下の回想はこれを補強するものである。

とある折に私はこう彼〔オーウェル〕に尋ねた――『一九八四年』でビッグ・ブラザーと〈党〉に抗う架空の左翼の反逆者に「アレグザンダー・ゴールドスタイン（Alexander Goldstein）」という名前を与えたのはどうしてなんだい、と。オーウェルが説明してくれたところでは、ひとつには「ゴールドスタイン」というのがもちろんトロツキーのそれと見てわかるもじりであるのだと。だが彼はさらにこうも言った――ありうる全体主義体制に抗う、見込みのない最後の反逆を仕掛けそうな人間といえば、ユダヤ人の知識人であろうと感じてもいるのだと。[62]

ファーストネームの「エマニュエル（Emanuel）」を「アレグザンダー」と間違えているが、ゴールドスタインの名をトロツキーの「それと見てわかるもじり（an obvious skit）」として与えたのだという証言をファイヴェルは書き留めている。

トロツキーへの明らかなほのめかしということをひとまず擱（お）いて、〈二分間憎悪〉の定番の標的をユダヤ人男性にしている点で、反ユダヤ主義の問題にぶつかる。これについて少し考えてみたいのだが、そのために、オーウェルの重要な評論のひとつである「英国における反ユダヤ主義」（一九四五）を見ておきたい。

「英国における反ユダヤ主義」（一九四五年）

評論「英国における反ユダヤ主義」の原題は'Antisemitism in Britain'（「アンティセミティズム」の訳語としては「反ユダヤ主義」が正式とされる）[63]。semitism はセム族、とくにユダヤ人の気質とか慣習を意味するもので、それに anti が附され、ユダヤ人排斥の差別思想、およびその運動を示す「アンティセミティズム」という語が作られた。『オクスフォード英語辞典』（以下、OEDとも略記）はこの語を「宗教・文化・民族の見地からのユダヤ人に対する偏見、敵意、あるいは差別（Prejudice, hostility, or discrimination towards Jewish people on religious, cultural, or ethnic grounds）」と定義している。英語での文献初出は一八八〇年とされている。

オーウェルのこの評論はアメリカ・ユダヤ人委員会が当時発行していた月刊誌『同時代ユダヤ人記録』（*Contemporary Jewish Record*）の一九四五年四月号に掲載された（同号にはハンナ・アーレントも寄稿している）。執筆は同年二月のことで、ナチスによる絶滅収容所が解放され、ホロコーストの実態が徐々に明らかにされる、そんな時期と重なる。同評論を大まかにまとめておくなら、まずアメリカ人読者を念頭においてオーウェルは「英国内のユダヤ人の数は、はっきりしているものが約四〇万、この他にヒットラーによる迫害がはじまった一九三四年以後に入ってきた、数千から多くても数万の難民がいる」[64]という事実から書き出す。知識人サークルのなかでとくに影響力が目立つものの、英国のユダヤ人の大半は食品、衣服、家具などの販売業に従事していて、概ね規模は小さいので、英国の実業界を牛耳っているというのは偏見でしかない。それにもかかわらず、第二次世界大戦勃発後、英国での反ユダヤ主義が悪化しており、「人道主義的進歩派」もその影響を受けている。ひとつには、ユダヤ人は連合国の勝利によって最大の恩恵を受けることになるので、この戦争を「ユダヤ人の戦争」と見る向きがある。また「軍務から逃げるのに巧みだ」という偏見もあるが、政府が連合国のなかのアラブ勢力を気遣って、ユダヤ人兵士の存在を過小に伝えているためである。ドイツ軍の空襲（ブリッツ）でユダヤ人がとくに臆病な振る舞いをしたという噂に対しても、最初期の空襲のターゲットにユダヤ人地区がふくまれていた事実を無視してそのような謬見がまことしやかにささやかれている。そして「世間一般に反ユダヤ主義があることは誰もが認めるくせに、自分もその一人だということは認めたがらないという事実[65]」にオーウェルは読者の注意をうながす。英国の反ユダヤ主義は階級にかかわらず、上層階級であれ、労働者階級であれ広がっている。「反ユダヤ主義の根源は何か。私には厳密な理論があるわけではない」と断りつつオーウェルはこう述べる。

私が自信をもって言えるのは、せいぜい、反ユダヤ主義はナショナリズムというさらに大きな問題の一部だということ――この点はいまのところまだ真剣に考えられていない――と、ユダヤ人はあきらかに犠牲の山羊だということである。ただし、何にたいするスケープゴートなのかはわかっていない。[66]

反ユダヤ主義を「ナショナリズムという病」のひとつの現れとみなす独特な視点がここで示されている。「反ユダヤ主義を論じたものがほとんどすべてだめなのは、その筆者が自分だけはそんなものとは無縁だと心のなかで決めてかかるからである」と彼はいう。この問題を追究する際には、まず自分自身の心から検討を始めるしかないのに、「反ユダヤ主義は非合理である、それゆえ自分はそれに加担しない」と思い込む過誤におちいっている。「なぜ反ユダヤ主義は私の心を捉えるのか」という疑問から出発すべきなのだ。「これよりももっと大きなナショナリズムという病気を治さないままで、反ユダヤ主義という病気を根治できるとは、私には信じられない[67]」という言葉でオーウェルはこの評論を結んでいる。

オーウェルの用いる「ナショナリズム」の語はイングソックの寡頭制集産主義イデオロギーを説明するのにも重要なキーワードとなるのだが、それは第Ⅲ部で扱うこととして、オーウェルが反ユダヤ主義について「自分自身の心」をどのように吟味したかをここでまず問題にすべきであろう。その点でのオーウェルの「心」は、年代をへてかなり変化を遂げていることがわかる。一九三〇年代中頃までの彼の著作（『パリ・ロンドン放浪記』、『牧師の娘』、『葉蘭をそよがせよ』など）にはユダヤ人についての無神経な記述が散見される。その時代の多くの作家に見られることだとしてこれに目をつぶるわけにはいかない。だがそれ以後徐々にこの問題についてより自覚的、意識的になる。ナチスによる組織的なユダヤ人迫害が作用しているのだろうが、同時に、作家として、あるいはジャーナリストとして彼が関わったユダヤ人の仕事仲間、また友人から学んだことが大きくあったのではなかったか。

ひとつ例をあげると、第二次世界大戦の初期に仕事をとおして親しくなったトスコ・ファイヴェルは、ユダヤ人でシオニストの立場を取る批評家であったが、一九四五年一一月にオーウェルが発表した評論「復讐は苦し」をめぐってユダヤ人問題について二人が本格的に議論した際に、ドイツ南部の戦争捕虜収容所でオーウェルを案内したアメリカ軍のユダヤ人将校の描き方をファイヴェルは激しく批判した。その将校の固有性などおかまいなしに「ユダヤ人」と呼ぶ書き方に見られる差別意識を指摘したのだった。「オーウェルが示した反応は、〔批判されて〕ただびっくりしたという感じだったのを覚えている。〔……〕その後は彼はだれについても単に「ユダヤ人（the Jew）」とだけ呼ぶようなことはしなくなった[68]」。

『一九八四年』のユダヤ人の言及に立ち返るまえに、ファイヴェルのオーウェル回想をもう少し見ておきたい。第二次世界大戦後、一九四六年から四七年にかけてのパレスチナ問題に関わる話題である。

ヨーロッパでヒトラーのホロコーストを逃れたユダヤ人生存者たちが英国海軍を避けてパレスチナに避難しようとしたときに、パレスチナのアラブ人のあいだでユダヤ人への激しい反対が噴出して暴力沙汰になった。労働組合運動の指導者で外務大臣の任についてまもない（だいぶ歳をとった）アーネスト・ベヴィンは〔……〕アラブ支持の外務省の顧問たちに導かれて、アメリカが反対するのにも構わず、ユダヤ人難民がなんとしてもパレスチナに到着しないようにと努め、じっさいに彼らがヨーロッパを離れるのを阻止せんとした。〔……〕〔ベヴィンの政策は〕パレスチナのユダヤ人を犠牲にしても中東における英国の軍事戦略的・政治的支配を維持しようとするものだった。その政策は、戦後のこの時期にはもはや空虚な夢想と化していたものだったと思う。オーウェルが私の〔シオニストとしての〕見解にまったく承服できないのはわかっていた。彼にとってはパレスチナのアラブ人は有色のアジア人であり、パレスチナのユダヤ人はインドとビルマにおける白人の支配者と同等の存在なのだった。この単純すぎる見方を彼は譲らなかったのであるが、そこにはたしかに一片の真実がふくまれてはいた。[69]

シオニズム、すなわちはるか昔にディアスポラとなったユダヤ民族がパレスチナの地にもどりイスラエル国を再建しようという運動について、ファイヴェルが賛同しその運動の一翼を担っていたのだが、オーウェルはほぼ批判的な立場でいたということも附言しておこう。そうであっても、パレスチナをめざすユダヤ人難民のイメージが、ウィンストン・スミスの見た（そしてそれを初めての日記に書き込んだ）戦争映画のなかに差し挟まれているように思われる。この点をつぎに説明しなければならない。

難民船の原像

ウィンストン・スミスの日記の書き出しに出てくる難民船の受難の場面については、ひとつのソースとして第二次大戦中のドイツ軍によるイギリスの民間人を乗せた船の撃沈事件が考えられる。一九四〇年九月、イギリス諸都市へのドイツ軍の空襲（ブリッツ）が激しかった時期に、蒸気客船シティ・オヴ・ベナレス号が疎開児童九〇名をふくむ乗客を乗せてイギリスからカナダに向かっていたところ、北大西洋上でドイツ軍のUボートによって撃沈され、四〇七人の乗船者のうち二六〇人が死亡、疎開児童もほとんどが亡くなった。直後にドイツ軍は撃沈を誇るべき戦果として報じた。多数の疎開児童が犠牲になったこの残虐行為をイギリス側が非難すると、ドイツのゲッペルスはこれをイギリスの宣伝工作だとして自国の行為を正当化した[70]。

さらに第二次大戦中の記憶ということでいえば、ナチスの迫害を逃れて、イギリスの委任統治領であったパレスチナに向かうことを希望し乗船したものの、入国ヴィザを得られず地中海をさまよったユダヤ人難民が思い浮かぶ。そのもっとも名高い例が一九四二年のストルマ号の撃沈であろう。ルーマニアから迫害を逃れてパレスチナをめざすおよそ八〇〇人のユダヤ人がひしめく小型船（全長四五メートルほど）がイスタンブールに着いたのは一九四一年の一二月半ばだった。だがヴィザがないためトルコ政府は入国を拒否、難民は船内に二か月押しとどめられた。英政府がヴィザの発行を拒んだ理由のひとつが、スパイやテロリストが紛れていることを恐れての「保安上」の理由だった。交渉は不首尾に終わり、一九四二年二月二三日、エンジンが故障した難民船をトルコ政府は無防備のまま沖合に曳航した。翌二月二四日、ストルマ号は魚雷が命中して撃沈し、乗船者のほとんどが死亡した。魚雷は黒海に侵入する船舶に目を光らせていたソヴィエトの潜水艦（！）から発射されたことが戦後に証されるのだが、この惨事は英政府が難民へのヴィザ発給を拒んだことに端を発していたわけなので、英政府の非情さへの非難が強くあった[71]。

また、これよりまえの一九四〇年一一月には、パトリア号の惨事もあった。ドイツ軍の支配下に入ったヨーロッパを逃れたユダヤ人たちが数隻の船でハイファにたどり着いたものの、不法移民者ということで英政府は彼らのパレスチナ入国を禁止し、インド洋の英領モーリシャスおよびカリブのトリニダードに輸送することに決めた。モーリシャスに向かうパトリア号が出港しようとしていたところ、出港を阻止する目的でパレスチナのユダヤ人軍事組織ハガナーが船に爆弾を仕掛けた。予想外の爆発の威力で船がすぐに沈没、乗船者一八〇〇人（最大搭載人員の倍で、救命ボートも足りなかった）のうち二六七人が死亡、一七二人が負傷した。犠牲者の多くは船室に閉じ込められて水死した。この惨事は人道的な観点から国際的な関心を集め、英政府は生存者をパレスチナに受け入れることを余儀なくされた。[72]

英政府のユダヤ人難民への「非情」な政策は、戦後、一九四〇年代後半の労働党政権下においてもつづいた。オーウェルが『一九八四年』の執筆に本格的に取り組みはじめていた一九四六年から翌年にかけて、絶滅収容所から生還したユダヤ人難民を載せた船がパレスチナをめざすことが頻発した。一二〇隻を超える船がのべ一四〇回を超える航海をおこなったが、その半分は英海軍に拿捕（だほ）され、英領キプロスやパレスチナのハイファの難民収容所に送られた。外務大臣のベヴィンによる難民への強硬策についで先ほどふれたが、ドイツに強制送還される難民もいた。ユダヤ人難民の無制限のパレスチナ流入を阻止する政策は、英政府がアラブ諸国の感情を逆撫でしないようにとの配慮であった。

パレスチナをめざして地中海を航行しながらイギリス軍に拿捕されるユダヤ人難民船のなかで、とくに知られるのが「エクソダス一九四七」号の苦難の航海であろう。旧約聖書の「出エジプト記」（英語タイトルは *Exodus*）で語られるモーセ率いるイスラエル人のエジプト脱出の物語をふまえて命名された「脱出（エクソダス）一九四七」号に乗船した約四五〇〇人のユダヤ人は、ほとんどが絶滅収容所に入れられていたホロコーストの生存者だった。一九四七年七月、フランスからパレスチナをめざしていたその船は一九四七年七月一八日にハイファの港に到着したが、英政府は非合法の移民者として彼らの下船を許さず、イギリス兵が船に乗り込み、強制的に港に停泊させ、強制送還を図った。そこで難民たちも抵抗し、死傷者が出る騒ぎとなった。難民たちは三隻の船に乗せられてフランスにもどされ、ベヴィンは彼らをそこからハンブルクの収容所に送る指令を出したが、難民たちは下船を拒みハンガーストライキで抵抗した。このなりゆきのすべてがラジオや活字メディアで世界に発信された[73]。とりわけ難民をドイツに強制送還させようという英政府の姿勢は国際的な非難をもたらした。これは彼ら難民への世界からの同情を増大させることに寄与し、一九四七年一一月の国連総会でのパレスチナ分割決議案の採択に影響したとされる。イギリスのパレスチナ委任統治は一九四八年五月に終了し、同月にイスラエル独立宣言がなされる（同時に第一次中東戦争ともなる）。

難民船のユダヤ人母子

ウィンストン・スミスの日記の書き始めに記したニュース映画の回想で、「一人の中年の女性、見たところユダヤ女らしいのが舳先に坐り、三歳くらいの男の子を抱いている」とあった。「見たところユダヤ女らしいのが（might have been a jewess）」と、推測でありながらもなぜあえて「ユダヤ女」と書き込んでいるのか。

『一九八四年』の初期草稿（一九四七年のものと思われるタイプ原稿、および手書きの加筆）が残っていて、ウィンストンの日記の「昨夜、映画（フリックス）へ。すべて戦争映画。ひとつとてもよかったのは、難民であふれた船が地中海のどこかで爆撃されるところ。」の直後にオーウェルは以下のようにつづけていたことが確認できる。

それ〔難民船〕はユダヤ人であふれていた。〈党〉の極秘情報によれば、われわれは彼らに安全通行権を与えておきながら、雷撃機を送って船を沈めたとのことだった。[74] (It was full of Jews. The Party lowdown was that we gave them a safe-conduct and then sent a torpedo plane after the ship and sank it.)

タイプ原稿のこの部分は手書きで取り消し線が引かれ、最終稿には残されなかった。さらにその直後の「観客に大受けだったのは、太った大男がヘリコプターに追いかけられ、泳いで逃げようとする場面」のくだりで、おなじく初期草稿では「太った大男」は「年老いた太ったユダヤ人(an old fat Jew)」とタイプしてあるのを取り消して修正したものであることがわかる。[75] 初期草稿においてある種のカリカチュアというか、レイシズムをふくんだ笑劇(ファルス)の気味さえも漂っている「年老いた太ったユダヤ人」をオーウェルは削除し、幼子を銃撃から守ろうとして抱きしめるユダヤ人(らしき)女性という悲哀に満ちた形象へと転換させている。この推敲の過程で作者オーウェルのなかでいかなる変化が生じたのだろうか。

このユダヤ人表象に注目したリンジー・ストーンブリッジは、その著作『場所なき人びと』のなかでオーウェルとハンナ・アーレント(一九〇六-七五)を比較してこの点を掘り下げている。難民船のくだりをとりあげてストーンブリッジはこう述べる。

ウィンストンの難民船は人間の苦しみを喚起するイメージという次元をつねに超えるものであった。アーレントは『全体主義の起原』のなかで、いかにして反ユダヤ主義と帝国主義が全体主義の条件を生んだかを論証した。それらの歴史は『一九八四年』にも表出されている。レイシストのナショナリズムによる国民国家の衰退、残酷極まる所業で〔難民を〕ヨーロッパに押し返して収容所に入れ、〔難民〕船が法なき水域で沈むがままに放置される、そんな状況こそが、オーウェルとアーレントがそれぞれ表現の仕方は異なりながらも、ともに理解していたように、全体主義による乗っ取りの条件を生み出したのだった。新種の脆弱さが世界に出現していた――それは地政学的、実存的、心的な面で根こぎにされた状況であり、それが流民やホームレスの人びとの暮らしのみならず、国籍を持ち市民権を確保しているように見える人びとの暮らしをも形づくったのである。オーウェルとアーレントの両方にとって、難民の脆弱さは人間のなすすべもない窮状を表わすのみならず、国民国家の主権という概念が〔二〇〕世紀半ばに危機に瀕していることに関わるものでもあった。[76]

オーウェルによるアーレントの言及は見当たらないが、アーレントが『一九八四年』を読んでいたことは確かめられる。カリフォルニア大学で教えていたときに学部の政治学の講義で「全体主義」の枠でチェスワフ・ミウォシュ著『囚われの魂』(一九五三)、ダヴィド・ルーセ著『強制収容所の世界』(一九四六)と並んで『一九八四年』が挙げられている。[77] また『全体主義の起原』の一九五八年に改訂された英語版の最終章「イデオロギーとテロル――新しい統治形式」には、『一九八四年』を批判的にふまえていると思われる箇所が散見される。[78] また、右のアーレントの文献リストのひとつ、ルーセの『強制収容所の世界』は『一九八四年』の最終稿に取りかかるまえにオーウェルが入手して読んでいた著作であった。[79] 一九四五年五月にオーウェルは結核の療養で入院していたヘアマイアーズ病院（スコットランド）から、友人でセッカー・アンド・ウォーバーグの経営者であったロジャー・センハウスに宛てて、ルーセの本の仏語原書版の入手を依頼した。ところが偶然にもセンハウスはその英訳を手がけたところで、その訳稿をオーウェルに送り、訳文について助言を求めた。それに対してオーウェルはあまり凝らない文体で訳すことを勧めたうえで、英訳書の標題についても助言した（セッカー・アンド・ウォーバーグ社から刊行されたのはオーウェル没後の一九五一年のことだった）。これはオーウェルがナチス・ドイツの強制収容所の実態について学ぶことができた重要な本であった。

「新しい統治形式」という右の章題が示すように、アーレントは全体主義を過去の寡頭制や独裁制とは異質の、二〇世紀に出現した新種の統治形態と見る。一八世紀後半以降、国民国家が西欧の各地に勃興し、また帝国主義の拡張とともに反ユダヤ主義、レイシズムの潮流が一九世紀に高まり、二〇世紀に入って国民国家の衰退とともに、根っこを奪われた大衆を組織する動力として反ユダヤ主義、レイシズムを基盤とした全体主義イデオロギーが生じた。そのイデオロギーがもたらした最悪の例がナチス・ドイツによるホロコーストであり、またスターリンのソヴィエト体制における大粛清だったというわけである。

愛情省と絶滅収容所

『一九八四年』がスターリン体制下のソヴィエトと重ね合わせて読まれることが当たり前のようになされてきた一方で、ナチス・ドイツが第二次世界大戦中に設けた強制収容所でのユダヤ人への迫害、大量虐殺と関連付けて読まれることは比較的少なかったように思う。後者との関連が薄い、あるいはまったく無いとする見方さえもある。たとえばトマス・ピンチョン（一九三七－）は、オーウェルがユダヤ人問題について「さほど興味を持たなかったように思われる」と述べ、こうつづける。

> 公表されている文献を見るかぎり、強制収容所で行われた巨悪を前にしてある種の麻痺（まひ）に陥ったか、あるいはどこかのレヴェルでその意味を十全に理解しえなかったことが窺（うかが）える。そこにあるのは切実な沈黙であり、懸念すべき重要な問題を他にたくさん抱えた世界が、その上ホロコーストの悲劇について考えなければならない不自由まで背負うのを、オーウェルが望まなかったかのようだ。この小説は、ホロコーストが起こらなかった世界の彼なりの再定義だったとさえ言えるかもしれない。[80]

だが、そうとは言い切れないように私は思う。オーウェルは「沈黙」などしていないのではないか。むしろピンチョンのいう「不自由」を背負っているのではないだろうか。

オーウェルがこの小説を着想し、プロットを錬り、執筆に当たった時期（一九四三年頃から四八年まで）は、すでに見たように、ヨーロッパのユダヤ人の命運が耳目を集めていた期間だった。メルヴィン・ニューの論文「オーウェルと反ユダヤ主義」によれば、重要なモメントとして以下の五つに整理できる。

①ヒトラーによる「ユダヤ人問題の最終的解決」の最終段階がドイツ国外の目に顕著に見えてきたこと。
②ドイツ軍の降伏により、強制収容所が解放され、ホロコーストの実態が明るみに出たこと。
③戦争犯罪の裁判がなされ、ブーヘンヴァルト、ダッハウ、アウシュビッツでの残虐行為の実態が詳細にわかってきたこと。
④国連が一九四八年の総会で「ジェノサイド防止条約」を採択したこと。
⑤一九四六年から四九年まで、イスラエル建国（一九四八年）の過程でイギリスの新聞メディアで「ユダヤ人問題」の議論が継続されていたこと[81]。

こうした一連の動向に（ジュラ島に住んでいた時期でさえも）ジャーナリストたるオーウェルが無関心でいられるはずはなかった。右で見たルーセの本のエピソードはその証左のひとつである。ソヴィエト体制（大粛清、ウクライナでの「ホロドモール」という飢餓ジェノサイド、秘密警察による市民へのテロなど）との関連が無視できないのは当然であるにせよ、『一九八四年』で想像された世界の核心部分、とりわけ第三部の愛情省のくだりは、「ヒトラー体制下でのユダヤ人の身に起こったことに対するオーウェルの反応に、またそれを説明しようとする試みに直接由来するものである[82]」とニューは主張している。愛情省でオブライエンに責め苛まれて心身ともにぼろぼろにされるウィンストン・スミスをナチスによって迫害されるユダヤ人に見立てるニューの読み方は十分に説得力がある。

そのアナロジーがもっともはっきりと示されているのは第三部第三章の拷問の場面であろう。オブライエンは、満足な食事も与えられずに責め苛まれてガリガリに痩せ細ったウィンストンを裸にして三面鏡の真ん中に立たせ、自分の姿を眺めさせる。「みじめな囚人の顔」が映る。度重なる拷問で鼻はひんまがり、頬骨が変形している。頭がかなりはげ上がっている。両手と顔面以外は体全体が垢で灰色になっている。前々からの静脈瘤性潰瘍は炎症を起こしていて、皮膚がぼろぼろに剝げ落ちている。やつれ具合もひどい。「胸まわりは骸骨と変わらぬ細さで、脚の肉が落ちて膝が腿よりも太くなっている。自分の姿を横から見せるようにしたオブライエンの狙いがいまわかった。驚くほど背骨がひん曲がっている。痩せ細った肩が前につんのめり、胸がくぼんでしまっている。骨と皮ばかりの首が頭蓋骨の重みに堪えかねて折れ曲がっているように見える。だれだか当ててみろと言われたら、何かの悪性の病気にかかった六〇歳ぐらいの男だろうと答えたことだろう」(284. 四一一)。自らの変わりように呆然としているウィンストンに対してオブライエンは、畳みかけるように彼の頭髪をむしり取り、さらに彼の口を開けさせて、残った前歯の一本を根元から引き抜く。栄養不良にされて歯茎が弱くなっているとはいえ、正常な歯を引き抜くこの拷問の場面はとりわけ残酷な描写である。[83] この変わり果てたウィンストンのイメージのソースとして、連合国軍によって解放された絶滅収容所の生還者の証言の文献のみならず記録写真や記録映画もあったのではないか——執筆された時期を考え合わせてみれば、それは十分にありうることだろう。

水底の母子

第一部第三章は、「ウィンストンは母親の夢を見ていた」(31. 四八) という一文で始まる。イングソック党とその敵とのあいだで内戦が起こっていた一九五〇年代の半ば、彼が一〇歳か一一歳の頃、母親は彼の幼い妹とともに姿を消してしまっていた。おそらく父親もそれ以前に大粛清の犠牲となっている。その夢のなかで、母親は妹を両腕に抱きしめながら、彼のはるか下のほうにいる。「二人がいるのは沈みつつある船の食堂のなかで、暗さを増してゆく水をとおして彼のことを見上げていた。食堂にはまだ空気が残っていて、二人は彼を、彼は二人を見ることができたが、そうしているあいだにも緑色の水のなかに沈んでいき、いまにも永久に姿を消してしまいそうだった」(31–32. 四九–五〇)。

第二部第七章で夢の場面がもう一度出てくる。それは「広大な光あふれる夢で、そのなかで彼の全生涯が、雨のあとの夏の夕べの風景さながら、眼前に広がるように見えた」のだった。

それはすべてガラスのペーパーウェイトの内部で起こったことだったが、そのガラスの表面は蒼穹であり、蒼穹のなかですべてがくっきりとした柔らかい光であふれ、そのなかにいるとはるか遠くまで見晴らせた。その夢はさらにまた、ある腕の身ぶりに包含されていた、というか、その身ぶりによって成り立っていた。それは母親が〔彼の妹をかき抱いたときに〕示した仕草であり、またそれから三〇年後にニュース映画で彼が見た、あのユダヤ人女性が見せた腕の動きであった。ヘリコプターによって粉々に吹き飛ばされてしまう前に、幼い男の子を銃弾から守ってやろうと

して抱きしめた、あの仕草である。（167. 二四七－四八）

（物語上の）一九五〇年代半ばの内戦期に母と兄妹の三人で窮乏生活をしていたときの、幼子を両腕に抱く母の思い出（それをウィンストンは罪悪感をもって想起する）と、ニュース映画のなかで彼が見た、幼子を抱くユダヤ人女性の映像とがここで重なり合う。ウィンストンの母親が妹を抱きしめた少年期の記憶は、飢えに駆られて配給分のチョコレートを妹（栄養失調のためであろう、妹は衰弱して死にそうである）から奪い取ってしまった加害行為であり、その直後に母は妹とともに姿を消す、彼にとってトラウマとなり長年抑圧してきた記憶だった（ニュース映画のなかで母子を虐殺するヘリコプターの戦闘員と、母と妹を苛む少年ウィンストンとが、ここにおいて、想像上、同一の視点に立ってしまっている[84]）。「チョコレートの最後のかけらがなくなったとき、母はその子〔彼の妹〕を腕に抱きしめていた。それは何の役にも立たぬ行為であり、抱きしめてもチョコレートがさらに出てくるわけでもなく、何も変わらない。その子の死、あるいは彼女自身の死がそれで避けられるわけでもない。けれども彼女にはそうするのが自然に思えたのだ。ボートのなかの難民の女性も小さな男の子を腕でかばっていた。それだって銃弾を避けるのには紙切れ同様で、何の役にもたたないことだというのに」（172. 二五三－五四）。秦邦生はこのエピソードに注目して、「失踪した母と映画のなかで目撃した女性、二人の「腕のジェスチャー」の不気味な反復に気づいた」ウィンストンが、ここに「自身が喪失していた人間性を見出す」と指摘したうえで、さらにもうひとつ重要な点として、ここにおいてウィンストンが、「母の記憶を媒介として、内部の他者（プロールたち）と外部の他者（難民たち）とをつかのま同一視している点[85]」に注意を促している。最初の日記の記述では、「見たところユダヤ女らしい」女性とその子どもの受難を記録した（迫害者からの視点での）ニュース映像に対してほとんど無関心であった彼が、捕縛が迫る物語の中盤で「自己の非人間性」に気づく。それは「多重的な分断をこうむった世界の内部から抜け出る、最初の、だが弱々しい一歩なのである[86]」という秦の読みは鋭い。「外部の他者」としての難民の表象については本書である程度見てきたが、「内部の他者」としてのプロールたち、さらに「人間性」の問題について、このあとさらに検討する必要がある。

6　プロールに希望はあるか

第一部第七章でふたたび秘かに日記をしたためるウィンストン・スミスは、「もし希望があるとすれば、それはプロールたちのなかにある」（72. 一〇八）と書き、しばらく物思いにふける。原文ではその物思いは英語の小説の書法でよくある自由間接話法（描出話法ともいう）で語られる。ここの動詞の時制は概ね過去形なのだけれども、この話法を日本語訳するときには基本的に現在形にする必要があるようなたぐいの文章である。したがって以下の引用もそのように訳さなければならない。

希望があるとすれば、それはプロールたちのなかにあるに違いない。なぜなら、そこにのみ、オセアニアの人口の八五パーセントを占める、あの群れをなす顧みられない大衆のなかにこそ、〈党〉を破壊する勢力が発生しうるからだ。〈党〉を内部から打ち壊すことはできない。〈党〉の敵対分子は、もし敵がいたらの話だが、集結する手立てがないし、互いに確認しあう手立てさえない。たとえ伝説の兄弟団（ブラザーフッド）が存在しているとしても——じっさい、存在する可能性があるわけだが——そのメンバーが二人とか三人を超えて大人数で集まることなど考えられない。反逆するとしても、目配せするとか、声音を変えるとか、あるいは時々一言ささやくぐらいが関の山だ。ところがプロールたちは、どうにかして自分自身の強さを意識するようになれさえしたら、陰謀を企む必要などまったくないだろう。ただ立ち上がり、自らの身を振り払うだけでよい、馬が体にたかる蝿を振り払うようなものだ。そうしようと思えば、彼らは明日の朝にでも〈党〉を打ち砕くことができるだろう。遅かれ早かれ、きっと彼らはそうしようと思うようになるに違いない？
とはいえ――――！（72–73. 一〇八–九）

プロールの言及はここが最初ではないが、ここはプロールについてのウィンストンの希望と不安を表明している点で重要な章である。プロールの蜂起と〈党〉の打倒を夢想したとたんに、彼は「とはいえ――――！（And yet—!）」と、否定的な思いがよぎる。それは以前に彼が街頭で目撃した出来事を思い出したためであったことがつぎの段落でわかる。市場の売店が並ぶ裏通りで、二〇〇人、あるいは三〇〇人もいるかと思われるプロールの女性たちが一斉にけたたましい叫び声を上げたので、通りがかったウィンストンは、その「怒りと絶望」に満ちたすさまじい叫び声を聞いて、「始まった！　反乱だ！」（73. 一〇九）と思い胸を高鳴らせる。自分たちを貧困状態に押込める独裁体制に対してついに堪忍袋の緒が切れて蜂起したのだと彼は期待したのだった。だがそれはすぐに幻滅に終わる。物資が乏しいこの世界で、料理用の鍋も品薄でめったに市場に出ないのが、どういうわけか限定的に売り出された。その噂を聞きつけてプロールの女性たちが売り場に押し寄せたものの、分量に限りがあるためにほとんどが購入できない。運良く購入できた少数の客がいたので、買い損ねた大多数が商人に不公平だと抗議をし、さらには売られた鍋を自分のものにしようと摑みかかる争奪戦がそこかしこで始まる。ウィンストンは軽蔑の思いを抱きつつ彼女たちを眺める。「だが、ほんの一瞬ではあったが、わずか数百の喉から発せられたあの叫び声のなかに、なんとすさまじいばかりの力が聞こえたことであったか！　何か大事な問題について、彼らがあんなふうに叫ぶことがけっしてできないのはなぜなのだろうか」(73. 一一〇)、そうウィンストンは自問する。

プロールは蔑称か

「希望があるとすれば、それはプロールたちのなかにある (If there is hope, [...] it lies in the proles)」。「プロール」は原文では'the proles'と小文字の複数形で定冠詞を付して使われている。この語はどのような意味合いが込められているか、それを考えてみたい。

まず常套手段として prole の語を『オクスフォード英語辞典』(OED) に当たってみると、一九三三年刊行の第一版では見出し語としてはこの語を拾ってはいない (proletarian と proletariat は見出し語にある)。prole が初めてOEDの見出し語に採用されたのは一九八二年刊行の『補遺』(*A Supplement to The Oxford English Dictionary*, 4 vols.) においてである。そこでこの語は名詞と形容詞とに分けて定義されている。いずれも「しばしば軽蔑的 (Freq. *derogatory*)」という断り書きがあり、「Proletarian の短縮形」と説明されている。名詞としての使用例の初出は劇作家ジョージ・バーナード・ショー (一八五六-一九五〇) の一八九七年の手紙からで、その用例文は「われわれは労働者たちをプロールと呼びます (We call the working men proles) ——それがまさに彼らの内実だからです」となっている。これのつぎの用例がオーウェルの一九三九年の小説『空気をもとめて』からで、「労働者階級の苦難について多くの戯言が語られている。おれ自身はプロールたちをそんなに気の毒に思っちゃいない (I'm not so sorry for the proles myself)」という、主人公ジョージ・ボウリングの語りの一節が第一部第二章から採られている。三つ目の用例はアイルランドの作家ジェイムズ・ジョイス (一八八二-一九四一) の一九三九年刊行の小説『フィネガンズ・ウェイク』中の「対の二人のパーキンとポールロック、貴族にしてプロール(peer and prole)」が採られ、さらに四つ目でもう一度オーウェルの用例が『一九八四年』のなかの「ゴールドスタインの本」すなわち『寡頭制集産主義の理論と実践』からで、「われわれが習慣的に「プロールたち」と呼ぶ、ものを言えない大衆(The dumb masses whom we habitually refer to as 'the proles')──人口の八五パーセントほどの数にのぼるだろうか」(217. 三一九)という文言が引かれている。

おなじくOEDの一九八二年版『補遺』における prole の形容詞用法の使用例を見ると、初出例はオーウェルの一九三八年の手紙からで、友人のジャック・コモンに宛ててプロレタリア文学を話題にしているなかで、「『七度の交代勤務(セヴン・シフツ)』〔コモンが編集に関与した短編集〕の中身はプロールの観点(a prole point of view)から書かれているが、もちろん文学としてはそれはブルジョワ文学なのです[87]」という文言である。そのつぎに『一九八四年』から「館内の下のプロール席にいた一人の女(a woman down in the prole part of the house)が突然さわぎだし」(11. 一八)という一文を拾っている。

以上、OEDの一九八二年版『補遺』から得られた情報をまとめると、prole は①proletarian の短縮形で、②蔑称として用いられることが多いこと、③名詞としての初出はオーウェルの使用よりも半世紀前にさかのぼること、④形容詞としては一九三八年のオーウェルの使用例が初出であること、そして⑤『一九八四年』以前にオーウェルは prole の語を用いていること、以上のようになる。

さて、上記で prole の使用は「しばしば軽蔑的」とあるが、オーウェルの使い方には軽蔑のニュアンスがあるのだろうか。彼が『一九八四年』に先立ってこの語を使用した例は数少ない。手紙では一九三八年のジャック・コモン宛の手紙のなかの(上記のOEDの示す用例をふくむ)二か所、また『一九八四年』の初期の創作ノート（『ヨーロッパで最後の人間』のための覚書）で三か所見られるが、例外的に『空気をもとめて』で四か所使われていて、そこでは小商店主の息子である主人公のジョージ・ボウリングが前半生を回想したくだりで、自分の階級（下層中流階級）と区別して労働者階級を「プロール」と呼んでいる。少なくともボウリングの語り口からすると、蔑称のニュアンスは希薄で、くだけた口語を多用するその語りのなかでとくに違和感のない、ニュートラルな語感を持っているように思われる。

その一方で、『一九八四年』の世界では、OEDが採っている「われわれが習慣的に「プロールたち」と呼ぶ、ものの言えない大衆」という用例では、蔑視のニュアンスがないとはいえない。ウィンストンの「プロール」の使用法にしても、第一章でウィンストンが日記を書く場面で、映画館のエピソードでの「プロールの女」への言及など、敬意は感じられない。そもそも「プロレタリア（ート）」の代用語としての「プロール」は、この世界での公用語たるニュースピーク的な語彙と見ることもできるのかもしれない。しかし、物語中で「プロール」にウィンストンは大きな希望を抱いていることをたびたび表白する。ただし、そこには不安の念もないまぜになっている。「希望があるとすれば、それはプロールたちのなかにある」と日記に書き、彼が目撃したプロールの女たちの料理鍋の争奪戦を想起したあと、ふたたび日記に記入する一文が、「彼ら〔プロールたち〕は、意識を持つようになるまでけっして反逆しないだろうし、反逆したあとでなければ、けっして意識を持つようにはならないだろう」（74. 一一〇）というものだった。これはひとつの難題（アポリア）であり、字面どおりに読むならプロールたちは政治的主体となりうるような意識を持つことも、イングソックの支配体制に反逆し転覆することも、どちらも不可能だということになる。

プロールの「意識のなさ」

じっさい、先に見た街頭での料理鍋の奪い合いの場面とは別に、ウィンストンは自ら進んでプロールに近づいていって幻滅を覚えている。第一部第八章、「希望があるとすれば、それはプロールたちのなかにある」と日記にしたためた言葉が頭のなかで反響してやまない彼は、一九五〇年代のイングソック党による革命が起こる以前の旧世界を知る人を求めて、夕刻にプロール街のパブを訪れる。古参の党員がいればそちらに聞きたいところだが、革命以前の旧世界を知る党員はあらかた粛清されて残っていない。〈党外核(アウター・パーティ)〉員の制服である青いオーバーオールを着たウィンストンは、プロール街では場違いで、パブでも招かれざる客である。彼が聞きたいことは「革命前の時代はいまよりもましであったか」、「いまのほうが自由と感じられるか、より人間らしい扱いを受けているか」といったことで、八〇歳ぐらいと思しき老人にビールをおごってその問いを投げかける。しかし得られる答えは断片的なエピソードのみで、ウィンストンの求めているような本質的な答えは得られない(90ff. 一三四以下)。このあたりの会話は老人の台詞が「コックニー」すなわちロンドンのイーストエンドに住む労働者階級特有の英語発音を示す表記にしている。とくに語頭のhをすべて取ってアポストロフィ記号を入れて、'e(彼)、'ead(頭)、'alf(半分)というように表記しており(91ff. 一三六以下)、ウィンストンの標準英語の表記との対照が際立ち、英語原文にかぎれば、両者の意思疎通の困難を視覚的にも強調する効果を持っている(翻訳ではこれはなかなか再現しにくい)。

また、老人に話を聞く前のくだりでは、パブの外でプロールの男が三人、新聞記事に熱中していたかと思うと、激論を始める。何かと思ったら、宝くじ(ロタリー)の当選番号の予想をめぐって口論になったのだった。「週に一度、巨額の賞金が支払われる宝くじは、プロールたちが心底から関心を寄せるただひとつの公的行事だった。おそらく、数百万のプロールたちにとっては、宝くじが、唯一とはいわずとも、主たる生きがいなのであろう。それは彼らの喜びであり、道楽であり、鎮痛剤であり、知的興奮剤なのである」(89. 一三一－一三二)。

このプロールたちの描写は、オーウェルがじっさいに目にして抱くようになっていた労働者に対するある一面が投影されているように思われる。右の宝くじのエピソードは、彼が一九三六年の一月末から二か月にわたっておこなったイングランド北部の炭鉱労働者や失業者の調査旅行の際に目撃した光景が下敷きになっているのかもしれない。一九三六年三月七日、ドイツ軍が非武装地帯のラインラントに進駐した際にオーウェルはヨークシャーにいたが、第二次世界大戦につながるこの重大事件に対して、現地の労働者たちの関心は希薄だった。『ウィガン波止場への道』(一九三七)の第五章にこうある。「ヒトラー、ロカルノ条約、ファシズム、戦争の脅威といったものはこの地域ではほとんど話題にものぼらなかった。ところがサッカー協会が試合予定日の公表を中止すると決めたとき(これはサッカー賭博を抑止する試みだった)、ヨークシャー中が憤激の嵐となったのだった」[88]。

オーウェルの見るところでは一九三〇年代半ばの労働者たちも主要な楽しみとして最大のものはギャンブルである。「飢え死にしかかっている人びとでさえ、宝くじに一ペニーを費やすことによって、数日分の希望を(彼らに言わせるならば「生きがい」を)買うことができる。組織化されたギャンブルはいまやほとんど主要産業の地位にまで上りつめている」[89]。

当時の北イングランドは、イギリスのなかでも大不況の打撃をもっともひどくこうむった地域のひとつで、炭鉱労働者にとって、とりわけ失業者たちにとって、暮らしの困難さゆえに国内外の政治状況について関心を向ける余裕がなく、第一次世界大戦後に普及した「安価な贅沢品」で部分的な埋め合わせをさせられている。支配層にとっては、これはたいへん好都合なことだとオーウェルは指摘する。

フィッシュ・アンド・チップス、人絹のストッキング、鮭缶、安売りのチョコレート〔二オンス〔約六〇グラム〕のチョコバーが五個で六ペンス〕、映画、ラジオ、濃い紅茶、サッカーくじ――これらはそれぞれに革命を回避するのに資するものであったというのは、まさにありうることだ。とはいえ、このすべてが失業者を丸め込もうという支配階級による抜け目のない策略である――一種の「パンとサーカス」作戦である――などという話をわれわれは時々聞かされる。わが国の支配階級を私が見たかぎりでは、彼らにそれほどの知恵があるとは思えない。こういう事態が起きたにしても、それは思わず知らずに起こったのであり、製造業者の市場の必要と、安価な一時しのぎを求める半ば飢えた人びとの必要が、ごく自然な成り行きで相互作用を果たしたためなのである。[90]

「安価な贅沢品」が労働者階級を窮状のままに押しとどめようとする支配階級の意識的な策謀だと

する見解の出所としてオーウェルが念頭に置いているのは、教条主義的な「社会主義者」、とりわけスターリン体制下のソヴィエトの「正統」イデオロギーに同調する共産党系の知識人であろう。オーウェルは一九三六年の時点で、そうした知恵を出せるほどイギリスの支配階級は有能ではないと見る。

しかし、『一九八四年』の世界はどうだろう。そこでは、プロール階級に対して〈党〉への不満を逸らし反乱を招かぬための「緩和剤」を周到かつ組織的に提供している。いま見た宝くじが最たるものだが、さらにウィンストンの勤務する真理省には「プロール向けの文学、音楽、演劇、娯楽全般をつかさどる一連の部局」があり、そこでは「スポーツ、犯罪、星占いの記事ばかりのくだらない新聞、扇情的な五セント小説、セックスばかりの映画、そして作詞機(ヴァーシフィケイター)という名の特殊な万華鏡のごとき機械によってまったく自動的につくられるセンチメンタルな歌謡曲」(46. 六八―六九)が製造されている。

一方で、〈党〉の公式見解からすれば、(物語上の)一九五〇年代の革命によって資本家たちを追放し、奴隷の身分で艱難(かんなん)を極めていたプロールたちを解放したというのだが、他方で、〈党〉はこの世界特有の「二重思考(ダブルシンク)」の「能力」を働かせて、「プロールは本来的に劣等者であって、動物と同様に、いくつかの単純な規則を適用することによって従属的な位置にとどめ置かれなければならない」(74. 一一〇)、と教えていた。

> 彼らが労働し、子どもを作っているかぎりは、ほかに何をしようがどうでもよい。アルゼンチンの草原で牛を放し飼いにするようなもので、放っておくことで彼らは自分たちにとって自然と思

える暮らしぶりに、一種の祖先の暮らしの流儀に立ち返ったのである。貧民街で生まれ育ち、一二歳で働きだす。美しさと性的欲望を持つ短い開花期をへて、二〇歳で結婚。三〇歳で中年になり、大方が六〇で死ぬ。過酷な肉体労働、家庭と子どもの世話、隣人とのつまらぬ喧嘩、映画、サッカー、ビール、そして何よりもギャンブル――彼らの頭を占めるものといえばそのくらいである。彼らを抑えておくのは難しくない。〔……〕だが彼らに〈党〉のイデオロギーを教え込もうという試みはまったくなされない。プロールたちが強い政治的感情を持つことは望ましくない。彼らに必要なのは素朴な愛国心だけだ。労働時間の延長と配給の削減を受け入れさせねばならないときは、いつでもこの愛国心に訴えることができる。〔……〕彼らが不満を覚えるときでさえも――じっさい、不満を覚えることが時々あるのだが――その不満はどこにも行きつかない。なぜなら、彼らは大局に立ったものの見方ができず、あれやこれやのどうでもよい不平不満にしか注意を向けることができないからである。より大きな悪には気づかずにいるのが常なのだ。〔……〕〈党〉のスローガンが言うとおり、「プロールと動物は自由」なのである。（74-75. 一一一-一一二）

〈党〉の文化戦略によって馴化された彼らプロール（労働者階級、民衆）は、政治的意識を育む機会を持てず、体制変革の主体にはなりえない――以上見たようなネガティヴなプロール表象のみからすると、そういう結論に行き着いてしまう。

レイモンド・ウィリアムズのオーウェル批判

レイモンド・ウィリアムズ（一九二一–八八）がオーウェルを論じるとき、もっとも激しく批判を加えるのが、この「政治的に無力なプロール」の描き方についてである。

オーウェルより一八歳年少のウィリアムズは、ウェールズのイングランドとの国境に近いパンディ村に鉄道の信号手を父として生まれ、地元のグラマー・スクールを経て奨学金を得てケンブリッジ大学に進んだ。批評家として『文化と社会』（一九五八）を出し、イギリス・ニュー・レフト運動のリーダーの一人として活躍し、また二〇世紀後半に興隆するカルチュラル・スタディーズの代表的論客として知られるが、『辺境』（一九六〇）をはじめとする小説作品を残してもいる。[91]『文化と社会』は、一七八〇年から一九五〇年まで、産業革命の時期以降の一七〇年にわたるイギリスでの「文化」の概念の生成過程とその系譜をたどった名著として誉れ高い。エドマンド・バークとウィリアム・コベットから語りだすこの著作の最終章でウィリアムズはオーウェルを取り上げている。この選択自体は、一九五〇年代末にあって、左派知識人の大半から忌避されていたオーウェルを、既存の色眼鏡にとらわれずに自身の批評の著作のいわばアンカーに選んだという点で、ウィリアムズの目の確かさを証すものである。さらに一九七一年には短いが中身の濃い評伝『オーウェル』を刊行している。[92]

『文化と社会』でも『オーウェル』でも、「エグザイル」としての立ち位置からくる独特な「複眼的視点（ダブル・ヴィジョン）」がオーウェルの独特な社会・文化批評を価値あるものにしていると肯定的に評価しているのだが、『動物農場』と同様に『一九八四年』についてもきわめて辛口の論評がなされる。それはなによりも、オーウェルがプロールを政治的意識のない、したがって政治的主体になりえない、無力な存在として描いているとする点への批判である。『文化と社会』から引くなら、「彼のいちばんの失敗」は、「外的要因という明白なものを観察して、内在的な感情の諸類型という明白でないものを推測することしかできていない」という点にあり、「彼が、半ば意に反しながらも、労働者階級がじつは無力で、最終的に自らを助けることはできないと思うに至った[93]」という結論において、その失敗が歴然と示されている、そうウィリアムズは指摘する。『動物農場』の場合でも、豚たちに搾取される他の動物たちにオーウェルは同情しているものの、後者に統治能力を見ていない。『一九八四年』でも同様だと見てウィリアムズはこうつづける。

〔『一九八四年』で〕統治を引き受けているのは憎まれている政治家たちであり、「プロール」という物言えぬ大衆はまさにその愚かさに守られて彼らなりの流儀で暮らしをつづけてゆく。唯一の反対者は一人の反抗的な知識人から――体制全体に反対する追放者（エグザイル）から――現れる。オーウェルがこのような仕方で問題を説明しているのは、これが現代社会についての彼の実際の見方だからである。そして『一九八四年』が絶望的なのは、このような構造においては追放者（エグザイル）に勝算はないこと、したがって希望はまったくないことをオーウェルが認識していたからである[94]。

ウィンストン・スミスという主人公（ヒーロー）一人がビッグ・ブラザーの独裁体制に反逆するが、プロールにはそうした意識を持ち、団結して体制崩壊を導く主体的な力はないものとされる、そして結局この反逆者は捕縛され洗脳され破滅させられるわけであり、その筋立てからするならば、この小説は「絶望的」で、「希望はまったくない」というウィリアムズの読みは否定できないのかもしれない。オーウエルのはまり込んでいた隘路（あいろ）についての評言も頷ける部分がある。

とはいえ、義なるもの、善なるものが敗北し、不正義と悪がまかりとおるというのがディストピア小説の定石（フォーミュラ）、というか約束事なのであるから、このジャンルをふまえて物語のディテールを十分に検討しないで「絶望的」と断定することは早計であるように思う。たとえば、『動物農場』がイギリスのアニメ製作会社バチュラー＆ハリスによって一九五四年にアニメ化されたとき、原作の結末が変えられて、ロバのベンジャミンらの抑圧された動物たちが蜂起して独裁者ナポレオンを打倒する、という原作とは正反対のエンディングにされた。これによって『動物農場』を希望あふれる作品に変えられたといって評価するわけにはいかないだろう。[95]『動物農場』にしても、暴虐な人間を追放して、すべての動物たちが平等な農場を作りかけたものの、豚の特権化が進行してやがて豚同士の権力闘争の末にナポレオンが独裁者として農場に君臨するというディストピア的プロットからだけでは見逃してしまう希望の要素が細部に込められている。

プロールへの希望

そういう次第で、物語の細部を検討してゆく必要がある。筆者はすでに旧著『オーウェルのマザー・グース――歌の力、語りの力』において、イギリスの伝承童謡「オレンジとレモン」の使用法に注目して『一九八四年』の読解をおこなった。それは（拙著の増補版の帯の惹句を使うなら）「ディストピアに埋め込まれた希望のかけらを救い出す」試みであった。[96] 便宜的に①説話構造（語りの仕組み）

の側面と②説話世界（語られる内容）とに分けてその使用法を考えるなら、①説話構造のレヴェルでは、「オレンジとレモン」の歌を用いてのイギリスの伝統的な遊戯に沿って物語が（少なくとも第一部第八章から第二部をとおして）進展してゆくこと、つまり小説のプロットが遊戯（歌）「オレンジとレモン」を下敷きにして構成されていること、また②説話世界の面では、「祖先の記憶」が内蔵された伝承童謡をイングソック党がそのマスメディア戦略によって支配装置に変質させて用いていること――これを具体的に論じた。これについてはその拙著に直接当たっていただきたいが、結論部分で私はつぎのように書いた。

『一九八四年』は逃げ道のない、かぎりなく絶望的な世界を描いている、それゆえこれは作者オーウェルの絶望を語ったペシミスティックな書物である、という短絡した結論をくだす論者には、まったく目に入っていないようであるが、伝承童謡「オレンジとレモン」でみずから遊ぶ物語作者がいるということ、これが肝心である。なぜなら、彼の遊ぶその仕方のなかに、物語る世界に対する確とした姿勢が表示されているから、それがまさにオーウェルの「レトリカルな構え」を形成しているからだ。「オーウェル的」（Orwellian）という、現在辞書に定着した語でもって人びとが想起するような、「反共的小説作家」の青白いこわばった表情でむやみに「否」と首をふっているのではなく、ネガティヴな世界を語りつつも、物語ること＝遊ぶことによって、つねに作者のポジティヴな構えを示しているからである。これが肝心である。[97]

このように、旧著では私は物語作者としてのオーウェルの「ポジティヴな構え（スタンス）」を強調した。その見方は「プロール」への視点にも貫かれていて、前述の「アポリア」にもかかわらず、ウィンストンの目をとおしての語り手の希望はけっして失望によって相殺されない。それはプロールの馴致の一手段として、情報省の音楽局という部署によって機械で自動的に製造されたプロール向けの歌謡曲を一人のプロールの女性が洗濯物を干す仕事をしながら歌う場面に象徴的に示されている。第一部第八章、ウィンストンがジュリアとともにチャリントン氏の古道具屋の二階の隠れ家にいるとき、窓からそのプロールの姿を読者はウィンストンとともに眺めることになる。季節は六月、夕方近くだが日が長いのでまだ中庭は陽光に満ちている。そこでは「ノルマン建築のようにがっしりした女が、筋骨たくましい赤い前腕をむきだしにし、粗麻布の前掛けを腰にして、洗濯桶と物干し綱とのあいだをどたどたと行き来して」（144. 二一二－一三）いる。洗濯物はたくさんの赤ん坊のおしめであるようだ。その女性は、「洗濯ばさみを口にくわえているとき以外」は、「力強いコントラルトの声」でずっと歌っている。歌詞そのものは「ただのはかない想いだったわ／四月の一日のようにすぎてしまったわ／だけど、まなざしと、ことばと、それがかきおこした夢と／それがあたしの心をさらってしまったの」といったくだらない中身だ。

それはここ数週間、ロンドンでしつこくはやっている歌曲だった。音楽局の一課によって、プロールのために出された無数の同工異曲の曲のひとつだった。どの歌詞もみな、人の手をへずして、作詞機という名の装置によって作り出されたものである。

ところが、この女は、とても音楽的に歌ったので、その恐ろしくくだらぬ歌が、ほとんど快い調べに変わっていた。(144-45. 二一三)

寡頭制集産主義の権力機構が、その権力保持のために、民衆の馴化のために流通された「作詞機」製の歌を、女は「ほとんど快いしらべ」に変えて歌ってみせて、主人公を感動させる、このくだりは決定的に重要であると私は考える。このプロールの女性は、権力機構の思惑とはまったく逆の方向に歌を変質させている。すなわち、不毛な抑圧の歌を、彼女は歌う身ぶりの力によって、滅び去った伝承童謡が備えていたたぐいの、民衆の夢の発現形態としての歌に、再生させている。それゆえ、ウィンストンがここで目撃しているのは、フォークロア(=民衆文化)の発生の現場にほかならない――旧著で私はこの点を強調した。

この歌を聞いて心を打たれたウィンストンがプロールについての希望を語るくだりも見ておかなければならない。それは「プロール讃歌」とも呼べるような、プロールたちへの希望に満ちた想念にほかならない。

もし希望があるとすれば、それはプロールのなかにこそある。〔……〕未来はプロールのものである。そして、彼らの時代がやってきたときに、彼らの建設する世界が、この〈党〉の世界とおなじような、自分にとって、ウィンストン・スミスにとってよそよそしい世界になりはしないのだということ――それを自分は確信できるだろうか。できるのだ。なぜなら、少なくとも、そこは正気の世界となるであろうから。平等のあるところには、正気がありうるのだ。遅かれ早かれ、そうなるだろうし、力も意識的なものに変わるだろう。プロールは不滅だということ、この中庭の勇ましい姿を見れば、そのことは疑いようがない。最後には、彼らは目覚めるだろう。そして、その日が来るまで——それは千年先のことかもしれないが——彼らは、あらゆる逆境をのりこえて、生きつづけ、〈党〉が持ち合わせていない、そして殺すこともできない生命力を、肉体から肉体へと伝えていくであろう。鳥のように。〔……〕

鳥が歌い、プロールが歌い、〈党〉は歌わない。世界中の至るところで、ロンドンやニューヨークで、アフリカやブラジルで、国境の彼方にある立入ることのできぬ謎めいた土地で、パリやベルリンの街角で、果てしないロシアの平原の村々で、中国や日本の市場で——至るところに、おなじような、頑強で征服しがたい姿が立っている。労働と出産のために不格好になり、生まれてから死ぬまで働きつづけながら、依然として、彼女らは、歌っているのである。あの強力な腰から、いつの日か、意識を持った種族が生れ出るに違いない。（229–30. 三三八–三三九）

右の引用の最後の段落で挙げている地名は、ロンドン、ニューヨーク、ブラジル、またアフリカ（南の三分の一ほど）がオセアニア国内、パリ、ベルリンがユーラシア国内、そして中国と日本がイースタシア国内というふうに、小説世界の三超大国にふくまれる都市や（旧）国の名を列挙しており、いずれと戦争状態にあろうとも、プロールたちがおなじ境遇にいて国境を越えて連帯しうる可能性を強調している。この物語世界で唯一の積極的な反逆者として描かれるウィンストンは、女性の歌を聴いてからまもなくジュリアとともに〈思考警察〉に捕縛される。それは先ほどの便宜的区分でいえば、説話構造の要請――すなわちディストピアの物語を語るという性格上、必然的な成り行きなのであるが、第三部でウィンストンがオブライエンの手でいかに「人間らしさ」を壊されていき、「ビッグ・ブラザーを愛する」という帰結になるのであっても、この物語のなかでずっと鳴り響いているように思えるのが、「恐ろしくくだらぬ歌」「ほとんど快いしらべに変」えてしまえる、プロールの歌声なのである。

マーガレット・アトウッドが、あるいはもっとあとでトマス・ピンチョンが指摘しているように、『一九八四年』の附録「ニュースピークの諸原理」の記述の過去時制は、その附録が書かれた（と想像される）時点からみると、イングソックの独裁体制がすでに滅んでいるということを示唆しているのかもしれない。[98] そうであるとするなら、ビッグ・ブラザー体制を打倒した主体となったのはだれであろうか。一九八四年のプロールたちの子孫で、「意識を持った種族」として生まれ出たプロールの新世代であるという含意をそこに読むことは十分可能であるように思われる。「プロールに希望はあるか」――確かにある、というのがここでの結論となる。[99]

Ⅲ　人の生をいかに捉えたのか

1 「権力の司祭」の信仰

オブライエンの「疲労」

『一九八四年』の第三部は六つの章からなる。そのうち小説の最後にあたる第六章をのぞいて、ほぼ愛情省内が舞台であり、第一章では監房に入れられていた主人公のウィンストン・スミスが、同時期に〈思考犯罪〉(ソートクライム)の廉(かど)で捕縛された真理省の同僚のアンプルフォースやパーソンズらとのつかのまの会話や、他の極限状態に置かれた囚人の言動などによって、その空間の陰鬱な状況が描き出される。それから第二章に入ってオブライエンが登場、反政府組織「兄弟団」のメンバーを装ったのは罠であり、愛情省での思想犯洗脳を任じられた官僚という正体をここで明かし、ウィンストンを「再調整」するプログラムを開始、それが第三、四章をとおしてエスカレートし、第五章の「一〇一号室」(それぞれの囚人にとっての最大の恐怖の拷問が待ち構えている部屋)でクライマックスをむかえる。

ウィンストンがオブライエンに責め苛まれ、文字どおりぼろぼろにされるくだりはすでに見た。ここで注目したいのは、オブライエン自身が、ウィンストンの目をとおして、疲労を見せていることだ。ウィンストンを仰向けに寝かせて身動きできぬようにして責め苛んでいるのだが、それをするこのサディスティックな〈党中核〉(インナー・パーティ)員はひどく疲れている。「オブライエンは深刻な、かなり悲しげな顔で彼を見下ろしていた。下から見ると、彼の顔はざらついていていてやつれている。目元はたるみ、鼻から顎にかけて疲労の皺が刻まれている。彼はウィンストンが思っていたよりも年を取っていた。四八か、あるいは五〇歳になっているだろうか」(256. 三七七 - 七八)。これは第二章。そのあと第三章で、

〈党〉が権力に執着する動機をめぐって二人の問答がなされるが、ウィンストンが満足のいく返答をできないものだから、オブライエンは自ら答えて、「ただ権力、純粋な権力」のみを永続化させることが動機であることを「かすかな狂気をともなう熱情のきらめき」(274. 四〇六)を表情に湛えて語る。だがウィンストンは、オブライエンが疲れた顔をしていることにふたたび驚く。「強く、肉付きがよく、残忍な顔で、知性と一種の抑制された情熱にあふれていて、それを前にすると彼はなすすべもない気分になった。だがその顔は疲れていた。目元はたるみ、頬骨のあたりから皮膚が垂れている」(276. 四〇八-九)。それを見て取ったウィンストンだったが、彼の思考をオブライエンは異常な鋭敏さでもって察知して、「私の顔が老いて疲れていると君は考えているね。私が権力について語っていながら、自分の体が朽ちるのを阻止することさえできないではないか、そう君は思っている。ウィンストンよ、個人は単なる一細胞に過ぎないということが理解できないのかね？　細胞の疲労は〔それを一要素とする〕有機体の活力になる。君は爪を切って死ぬとでも思っているのかね？」(276. 四〇九)という。いい換えるなら、オブライエンという個人はイングソック党という一大組織の一細胞に過ぎないので、彼自身の老化といずれ必ず来る死は、その組織を活性化こそすれ、弱体化することにはならない、だから何の問題もない、という理屈である。心身ともに痛めつけられているウィンストンには、これに同意できないのであっても、オブライエンに反論する気力も体力も残っていない。だがこれはオーウェルが一九四五年に発表した評論「ナショナリズム覚え書き」で定義した「ナショナリズム」の極端な（しかし典型的な）症例であることがわかる。そこでこの評論の中身をつぎに見ておこう。

「ナショナリズム覚え書き」（一九四五年）

「ナショナリズム覚え書き」はロンドンを拠点とした批評誌『ポレミーク』の創刊号（一九四五年一〇月）に掲載された。同誌は「哲学、心理学、美学の雑誌」と銘打ち、著述家のハンフリー・スレイター（一九〇五－五八）が編集を手がけて、一九四五年の創刊から四七年まで、トータルで七号を出したのみの短命の批評誌であった。ここにオーウェルは「ナショナリズム覚え書き」のほか、「文学の禁圧」（第二号、一九四六年一月）、「ジェイムズ・バーナム再考」（第三号、一九四六年五月）、「政治対文学――『ガリヴァー旅行記』論考」（第五号、一九四七年九－一〇月）、「リア王・トルストイ・道化」（第七号、一九四七年三月）と、彼の代表作と目される（またいずれも『一九八四年』と関わりの深い）すぐれた評論を発表している。

さて、「ナショナリズム覚え書き」の冒頭で彼はまず「ナショナリズム」という語でまず考えられるのは、人間というものを昆虫同様に分類可能とみなして「何百万、何千万という人間の集団全体に自信をもって「善」とか「悪」とかのレッテルが貼れるものと思い込んでいる精神習慣」だという。さらに、より重要な第二の定義として、「自己をひとつの国家その他の単位と一体化して、それを善悪を超越したものと考え、その利益を推進すること以外の義務はいっさい認めないような習慣」を指すとする。

その際に彼は「ナショナリズム」と「パトリオティズム（patriotism）」を混同しないようにと釘を刺す。後者に（誤解を招きやすいことを自覚しつつ）「愛国心」の訳語を当てて彼の論をさらに見てゆくと、両者は「二つの異なった、むしろ正反対の概念が含まれている」のであり、彼が「愛国心」という場合は「自分では世界中でいちばんよいものだとは信じるが、他人にまで押しつけようとは思わない、特定の地域と特定の生活様式に対する献身」を意味させている。これは軍事面でも文化の面でも「本来防御的」な概念である。それに対して、ナショナリズムは権力と不可分な概念であって、「すべてのナショナリストの不断の目標は、より大きな勢力、より大きな威信を獲得すること、といってもそれは自己のためではなく、彼がそこに自己の存在を没入させることを誓った国なり何なりの単位のために獲得することである」[2]とする。

このように「ナショナリズム」を「愛国心」と対比させて、かなり広い概念として捉えているので、オーウェルにとっては「ナショナリズム」はナチス・ドイツや一九四五年の終戦までの日本などの明確なナショナリズム運動、あるいはイギリスの国粋主義や帝国主義に限らず、(彼の列挙している「主義(イズム)」でいえば)、コミュニズム、政治的カトリシズム、シオニズム、反トロツキズム、平和主義(パシフィズム)といった運動や傾向をも含み込んでいる。それらの「ナショナリズム」の諸類型がすべて同一のはずはないにせよ、すべてに共通する法則がいくつかあるとして、オーウェルが挙げるのは、「偏執」、「不安定」、「現実無視」といった特徴である。「偏執」とは、もっぱら「自己の勢力単位の優越性」のみに心を向け、それ以外は無視する性向をいう。「不安定」とは、自身が没入できる「愛着」の対象が一定せず、別の大きな単位に「転移」しうる特徴をいう。そして「現実無視」は、物事を「行為それ自体の価値」によってではなく、「だれがやるか」によって判断し、暴虐行為も味方がおこなえば正当化してしまえる心性をいう。[3]「ナショナリストの思考には、真実でありながら嘘である、知っていながら知らない、といった事実がいくらもある。わかっている事実が耐えがたいものであるために、習慣的に押しのけられて論理的思考過程の中に入ることを許されないか、逆にあらゆる考慮を払われながら、自分自身の心の中でさえ、事実として認められない」[4]。『一九八四年』の世界ではこの「現実無視」は体系化されて「二重思考（ダブルシンク）」という名で党員すべてに課せられる必須の能力となる。

「すべてのナショナリストには、過去は改変できるものだという信仰が付きまとう」とオーウェルはさらにつづける。「現代のプロパガンダの多くは純然たる捏造（ねつぞう）である。重要な事実が隠蔽され、日時が改変され、前後に関係なく一部分だけ引用して意味を変えてしまう。起こるべきでなかったと思われる事件については口をぬぐって語らず、最後には否定する。〔……〕客観的事実の無視は、世界の一部を他の部分から遮断することによっていっそう助長される」[5]。『一九八四年』でウィンストンがまかされていた情報省での事務仕事についても、このような「ナショナリスト」特有の「信仰」から発する行為が何の抵抗も批判も受けずに進められる世界だということがわかるだろう。その点からすれば、オセアニア国は、いってみれば「ナショナリストのユートピア＝楽園」ということになるが、オーウェルの定義する「ナショナリスト」を彼とともに嫌悪し忌避する人びとにとっては、むろんそこはディストピア世界にほかならない。

「ナショナリズム覚え書き」の後半では「イギリスのインテリの間に見られるナショナリズム」のみに議論を限定して、「積極的」、「転移的」、「否定的」の三種に「ナショナリズム」を大別して論を進めている。紙幅の関係でこれ以上細かく紹介できないが、エッセイの結び近くで、「イギリスのインテリの間でナショナリズムの勃興、蔓延の原因」については問題が大きすぎて扱えないのだが、「イギリスのインテリの間で見られるかぎりのかたちでは、それは外界で現実に起こっている恐ろしいいくつもの戦闘の歪められた反映であり、そのもっともばかげた様相は愛国心と宗教心の崩壊から生じたものだ」[6]と付言しているのが、重要な指摘として注意を引く。とりわけ「宗教心の崩壊」という点が核心に関わる。

「個人の不滅への信仰」の衰退

『一九八四年』の物語世界では、既存のキリスト教会は消滅している。一九五〇年代の世界規模の核戦争と内戦の混乱のなかで権力闘争の末にイングソック党が覇権を握り、英米ほかの英語圏、また中南米も支配下に収めての超大国オセアニアの樹立とともに教会は廃止されたと見られる。建物もセント・クレメント・デインズ教会のように廃墟と化して放置されているものもあれば、セント・マーティンズ・イン・ザ・フィールズのように別の使途（そこでは敵国の残虐行為を展示する博物館）に用いられているものもある。そもそも「宗教（religion）」という語彙が、「名誉（honor）」、「正義（justice）」、「道徳（morality）」、「インターナショナリズム（internationalism）」、「民主主義（democracy）」、「学問（science）」と並んで、「異端的」な意味内容を持つものとして、『ニュースピーク辞典』から除去されている（318. 四七三）。おなじく「神」も禁句で、第三部第一章でウィンストンの同僚のアンプルフォースが逮捕されて愛情省内の監房に入れられた理由は、本人の説明によれば、キプリング詩集の書き換え作業で「杖（Rod）」と脚韻を踏む「神（God）」以外の語が思いつかず、そのままその語を残してしまったからだという（242–43. 三五七頁）。

『一九八四年』でのこうした宗教と教会の扱いについて、カトリック教徒の作家イーヴリン・ウォーはオーウェル宛の私信で異議申し立てをしている。主人公が、ひいてはオーウェルが、霊魂の存在を否定している点で根本的に誤りだとし、さらにキリスト教会が消滅しているのも問題で（日本の隠れキリシタンの例を引いて、教会と信仰が消し去られるはずはけっしてないとウォーは主張している）、そのために小説世界が「信憑性の低い」ものになってしまったと批判している。[7] 同年生まれの作家で、晩年に交際があり、互いの著作に敬意を表していた二人であったが、政治と宗教の問題となるとまったく主義主張を異にした。[8] そもそもオーウェルはキリスト教会のなかでもとくにカトリック教会に対して激しく批判的だった。オブライエンというアイルランド人に多い名前は、カトリック教徒を連想させるという理由で命名したことが十分考えられる。オーウェルは、自分の結婚式をイングランド国教会の儀式に則りウォリントンの教区教会で挙げているし、遺言によって葬儀も国教会の司祭によって執りおこなわれ、サットン・コートニー（バークシャー）の教会墓地に埋葬されたことからして、実生活上のキリスト教会への対し方については平均的な英国人とそう変わらなかったようにも思えるのだが、著作のなかでは、キリスト教会が現代世界のなかで存在意義を失っていること、また教会が前提とする観念（来世での救済）が効力を持たなくなっていること、そしてそのことが意味する問題の深刻さをたびたび強調している。

『トリビューン』紙のオーウェルの連載コラム「気の向くままに」についてはすでにそこに書かれたコラムをいくつか援用したが、硬軟とりまぜたさまざまなトピックのなかでシリアスな一本といえるのが一九四四年三月三日号に寄稿した「死後の生命の信仰」の衰退について論じた一文で、これは「ナショナリズム覚え書き」でオーウェルが指摘した「宗教心の崩壊」と直接関わるものである。このコラムによれば、イングランド国教会、カトリック教会などの宗派を問わず、キリスト教を基盤とする西洋文明は、東洋のいくつかの文明と違って、「部分的には個人の不滅（イモータリティ）に対する信仰の上に築かれていた」。だがその観念は「消滅したか、あるいは消滅しつつある。そしてその〔消滅の〕帰結にちゃんと向き合うことはまだなされていない」と彼は断ずる。「現代の権力崇拝の流行の高まりは、いまここでの生が唯一の生であるという現代人の感じ方と結びついていることはほぼ疑いない。もし死がすべてを終わらせるとすれば、たとえ自分が敗北してもこちらに道理がありうると信じることは大いに難しくなる」。オーウェル自身はそうした「死後の生命に対する信仰」が復活することを望んでいないが、いずれにせよもどってきそうにない。彼が問題とするのは、「それが消滅したあとに大きな穴が残されているということであり、私たちはその事実に注意すべき」[9]だということである。

おなじ主張をオーウェルはアーサー・ケストラー（一九〇五‐八三）を論じた一九四四年九月執筆の評論（発表は一九四六年）のなかでもおこなっている。この論考での「信仰」をめぐるオーウェルのコメントはこうである。「一九三〇年頃から世界には楽観論を信じる理由はまったく失せてしまった。目に見えるものは嘘と憎悪、残虐と無知のごたまぜでしかなく、現在の苦難の先に姿を見せているのはさらに大きなさまざまの苦難であって、それをヨーロッパ人はようやく自覚しはじめた」。この苦境から抜け出す「唯一の簡単な道」は、「この世を来世のための準備でしかないとみなす、宗教の信者の道」である。「だが、現在ものを考える人間のなかで来世を信じるものはほとんどおらず、今後ますます減るだろう、キリスト教会はその経済的基盤が崩れたら自力で生き延びることはできないだろう」――そうオーウェルはいい、それからつぎの重要なセンテンスがつづく。「真の問題は、死が最終的（ファイナル）なものである〔来世はない〕ということを受け入れつつも、いかにして宗教的な態度を取りもどすかということにある」[10]。

ここでオーウェルのいう「宗教的な態度」をどう捉えるか、これはとても難しい。ひとついえることは、そのありうる「取りもどし方」のひとつのオプションとして、彼が忌まわしい例として提示したのがオブライエンの姿勢であるということ、これである。

〈党〉への没入と自己滅却

オブライエンに責め苛まれながらウィンストンは思う。「自分よりも頭のよい狂人に対して、いったい何ができるというのだろう。自分の意見にもよく耳を傾けながらも、ひたすら狂った主張を押し付けてくる、そんな狂人に対して」(275. 四〇七頁)。先に見た「ナショナリズム覚え書き」での、ナショナリズムに陥りやすい「イギリスのインテリ」の戯画(カリカチュア)がオブライエンによって示されていると見てよいだろう。オーウェルのいう「宗教的な態度」は、個人が自己の存在を没入させられる国家への信仰というかたちで、ナショナリズムのイデオロギーの補完装置ともなりうる——それがオブライエンの態度にほかならない。彼は自分たちを「権力の司祭」であると定義する。

われわれは権力の司祭だ。神は権力なのだ。〔……〕「自由は隷属なり」という〈党〉のスローガンを君は知っている。だがそれを逆にすることもできるということを考えたことがあるかね? 隷属は自由である、と。ひとりでいる——自由でいる——そんな人間はつねに打ち負かされる。それは当然だ。人はだれもが死ぬ運命なのだからね。死はあらゆる失敗のなかで最大の失敗なのだ。だがもし完璧で絶対的な服従ができれば、自分のアイデンティティから脱却できれば、〈党〉に没入して自らが〈党〉となることができれば、彼は全能で不滅の存在となる」(276–77. 四〇九頁)。

「死後の生」を断念したうえで「宗教的な態度」をいかに回復するか――この難題をオブライエンは〈党〉への没入＝個人の滅却によってあっさり「解決」してしまっている。ここで彼は、カトリック司祭の姿と見紛うような黒いオーバーオール＝法服の「オブライエン神父(Father O'Brien)」と化している。もっとも、彼は「ナショナリズム」の狂気に取り憑かれた精神構造のなかにふと一筋の正気の気配を見せ、組織のなかの一細胞としての滅亡への個人的な不安と怖れを表情に示している(自分は単なる「爪」ではないのではないか?)――そんなふうにオブライエンの「疲れた表情」を読み取れないこともない。

オブライエンが「権力の司祭」として、ここで極端な論理展開で示している「自由は隷属なり」、もしくは「隷属は自由なり」の教義(つまりはオーウェルの定義する意味での「ナショナリズム」特有の心的態度)にからめとられずに、「死が最終的なものである」ことを受け入れつつ、「宗教的な態度」をどう回復するか、というのが、オーウェル自身が直面し、また読者に突きつけている問題なのである。この問題をさらに考えるために、「人間性」あるいは「人間らしさ」といった、一見ありきたりの(手垢のついたとさえ受け取られかねない)言葉をつぎに持ち出してみよう。

2 「人間らしさ」と「人間性」（そして「動物性」）

コロナ禍のさなかの二〇二〇年夏にオーウェルの小伝を岩波新書の一冊として刊行した際、そのタイトルを『ジョージ・オーウェル——「人間らしさ」への讃歌』とした。サブタイトルの「人間らしさ」は、オーウェルがその著作でよく用いた「ディーセンシー（decency）」あるいは「コモン・ディーセンシー（common decency）」をふまえている。ただし、decencyの訳語としては踏み込み過ぎたかもしれない。手元にあるどの英和辞典もdecencyの訳語として「人間らしさ」を挙げているものはない。英和辞典でdecencyのいくつか定義を抜き出しておくとこうである。

1（言葉づかい・行動・服装などの）上品さ、礼儀正しさ（integrity）。2体面、体裁、世間体。3（正式）［the ～ies］礼儀作法（proprieties）。人並みの生活に必要な物。（『ジーニアス英和大辞典』）

1（言葉遣い・振る舞いなどの）礼儀正しさ、行儀よさ、上品さ。良識。親切、寛大、人のよさ。（文法にかなった）正しい文章作法。2良俗に背いていないこと、身だしなみのよさ、穏当［妥当］なこと。品位、体面、体裁。3（the ～ities）（1）礼儀作法。（2）人並みの生活・行動に必要なもの、恒産。（『ランダムハウス英和大辞典』）

1見苦しくないこと、良識［慣習］にかなっていること。品位。体面。礼儀正しさ、身だしなみのよいこと。（ほどよい）人のよさ、親切さ。《言語・挙動の》上品さ。《文法的に正しい》文章作法（の遵守）。2［the decencies］人並みのもの、当人にふさわしい暮らしに必要なもの《衣類、家具、住居、収入など》。(『リーダーズ英和辞典』)

「人のよさ」とか「人並みの生活」など「人」が入った定義があるものの、「人間らしさ」とはだいぶ距離がある。拙著のサブタイトルはむしろ英語ではhumanity, humanism, humannessといったhuman(「人」ラテン語homoを起源とする)の派生語に対応すると思われたのではないか。

さて、「人間らしさ」で私はオーウェルが肯定する人間的価値という意味合いを込めた。それを察したある知人から、「ネガティヴな、それこそ獣的な要素もふくめてリアルな「人間」であるはずだから、この「人間らしさ」の用法は一面的ではないか」という趣旨のコメントをもらった。そう、たしかに「人間的」といえば、人間のやさしさや思いやりといった、だれもが肯定するような感情や行為を含意している。広辞苑(第七版)を引くと、「人間的」は「人間に関するさま。動物的、機械的などに対して、人の行為・感情の人間らしいさま。特に、思いやりがあることなどにいう。「―な扱い」」と説明されている。その一方、おなじ辞書で「人間性」は、「人間としての本性。人間らしさ」と定義されている(「人間らしさ」の立項はない)。「人間的」と「人間性」、ここでの両者の定義は微妙に違う。後者の「人間としての本性」の「本性」は見方によっては、(それこそ性悪説に立つ人が見たら)悪しき欲望を指すこともありうるわけで、「本性」イコール「善性」とは必ずしも限らない。「人間らしさ」が「人間としての本性」であるなら、それは悪しき性質も(獣性の意味合いも)含意しうるわけであり、知人が指摘したように私の使用法は一面的ということになる。たとえば『一九八四年』の五年後に刊行されたウィリアム・ゴールディング(一九一一―九三)の小説『蝿の王』(一九五四）を読んで「人間性」を考えるなら、それはオーウェルのいう「ディーセンシー」の対極にある性質であるように思えるかもしれない。[11]

「人間らしさ」という語についてつらつら書き連ねたのは、『一九八四年』のなかで、「人間」、「人間的」、「人間性」は重要なキーワードになっていて、それが「動物」や「獣」と（少なくとも表面上は）対照的に使われることが多いこと、それについてここでしばし考えてみたいと思うからである。

「人間」の種族の絶滅

『一九八四年』をオーウェルは『ヨーロッパで最後の人間（*The Last Man in Europe*）』という仮題で書きだし、脱稿後もこれが正式なタイトルの候補として残っていたことはすでに述べた。ここで「人間」と訳した原語はManで、これは昔ながらの典型的なジェンダーバイアスによって「男」と「人間」の両方を含み込む語と思われるが、便宜上humanと重なる意味合いを主にして見ていこう。

「最後の人間」のフレーズは第三部第三章のオブライエンによるウィンストン・スミスの拷問と洗脳の場面で出てくる。ここはすでに「ユダヤ人表象の問題」のなかで取り上げた。若干繰り返しになるが、これを見ておくと、この時点でウィンストンへの心身両面の（とりわけ身体への）虐待が長時間にわたって周到になされていて、ウィンストンはぼろぼろの状態にされている。それでも彼は「あなたたち〔オブライエンら権力中枢の党員たち〕が絶対に打ち勝てないものがある。〔……〕それは人間の精神です」と主張する。そんな彼にオブライエンはこういい放つ。「もし君が人間だとするなら、ウィンストンよ、君は最後の人間なのだ（You are the last man）。君が属していた種族は絶滅して、われわれがその後継者なのだ」(282–83. 四一九)。さらに、「君は最後の人間だ(You are the last man)。〔……〕君は人間精神の守護者だ。ありのままの君を見せてやろう」(283. 四一九)とオブライエンはいい、ウインストンを裸にして自分の変わり果てた姿を鏡で見るように仕向ける。老人のように衰えた彼の口を空けさせ、正常な歯を無理矢理根元から引き抜いたあと、オブライエンは、「君は腐敗してゆく。……それが最後の人間だ(That is the last man)」(285. 四二二)と冷酷にいい、ウィンストンを泣かせる。

オブライエンの右の言葉のなかの「君は最後の人間だ」の「人間」とは何か。「君が属していた種族は絶滅して、われわれがその後継者なのだ」という言明において、「われわれ」、すなわちオブライエンのようなイングソックの体制の永続化を図る〈党中核〉の幹部たちという「後継者」は、「人間」の部類に入るのであろうか。それとも「人間」ではない何か別の存在、あるいは抽象概念に変貌したのだろうか。

その「人間」とは、〈党〉の示す正統的教義(オーソドクシー)を盲信せず、歴史感覚を、つまり過去の経験を記憶し想起する力を備え、自律的な個人としてものを考える者、かつてウィンストンが思いをめぐらせたように、「実体のある世界は存在し、その法則は不変である。石は固い、水は濡れる、支えていないものは地球の中心に向かって落ちる」という「自明の理(トゥルーイズム)」を断固死守する者、「二足す二は四であると言える自由」(84. 一一五)を保持する者であると解することができる。[12] イングソックの正統的教義はこの「自明の理」を否定することに基盤を置いている。オブライエンによるウィンストンへの徹底的な「非人間化」のオペレーションのあと、ウィンストンは与えられた筆記具に「自由は隷属」、「二足す二は五」、「神は権力」と書くようになる。そして最後にとどめの「一〇一号室」の拷問によってジユリアを裏切り、「廃人」となって釈放される。このあと彼は、栗の木カフェでヴィクトリー・ジンをあおり呆然として過ごしながら、ビッグ・ブラザーへの「愛」を「実感」して、背後から銃殺されるのを待つばかりとなる。

動物の比喩形象

前作『動物農場』が動物寓話で、農場の家畜たちが主要キャラクターとして出てくるのであったが、動物寓話でなく自然主義的なスタイルを用いて書かれた『一九八四年』にもさまざまな動物が比喩的に使われている。第一部第一章でウィンストンが〈二分間憎悪〉の模様を思い出しているなかで、テレスクリーンに映し出されたゴールドスタインの顔の印象を「羊に似た顔」と表現し、また声も羊を思わせるとしている(15.二二)。「憎悪」が最高潮に達したとき、ゴールドスタインの声は「本物の羊のめえめえ声に変わっており、顔もちょっとのあいだ羊の顔になった」(17.二七)。〈党〉の主導によりこの「人民の敵」の「動物化」をモンタージュと音声加工によって作り出していることがわかる。そしてそのあと画面にビッグ・ブラザーが登場したとき、「憎悪」の参加者たちは自己催眠にかかったように「B・B!・・・B・B!」という「人間以下(サブヒューマン)の詠唱」(18.二八)を始める。「ビー・ビー」と叫ぶことで、「憎悪」者たちも羊と化してしまったわけである(日本語での羊の鳴き声を示す「めえめえ」は英語では'baa,baa'(バー・バー)という擬声語となるので、「ビー・ビー」の朗詠は羊を強く想起させる。この「羊語」の使用は『動物農場』でオーウェルが用いた手法の再利用といえる)[13]。参加者の一人の女性は「水揚げされた魚のように口をぱくぱく」(16.二五)させる。そしてウィンストンが自室で日記を書いていたとき、部屋を急にノックする者がいて、驚いた彼は、〈思考警察（ソートポリス）〉が早くも彼の背信行為を嗅ぎつけたのかと思い、「ハツカネズミのようにじっと座って」いる（21. 三三）。

もう少し例を挙げておこう。第一部第五章、情報省の食堂でウィンストンが同僚のサイムと昼食をとっていた際に、隣のテーブルで秘書らしき女性を相手に「虚構局のお偉いさん」が耳障りな声で、この体制の正統的教義（オーソドクシー）をまくしたてている。眼鏡が光を反射しているので、ウィンストンからは目ではなくて空白の円盤が二つ見えるだけだ。「ゴールドスタイン主義の完全かつ最終的な廃棄」といったフレーズ以外はほとんどが「ただの騒音」で、「ガーガーガー」という音でしかない。「この男の口から出て来るものは単語からなっているのであっても、本当の意味での発話になっていなかった。それは無意識に発せられる騒音であって、アヒルのガーガーいう鳴き声のようなものだった」（57. 八四－八五）。このあとサイムがニュースピーク語のなかに「アヒル語（duckspeak）」なる単語があるとコメントする。それは「アヒルのようにガーガーいうということなんだが、矛盾する二つの意味を持つ興味深い語のひとつなんだ。これは敵に使うときは非難の語で、賛同できる相手に使うときは称賛の語になるんだ」（57. 八五－八六）。

その少しあと、おなじく真理省の食堂内の場面で、ウィンストンはふたたび食堂を見まわす。今度は昆虫の甲虫（かぶとむし）（beetle）が比喩に用いられている。「ほぼ全員が醜い。服装が制服の青いオーバーオールでなかったとしても醜いのは変わりなかっただろう。食堂の向こうの奥には、甲虫みたいな奇妙な男が一人でテーブルについていて、小さな目を疑い深そうに左右に投げかけながらコーヒーを飲んでいる」（63. 九三－九四）。イングソック党は市民の身体について理想像として、「背の高い筋肉質の青年と、胸の豊かな乙女、金髪で生き生きとして陽に焼け、屈託がない」タイプを掲げているのだが、ウィンストンの判断するかぎりではエアストリップ・ワン（滑走路一号）の住民は大多数が醜い。「あの甲虫型がそれぞれの省で増殖しているのは何としたことか。ずんぐりして、若いときから太りだし、短い足でせかせか歩き、ひどく小さい目をした太った顔は何を考えているのか見当がつかない。そういうのが〈党〉の支配下ではいちばん出世しそうなタイプなのだった」（63. 九四）。日本での「甲虫」と英語のbeetleとのイメージの相違を補足しておくならば、beetleは「暗闇」、「死」といった不吉なニュアンスを持つ象徴的な昆虫である。右の引用でも負の意味合いを持たせているのは明白であろう。おなじく食堂の場面で登場するパーソンズが「カエルのような顔（フロッグライク）」（58. 八七）と形容されるなど、他にもまだ用例が多くあるのだが、これくらいにしておこう。以上挙げたのは〈党外核〉員たちの形容ということになるが、これらの例からだけでも、羊やアヒルといった家畜、また甲虫という昆虫まで駆使して、エアストリップ・ワンの世界にいる住民が本来あるべき「人間」でなく、それ以下の（虫をふくむ）「動物」へと「堕落」している状況を言い表す、価値低下の修辞法であることが確認できる。その意味で、ウィンストンの目から見て、この世界の人間は概ね「人間らしさ」を喪失している。

ではプロールはどうだろう。同僚のサイムは、ウィンストンを相手にニュースピークについて嬉々として語っているなかで、ニュースピークの完成によって、従来の標準英語の会話を理解できるものは二〇二五年までにいなくなるだろうと予言する。それに対してウィンストンが「ただしプロールはのぞいて」と疑問をはさもうとしていいよどんだところ、サイムはそれを察して「プロールは人間じやない（The Proles are not human beings）」（56. 八三）と断言する。「希望があるとすれば、それはプロールのなかにある」と信じる（あるいはそう信じたい）ウィンストンは、プロールの政治的社会的意識のなさにしばしば失望するものの、彼らが人間にあらずとするサイムのその断言には同意できない。第一部第一章でウィンストンが最初に日記を書きはじめたときに書き込んだニュース映画の場面（避難民の母親が銃撃を浴びる際にわが子を腕に抱きしめて守ろうとしたエピソード）を彼自身の母親がウィンストンの妹を抱きしめた思い出と重ね合わせて、母は「彼女が従う基準がひとえに私的なものであったがゆえに、一種の気高さ、一種の純粋さ」（171. 二五三）があった。そしてそうした特性は党員たちからは消えてしまったものの、プロールには残っているとウィンストンは思う。

大切なのは個人と個人の関係であり、まったくなすすべがないという身ぶり、抱擁、涙、また死にゆく者に語りかける言葉といったものが、それ自体で価値を持ちえた。プロールたちはこのような状態にとどまってきたのだ、という思いが彼に突然よぎった。彼らが忠誠を尽くすのは〈党〉や国や観念に対してではなく、お互い同士に対してなのだ。生涯で初めて、彼のなかからプロールたちへの軽蔑の念が消えた。また、彼らのことをいつの日か活気を帯びて世界を再生させうるが、いまは無気力でいる勢力にすぎないと思っていたのだが、その考えを改めた。プロールたちは人間でありつづけてきたのだ。中身まで無感覚になってはいない。彼自身が意識的な努力によって学び直さねばならないような初源的な感情を彼らは保持している。こんなことを考えているうちに彼は、一見脈略がないようだが、〔プロールの〕切断された手が舗道にころがっているのを見つけてそれをキャベツの芯であるかのように溝に蹴り込んだ数週間前の光景を思い出した。

「プロールたちは人間なんだ」と彼は声に出して言った。「私たちは人間じゃない」(172-73. 二五四-五五)

彼が以前仕事帰りにプロール街をさまよったときに、突然のロケット弾攻撃があってそれが近くに着弾し、プロールの死者が出た際の自身の「非人間的」な反応を思い出して(そして同時に、少年期に母子とも食うや食わずであったときに妹に割り当てられたチョコレートを奪いとって食べてしまった自分の「非人間性」を想起して)、プロール=人間、私たち(党員)=非-人間という認識に(この時点では)至る。

ただし、物語のなかでその二項対立が一貫しているかというと、そうでもなく、語りのなかでのプロールの表象にしても、ある種の矛盾というか、揺らぎがある。「彼ら〔プロールたち〕は、あらゆる逆境をのりこえて、生きつづけ、〈党〉が持ち合わせていない、そして殺すこともできない生命力を、肉体から肉体へと伝えていくであろう。鳥のように」(229. 三三九)という、前に引いたウィンストンの想念の表出の、鳥とプロールを同列に置いた一文は、プロールを称賛する文脈ではあるとはいえ、「プロールの動物化」の修辞法のひとつといえる。さらに、その直前の「労働と出産のために不格好になり(made monstrous by work and childbearing)」(230. 三三九)という表現も、これまた称賛の文脈だが、そのなかの形容詞 monstrous は逐語的に言えば「怪物のような」で、プロールを人間でなく「獣」のように扱っているとしてレイモンド・ウィリアムズが批判した表現のひとつである。[14]

秦邦生は、『一九八四年』における「人間らしさ」と動物の表象の関連を扱った論考のなかで、オーウェルの思索のなかで「人間」と「動物」とは「決して安定した二項対立ではない」と述べて、こうつづける。「一方で、彼が追求した社会主義に不可欠な「人間性」は、他者の動物化に依存している限りでは永遠に「不完全」なものに留まり続ける。他方で動物化された存在のなかには、つねに抑圧者によって否認された「人間性」が宿っている。「人間」と「動物」はかりそめの境界線を絶えず逸脱し、混淆し、しばしばその位置を入れ替えるのである」。[15] たしかに『一九八四年』の物語世界は、「人間」と「動物」のそれぞれの感情価値が揺れを見せている。あるいは、見方を変えるならば、二つの世界大戦をへて、冷戦の初期に入っていた一九四〇年代後半の歴史的時点で、「人間らしさ」や「人間性」を問い直すのに、多声的な語りを肝心な要素としてふくむ小説形式を用いることに大きな意義があった。ここでオーウェルの「人間らしさ」の価値と意義をさらに見るために、目先を変えて、『一九八四年』執筆の時期の「人権」についてのオーウェルとその他の議論と動きを少し見ておきたい。

人権擁護の国際連携の試み

「人権 (human rights)」、すなわち「人間が人間として生まれながらに持っている権利」(『広辞苑』第七版)について常識的なことを確認しておくと、一七八九年のフランス革命で憲法制定議会において

「人権宣言」が裁決され、その一五九年後の一九四八年に「世界人権宣言」が国連総会で採択された。後者は折しもオーウェルが『一九八四年』を完成させた年にあたる。いってみれば、その物語世界は、「世界人権宣言」で謳われる権利のすべてを否定したところに成り立っている政治体制である。同宣言第一〇条の「すべて人は、自己の権利及び義務並びに自己に対する刑事責任が決定されるに当って は、独立の公平な裁判所による公正な公開の審理を受けることについて完全に平等の権利を有する」は、〈思考警察〉によって市民が恣意的に捕縛され愛情省内で心身の虐待を受ける「無法」のオセアニア国で奪われている権利である。「何人も、自己の私事、家族、家庭若しくは通信に対して、ほしいままに干渉され、又は名誉及び信用に対して攻撃を受けることはない」（第一二条）という権利は、テレスクリーンによる市民の恒常的な監視、また盗聴と密告の奨励によって無化されている。すべて人は「思想、良心及び宗教の自由に対する権利を有する」（第一八条）[16]というのは、これを思っただけでもオセアニア国では〈思考犯罪（ソートクライム）〉となり、それをほのめかすだけでも国家によるテロの標的となる。

デイヴィッド・ドゥアンが強調するように、この「世界人権宣言」の国連での採択以前に、オーウェルは人権擁護のためのこの種の宣言の必要を訴えていた。[17]アーサー・ケストラー宛の一九四六年一月一〇日付の手紙で、オーウェルは「私たちの計画」の進捗状況について、その困難な点と併せて相談をしている。この書簡が最初に刊行されたのはソニア・オーウェルとイアン・アンガス編の『オーウェル著作集』（一九六八）においてだった。その編者注によれば、一九四五年の終わり頃からオーウェルとケストラーは、「全世界にわたる民主主義的感覚の衰退にかんがみ、戦前の人権擁護連盟の

ような国際的な組織を作る必要を痛感」していた。その組織の目的としては、

①不当逮捕や裁判無しの投獄、また国外追放や移動制限などからの個人の保護。
②言論と出版の自由の促進。
③選挙の自由（「各個人が自分の好む候補者を指名し、それに投票する権利」）の擁護。

といったことが挙げられた。組織名としては「民主主義の防衛と発展のための連盟」と「人間の自由と尊厳のための連盟」だった。[18] その二か月後、三月一六日付のケストラー宛の手紙では、米国の「国際救出救援委員会」および「民主主義的活動のための連合」といった人権擁護団体との連帯の可能性にふれながらさらに進捗状況を伝えている。その編者注によれば、ケストラーは一九四六年一月にバートランド・ラッセルと面会し、オーウェルとともに構想している組織立ち上げの計画について相談すると、ラッセルはその構想に賛同しただけでなく、「具体的な活動方針を打ち出すため、専門家——それもせいぜい一〇人あまり、極東の専門家を一人、中東のを一人というふうに——の会議を開いてはどうか」と勧めた。それでケストラーとオーウェルは同年のイースター（この年は四月二一日）にこの会議を招集する準備をしたが、さまざまな問題にぶつかって、結局実現には至らなかった。[19]

オーウェルはこの運動のために「声明（マニフエスト）」を起草した。そのテクストは長らく人の目にふれずにいたのだが、社会学者で米国カンザス大学教授のデイヴィッド・スミスが二〇一七年にハーヴァード大学のルート・フィッシャー関係の文書類のなかから発掘し、二〇一八年に刊行した自著『図解ジョー

ジ・オーウェル』増補版[20]のなかでおよそ七〇年の時をへて陽の目を見た。ルート・フィッシャー(一八九五―一九六五)は第一次世界大戦後ドイツ共産党の一員として活動し、一九二四年にアルカディ・マズロー(一八九一―一九四一)と共同で議長に任ぜられたが、その後トロツキストとしてコミンテルンから糾弾され、一九二六年に除名処分を受けた。一九三三年にナチスが政権を握るとパリに亡命、四一年にはアメリカに逃れた。彼女の著書『スターリンとドイツ共産主義』(一九四八)をオーウェルは読んでおり、手紙のやりとりがあった。また一九四九年にフィッシャーはロンドン大学病院にオーウェルを見舞っている。ちなみに、作曲家のハンス・アイスラー(一八九八―一九六二)はフィッシャーの実弟にあたる。スターリニズムの実態を直に経験している者同士として、オーウェルとフィッシャーは共感し合えるところがあったのだろう。スミス教授はオーウェルがフィッシャーと親交があったことに目をつけて、その関連文書を渉猟したところ、くだんの「声明」が見つかったのだった。約一一〇〇語の長さで、オーウェルが一九四六年一月二日に起草、それにケストラーとラッセルが議論のうえ、同年四月に修正を加え、それぞれが署名したものだった。「声明」の前半部分を以下に訳出する。

過去五〇年のあいだに、自由と民主主義についての一九世紀的な概念が不十分であったことが明らかになった。機会の平等と理に適った程度の収入の平等がなければ、民主的権利はほとんど価値がない。とはいえ、特にロシア革命以来、この事実を強調しすぎて、経済的側面が唯一のものであるかのごとく語る傾向があり、その一方で、人身保護、言論の自由と出版の自由、政治的反対の権利、政治的テロの不在は、経済的不平等から貧しい人びとの注意を逸らすことを図っての単なるお題目に過ぎなかった。共産主義者もファシストも、社会保障のない自由は価値がないと繰り返してきたが、自由がなければ安全はあり得ないことが忘れられている。

西側諸国、特に全体主義を直（じか）に経験していない国においてさえも、民主主義の伝統へのある種の軽蔑の念と、国内外での専制的な実践を是認する習慣が（そんなものは数年前であれば非難を集めたことだろうに）生じたことは疑問の余地がない。英国では、大多数の人びとが民主主義の権利にほとんど興味がなく、それを意識してさえいないのであり、その一方で、知識人の相当部分は、ほとんど自覚的に、自由への欲求を打ち砕こうと、全体主義的な方法を賛美するようになっている。世界のかなりの地域において、民主主義のみならず、遵法（リーガリティ）という（私たちが使うその語の意味合いでの）最後の痕跡でさえも、消え果ててしまっている。

ところが、この事実は西洋の人びとの伝統的な憤怒の情を呼び起こすことはなく、むしろ無関心であるか、あるいは政治的現実主義（リアリズム）と呼ぶ習わしになったものをある程度賛美するのが通常の反応となっている。

その結果、リベラルな新聞が全体主義体制の外交交渉の擁護にまわり、〔国際〕人権連盟や市民自由促進協議会などの団体が、国家の恣意的な行為から個人を保護するのが本来の趣旨だったのに、設立当初とはほぼ正反対の目標を追求する事態を私たちは目の当たりにしている。

ナチズムが崩壊して以来、全体主義的な構造を持つ唯一の大国はソ連であり、全体主義的な思考が西側諸国に定着するのは、主としてソ連への無批判の称賛のかたちにおいてである。その一方で、民主的感情、人間のまっとうさ（ディーセンシー）、自由への欲求が徐々に崩れていったあげくに、何らかの独裁政権が英、仏、米で樹立されるならば、あるいはそれらの国々が侵略を受けてしまうのならば、「現実主義（リアリズム）」の全体主義的類型を称賛する護教論者の準備工作のために、その体制に抗う力ははるかに弱まってしまうだろう。

このような次第で、人権連盟のような団体がするはずだったのにできずにいた活動を実行に移すための新組織を結成する時が到来したと、感じられるのである。[21]

デイヴィッド・スミスが指摘するように、オーウェルが他者と共同執筆をするとか、何かの組織のために書くというのは大変に珍しいことであり、それだけに一九四六年初頭の数か月のあいだに世界各地の人権擁護団体を束ねる新組織決定に向けて尽力したのは、彼の切迫した危機意識があってのことだったのだろう。おなじ思いを抱き民主主義と人権の擁護をめざす団体が「さまざまな国、とりわけ米国、メキシコ、イタリア、フランスに存在する」ものの、相互の接触が図られていなかった。それで「理論面と実践面での活動をおこなうためのこれらのグループの活動の国際的な調整」がこの新たな「同盟」の主目的となる、と「声明」は謳っている。[22]

この同盟は、場所がイギリス帝国だろうと、あるいはロシアの占領地域であろうと、〈人間の権利と尊厳〉の侵害［への抵抗］を擁護するものとならねばならない。専断的な逮捕、裁判なしの投獄、遡及法による処罰、専断的な追い出しや移動制限、また自ら選んだ候補者に票を投じる

権利の制限――こうしたことを受けないように個人を守るために私たちは戦う。〔……〕
私たちは、原子爆弾の時代の切迫感に駆り立てられてこの行動に取りかかった。すべての国々の諸個人や団体が自分たちの目標の表現を見出そうとして手探り状態であることを認め、彼らの活力を調整する必要を痛感し、私たちは動きだしたのである。
諸君の反応と提案を聞くためにこの草稿をお送りする。聞きたくないような反応がひとつだけある。それは、もう手遅れだという反応、悪がはびこりすぎて、ここで可視化した方途によって止めることはもはや無理だ、という答えである。
「もう手遅れだ」というのは、破滅に至る逃避の標語(モットー)にほかならない。[23]

人権と人間の尊厳を侵害する勢力に対して抵抗すべく連帯していこうというアジテーションの調子は、オーウェルの起草にケストラーやラッセルの加筆がどの程度反映されているかはともかく、たしかに切迫感があり、これが書かれた時期の困難な状況への不安と同時に、本格的な冷戦に突入する直前の、国際間の協調への希望も文面に伺える。オーウェルは冷戦における「西側」の闘士と見られがちだが、冷戦を回避することに腐心する彼の姿がここに見える。先にオーウェル、ケストラー、ラッセルの三名を発起人とする連合のための会議が「さまざまな問題にぶつかって、結局実現には至らなかった」と書いたが、もう少しいうなら、ラッセルが他の二人と見解を異にして、その溝が埋められなかったことが大きかったようだ。「声明」のテクストの発見者のスミスによれば、修正前のオーウェルの草稿に「心理的な武装解除(psychological disarmament)」という語句があり、これがとりわけラッセルには賛同できなかった。オーウェルとケストラーが同意したところによると、英国は戦勝国にもかかわらず、新たな領土を主張して獲得するようなことはしなかったわけだから、他の戦勝国（ソ連など）にもおなじことを求めるように働きかけるべきである。そのうえで、

（a）英国とソ連のあいだで互いの新聞、雑誌、書籍、映画等を自由にアクセスできるようにすること。
（b）双方の検閲を緩和し、情報の自由な配布を促進すること。
（c）ロイター通信とタス通信のあいだでニュースの要旨を交換し合うこと。

これを提案事項に盛り込もうとしたが、ラッセルはこれを飲まなかった。[24] ソ連の体制を考えるなら、これらは現実味が乏しく、これだけを見るならラッセルのほうが現実的で、オーウェルとケストラーのほうが意外にもソ連の反応をより楽観視していたといえるのかもしれない。

エッセイを寄稿していて編集者（ハンフリー・スレイター）とつながりがある『ポレミーク』の編集部に協力を仰いで、「連合」の運動のために雑誌を出す計画も立てた。ケストラーがフランスの関連団体に連絡を取る一方で、オーウェルは米国の自動車労働者組合を介して「国際救済救援委員会」に接触した。その委員会のメンバーには哲学者のジョン・デューイ（一八五九－一九五二）、作家のジョン・ドス・パソス（一八九六－一九七〇）、アプトン・シンクレア（一八七八－一九六八）といった面々がふくまれていた。[25] また彼はイタリアの作家イニャツィオ・シローネ（一九〇〇－七〇）がロンドン

滞在中の一九四六年一月に対面し、この話題で相談したと思われる。[26]

だが以上の努力は結局は実らず、そうこうするうちにソ連のアンドレイ・ジダーノフ（一八九六―一九四八）が四六年八月に西側の文化批判を始め、国内のブルジョワ芸術の「粛清」に着手、前衛的な詩人らを迫害した。そして西側との文化交流の可能性を閉ざし、オーウェルとケストラーが提唱したような相互交流は絶望的になった。すでにその前の四六年三月にチャーチルがアメリカで「鉄のカーテン」演説をおこなっていた。冷戦の状況が否が応でも悪化していた。

さて、先ほど引用した「声明」のくだりのなかにも、『一九八四年』の物語世界の青写真のようなものが垣間見える。「民主的感情、人間のまっとうさ（ディーセンシー）、自由への欲求が徐々に崩れていったあげくに、何らかの独裁政権が英、仏、米で樹立されるならば、あるいはそれらの国々が侵略を受けてしまうのならば、「現実主義（リアリズム）」の全体主義的類型を称賛する護教論者の準備工作のために、その体制に抗う力ははるかに弱まってしまうだろう」というくだりなどは、『一九八四年』の物語世界の時間の前史として略述される経緯――一九五〇年代に起こった核戦争と内戦をへて、イングソックの権力奪取と全体主義化が英米で一気に進んでオセアニア国が樹立され、フランスをはじめとするヨーロッパ大陸のすべての国は「ネオ・ボルシェヴィズム」を正統思想とする体制（おそらくはスターリン体制下のソ連の拡大変異形）に組み込まれてユーラシア国となる――また、右の「声明」では示唆されていないが、中国、日本をふくむアジアでは「死の崇拝」イデオロギーに基づくイースタシアが樹立される――という三つ巴の全体主義超大国の世界図となる。一九四六年初頭に『一九八四年』の構想はすでにできていて、部分的に書き出してもいた。民主主義の基本原則の後退に歯止めをかけようとする国際的な調整機関設立の実現可能性が薄くなるなかでの『一九八四年』の執筆は、以上見たような彼のコミットメントを思い合わせるならば、小説形式をとおしてのオーウェルのもうひとつの政治的アクションであったと見ることができる。

「人間性」のあやうさ、そして「人間らしさ」への信

これまで見てきたように、「人間性」あるいは「ヒューマニズム」という用語をめぐる議論は複雑で厄介なことこの上ない。マルクスが「人間性（ヒューマニティ）という厳粛な概念を前にしてすべての階級は溶解してしまう」[27]と述べたのは、「人間」の抽象化が階級的不平等の問題を扱ううえで妨げになってきたからで、その点で問題含みの語であるのは否めない。一九世紀以来「ブルジョワ・ヒューマニズム」が真の社会変革を阻害する一役を担ってきたのだとすると、革命を志向する者たちにとって「ヒューマニズム」には負の価値がつきまとう。「ヒューマニズム」に依拠しての道徳倫理も、ブルジョワ・イデオロギーとして否定する見方が強まる。チャールズ・ディケンズを扱った長文のエッセイ（一九四〇年発表）のなかでオーウェルは、「マルクスは道徳主義者（モラリスト）の拠って立つところを百トンのダイナマイトで爆破し、私たちはいまもそのすさまじい崩壊音がこだまするなかで生きている」[28]と述べた。彼の見るディケンズの信念とは、「人びとがまっとう（ディーセントリー）にふるまうならば、世界もまっとう（ディーセント）になるだろう」というもので、これは「陳腐に聞こえるのであっても、じつは陳腐ではない」[29]、そうオーウェルはいう。

ここでさらに「社会主義（ソーシャリズム）」と「共産主義（コミュニズム）」という二つの語を持ち出すならば、「民主的社会主義者」

を自称するオーウェルにとって、あるべきポジティヴな「社会主義」がくっきりとイメージされているのに対して、「共産主義」のほうはオーウェルの使用例ではほぼ例外なく否定的であるのは、コミンテルン、あるいは（一九四七年以後だと）コミンフォルムによって拡散されるソ連型共産主義の教義が英国の知識人の多くを巻き込んだ「正統」イデオロギーとなって、一九世紀以来の伝統としてあり得たそれ以外のコミュニズムの系統をほぼ抹消してしまったように思われたからであろう。先に見た「声明」を起草していたのと同時期の一九四六年一月末に発表したエッセイ「社会主義とは何か」でオーウェルはこう述べている。

社会主義者というのは、人間の社会を現実に完璧なものにしうるなどと信じる義務はないのだが、たいていの社会主義者は、人間社会が現在のものよりもはるかにずっとよくなりうると確信している。また人間がおこなう悪のほとんどは不正と不平等という歪みの結果として生じるのだという確信も持っている。[30]

「声明」での表現を借りるなら、知識人の多くが「現実主義（リアリズム）の全体主義的類型を称賛する護教論者」となっていて、オーウェルの社会主義観に対してナイーブなヒューマニズムとして反発する。スペイン内戦で共和国側の民兵として戦ったオーウェルは、『カタロニア讃歌』のなかで、バルセロナで経験したあるべき社会主義のヴィジョンを想起しつつ、こう書いた。

今日、社会主義と平等の結びつきを否定するのが流行（はや）っているのを私はよく知っている。世界各国で、政党御用評論家や口先達者のろくでもない学者先生たちが、寄ってたかって、社会主義とは独占欲を手つかずで残しておいたままの計画的な国家資本主義であることを「証明」するのにやっきとなっている。けれども、幸いなことに、そんなものとはまったく異なる社会主義のヴィジョンも存在するのだ。ふつうの人びとを社会主義に引き付けるものは、そして彼らをしてそのために進んで体を張るようにしむけるものは、つまり社会主義の「神秘（ミステイク）」とは、平等の理念である。大多数の人びとにとって、社会主義とは階級のない社会を意味する。そうでなかったら何も意味しない。[31]

それでは、ウィンストン・スミスは、著者オーウェルが立脚する立場（ソ連型の共産主義を否定し、人権や人間の平等の理念を基礎とする民主的社会主義者）とどの程度重ねて考えることができるのだろうか。愛情省内でオブライエンに責めさいなまれても、「人間の精神」への信を貫こうとするウィンストンは、オーウェルがディケンズ論ほかの評論で擁護するヒューマニズムを体現しているのは確かだろう。とはいえ、第二部第八章の、エマニュエル・ゴールドスタインが率いる（と信じられた）反体制の秘密組織「兄弟団（ブラザーフッド）」に参加するための一種の加入儀礼（イニシエイション）の場面で、ウィンストンは同志となる（と信じていた）オブライエンと交わす「教理問答（カテキズム）」において、反抗の拠り所としていた「人間らしさ」を失ってしまう。

「ご理解いただけるでしょうが、まずいくつか質問をしなければなりません。大まかに言うと、どれくらいのことをやる覚悟がありますか?」

「やれることならなんでもします」とウィンストンは言った。〔……〕

「命を投げ出せますか?」

「はい」

「人を殺せますか?」

「はい」

「破壊工作を実行できますか?　それは何百人という罪のない人を巻き込むかもしれない」

「はい」

「売国奴になれますか?」

「はい」

「詐取、捏造、脅迫をする覚悟、子どもの心を腐敗させ、習慣性の薬物をばらまき、売春を奨励し、性病を蔓延させること——風俗壊乱をはかり、〈党〉の弱体化につながりそうなことならなんでもおこなう、そんな覚悟がありますか?」

「はい」

「例えば、もし子どもの顔に硫酸をかけることがわれわれにとって何らかの利益になるとしたら、そうする覚悟はありますか」

「はい」(179–180. 二六六–六七)

オブライエンの「〜する覚悟はありますか?(You are [are you] prepared to...?)」という問いに対してウィンストンは「はい(Yes)」と一言答えるだけだが、このオブライエンの畳みかけるような圧迫的な問いの勢いに押されているとはいえ、「非人間的」な行為を厭わないという意思表明をしてしまっているのは確かである。イングソック党の打破という目的の合理性を確信するあまり、目的達成のための手段の倫理性を棚上げにするという過誤にこの場では陥ってしまう。右のやりとりの少しあとで、ジュリアとウィンストンの二人に対して「互いに別れ別れになって二度と会えなくなるという覚悟はありますか」とオブライエンが問うたとき、間髪を入れずにジュリアが「いいえ!」といい、それからウィンストンがしばし返答に窮しながら、ようやく「いいえ」と倣うのだが、ジュリアがそういわなければウィンストンは「はい」と答える勢いであったことが読み取れる(180.二六七-六八)。そして結局恋人同士の二人が別離を拒むのであっても、「子どもの顔に硫酸をかける」行為を自身認めてしまったという事実がここで残る。

これは第三部第三章の愛情省での拷問の場面でオブライエンがウィンストンの精神をさらに挫くために持ち出すエピソードとなる。オブライエンは教理問答の場面で会話がもれないようにテレスクリーンのスイッチを切ってウィンストンを安心させたのだったが、それは虚偽で、そのやりとりはしっかりと記録されていたことがここでわかる。オブライエンは激しい口調でウィンストンに「君はわれわれよりも倫理的にすぐれていると思っているのかね? 虚言を吐き、残酷な仕打ちをするわれわれよりもましであると?」と問うと、ウィンストンは「ええ、私のほうがすぐれていると思っています」と答える。するとオブライエンは黙ったまま音声を聞かせる。

> 二つの別の声が聞こえてきた。しばらくして、そのひとつは自分の声であるのに気づいた。彼が兄弟団に加入した夜、オブライエンと交わした会話の録音だった。自分が次々と約束するのが聞こえる――虚言、窃盗、偽造、殺人、麻薬と売春の奨励、性病の流布、子どもの顔に硫酸をかけること。(283. 四一九)

これを聞かせたあとで、オブライエンが「君は最後の人間だ」といってウィンストンを鏡の前に立たせる前述の場面につながっていく。「人間性」＝「人間らしさ」へのウィンストンの信念を土台まで崩そうというオブライエンの目論見は、こうして物語世界のレヴェルでは達成されることになる。

ウィンストンは愛情省の一〇一号室での最後の拷問を受け、ジュリアを裏切り(その拷問は「私でなくジュリアにしてくれ!」300. 四四六)、釈放され、かつて栗の木カフェで目撃したジョンソン、アーロンソン、ラザフォードと同様の、魂を失った、人間の抜け殻のような状態になる。主人公(ヒーロー)は完膚なきまでに打ち破られる――それが文学ジャンルとしてのディストピアの定式の要請であり、物語世界で(プロールたちをのぞく)「最後の人間」は滅んだということになる。とはいえ、プロット上の悲観主義(ペシミズム)をもって、『一九八四年』を絶望の書とみなすことは早計であろう。私が別のところで論じたように、伝承童謡「オレンジとレモン」の使用法と同様に、物語の構造のなかに、不自由な世界に亀裂を入れる要素が複数あって、「人間らしさ」への著者の信念がよりいっそう強く感じ取れるような仕掛けになっているのだといえる。[32] そして「プロールたちは人間でありつづけてきた」という、捕縛される前のウィンストンの認識は、いま述べた「ディストピアの定式」にもかかわらず、物語をとおして取り下げられずにいる。

二〇世紀前半のもろもろの政治イデオロギーの錯綜した時代にあって、彼が「コモン・ディーセンシー」を手放さないプロール＝民衆に希望を託すのは、時代錯誤にさえ思われるのかもしれない。たしかにある意味で彼はじつに古くさい。これに関連してバーナード・クリックは、オーウェルが「産業化が進んだ現代世界には珍しい、いわば古代的な政治的感受性を発展させた」ことを特筆している。「それは、厳密に哲学的、分析的ではないものの、論争的で行動主義的（アクティヴィスト）であるのと同時に、思索的で、発想は想像力に富んでいた。本人は知ってか知らずか、彼はヨーロッパ文明のギリシア・ローマ共和制的な根に近く位置していた。この文明の根は、市民としての存在（シティズンシップ）と文化とは不可分の関係にあると想定していた」[33]。思想史家の関曠野は、クリックがこのような指摘をしながらも、その視点をオーウェル伝のなかで徹底させるべきであったのに、そうしなかったことが残念であると述べている。なぜかというと、

> 私にはオーウェルは、『共産党宣言』ではなく、イートン校のサボ学生として学んだ古典、たぶんプルタークやタキトゥスによって〃左傾〃した人間であるように思えるからである。誤解を招きやすい彼の立場にしても、逡巡や折衷の所産としてではなく、今世紀のイデオロギー的大混戦の中に何かの間違いで紛れ込んだ古代共和主義者のそれと解すれば非常に明快になる。

おそらく古典は彼に歴史の叙事詩的な捉え方や、政治を人間の友愛と品位の観点から考える習慣を教えた。それだけではない。彼の「政治と文学」観自体が古代的なトーンを帯びている。彼は「人たるもの大いなる言葉と行為の主となれ」という信条をホメロスと、また美と平明さに欠ける言葉は政治倫理の腐敗につながるという見解を古代の雄弁家や修辞家たちと分かち合っている。[34]

このような「古くささ」であるなら、それはむしろ現代の私たちにとっても有用な見解であり思考習慣であるのだろう。『一九八四年』でウィンストンが記憶する力、想起する力にあれほど執着し、その力でもって歴史の抹消や改変に抗おうとするのも、この「古代的なトーン」と関わる。[35]

以上、本章では、オーウェル自身の一九四六年の民主主義と人権の擁護のコミットメントを見つつ、『一九八四年』における「人間性」と「人間らしさ」(そして「動物性」)の問題を検討した。それらの概念がこの小説において、首尾一貫したかたちで示されるのでなく、ウィンストンが不安と希望を抱き、明察と錯誤を繰り返していくなかで、矛盾を呈しながら提示されていくことで、一定の批評的スタンスを読者が持つように語りが仕組まれている。パンフレットでなく小説形式であるがゆえになせる表現を、オーウェルは人生の残りの日々が少なくなっているなかで、(彼自身の表現を借りるなら)「窓ガラスのような散文」でやりおおせたといってよいだろう。

3 「嘘」の暴露と美的経験

二〇一〇年代半ば以降、マスメディアやソーシャルメディアでオーウェルの名を目にする機会が増えた。第I部で述べたように、米国を中心に、『一九八四年』が刊行された一九四九年から一九五〇年代前半にかけて最初のブームがあった。つぎに「オーウェル年」と呼ばれた一九八四年に第二のブームが起こった。そうすると、二〇一六年から、私がいまこれを書いている二〇二一年にもまだつづいていると思われるこの盛り上がりは、この七〇年間で三度目の「オーウェル」ブームということになる。[36]

もちろん七〇年以上にわたって『動物農場』も『一九八四年』も、少なくとも英語圏では、版が一度も途切れることなく長く読まれてきたし、日本でも（通常の書物形態に限れば）『動物農場』は一一種、『一九八四年』は四種の翻訳がこれまでに出され、持続的に読まれてきたのは間違いない。上記以外でも村上春樹の『1Q84』刊行時の二〇〇九〜二〇一〇年に『一九八四年』は再注目された。それでもいま述べたような格別に大きなうねりというものがあった。

三度目の始まりを二〇一六年とするのは、米大統領選挙がその年の一一月にあり、大方の予想を裏切って共和党候補のドナルド・トランプが民主党候補のヒラリー・クリントンを僅差で破り、大統領に選出された節目だからだ。

ちょうど「ポスト・トゥルース（Post-truth）」という語がよく目にふれるようになった時期である。「客観的な事実が世論形成にあまり影響力を及ぼさず、むしろ気分や個人の信念に強く訴えかけるような（政治）状況」を示すこの語の使用頻度が激増し、オクスフォード大学出版局はこの語を二〇一六年の「世界の流行語大賞（Word of the Year 2016）」とした。[37] そして大統領選直後に書店では『一九八四年』が急激に売り上げを伸ばし、大統領就任式があった二〇一七年一月二〇日の前の週には、他の最新作を抑えてアマゾン・コムの売上リストで第一位の座にのぼった。[38] CNNも大きなニュースとしてこれを伝え、そのウェブ版の記事の小見出しは、「二〇一七年は『一九八四年』の売り上げにとっては超々良い（ダブルプラスグッド）」[39]と、「ニュースピーク」用語を使って表現している。高橋和久訳の『一九八四年』もこの時期書店に平積みになっていたし、版元の早川書房が冒頭の数章をウェブ上に無料公開した際に、「『ポスト・トゥルース』時代を予言したと話題のジョージ・オーウェル『一九八四年』」という惹句を載せた。[40]

コロナ禍のなかの「オーウェル」

二〇一九年に発生し、二〇二〇年に世界的なパンデミックとして広がった新型コロナウイルス感染症（COVID–19）流行のなかで、「オーウェル」への言及はさらに広範に増殖した。『現代ビジネス』の「新型コロナ「危機的事態」に陥ったヨーロッパの現実」は、筆者福田直子の住むドイツ南部のバイエルン州およびザールランド州で外出制限令が施行された様子を伝え、「人通りまばらな街頭を走るパトカーや消防車のスピーカー」から市民に向けて、外出を必要最小限に控えるように、「家にいることが他者の健康と命を守ります」と広報が聞こえてくる様子を「まるでジョージ・オーウェルの近未来小説のようだ」と形容した。[41]

ちなみに『一九八四年』の物語世界ではべつだん疫病は起こらないし、疫病を意味するepidemicやplagueの語の使用例もない。物語中で主人公ウィンストン・スミスが入手して読むかたちで引用されるエマニュエル・ゴールドスタイン著『寡頭制集産主義の理論と実践』のなかに、大量殺戮を目標にして〈党〉が組織した科学者の研究班が、「あらゆる抗体に対して免疫性のある病原菌の培養」(202.二九九頁)に取り組んではいるものの、実現にはほど遠いとされている。そもそも感染症に関わる話ではないのだが、コロナ禍の状況が招いた市民へのさまざまな制限がこの物語を想起することになったことは論を俟たない。先ほどの引用が一例だが、感染症拡大のなかで市民の生命を守るための「必要悪」としての都市封鎖、日常的行動の束縛と監視、プライバシーの侵害、言論・表現の自由の剥奪といった問題に対して、『一九八四年』の世界を引き合いに出して警鐘を鳴らす発言が多く出た。

監視システムの強化への懸念の例を挙げると、『EEタイムズ』のジョン・ウォルコーによる記事「コロナウイルス追跡のための携帯電話」(二〇二〇年三月二〇日)は、「〈ビッグ・ブラザーがあなたを監視〉する怖れがあって、それはつねに危険なものである。前例のない時代においてはとくにそうだ。それゆえ、ビッグ・ブラザーの文学的故郷であるここ英国において、政府が携帯電話会社を相手に契約者の位置情報を取得する相談をし始めているのも驚きではないのかもしれない。その狙いは、対人関係の距離の取り方について指針を定め、必要な場合はこれを強制し、コロナウイルスの感染拡大を抑えることである」と述べた。[42] 同記事は英国および欧州等での動きを伝え、すでにこれを実施して「成功」している台湾と中国の例を示し、さらにグーグルとフェイスブックの取り組みを紹介したうえで、大量の個人識別データを国家に提供することに対する懸念(コロナ流行が収まって平常に復したときに、すでに一線を越えてしまって引き返せなくなってしまうのではないか）の声も拾っていた[43]。

アップルとグーグルがスマートフォンの利用によりコロナウイルスの濃厚接触を位置情報によって追跡するシステムを共同開発したというニュースも大きく報道された。米政府はこれをすでに利用して市民の動きを追跡しているが、「パンデミック収束後も使われる危険性」が指摘されている[44]。おなじくこの危険を強調するアラン・マクラウドの『ＭＮＰニューズ』の記事（二〇二〇年四月八日）は、「グーグルによるディストピア的危機の追跡はジョージ・オーウェルの『一九八四年』から直接出てきたもの」と断じ、今回の件は、ＩＴ企業と政府とが密な関係を結んできたこれまでの傾向の最新の例にすぎないという。この記事もやはり市民的自由の侵害が悪化し、米国が「警察国家化」に突き進む怖れを「オーウェル」を引きつつ憂慮していた[45]。

「オーウェル」の汎用性の問題

コロナ禍の文脈から離れても、こうした否定的な意味合いでの「オーウェル」の使用例は枚挙にいとまがない。二〇二一年五月にマイクロソフト社のブラッド・スミス社長は、ＢＢＣのインタヴューに答えて、「ジョージ・オーウェルの『一九八四年』での教訓のことを私は絶えず思い起こしています。基本的な話はご存知でしょうが、ある政府がすべての人間の行動のすべてを監視でき、すべての人間の発言を常時すべて聴ける、そんな物語です。一九八四年にはそれは起こりませんでしたが、注意を怠れば二〇二四年には実現してしまいます」と延べた。スミス社長の警告は、中国の脅威という文脈で発せられたものだった。同記事でグーグル社の元ＣＥＯのエリック・シュミットは、監視カメラの設置数で中国が文句なく世界一であること、人工知能（ＡＩ）の技術が飛躍的に進んでいて、それが監視強化への応用に歯止めが利かなくなっていることの懸念を表明し、こう語った。「われわれは中国と地政学的戦略的に対立しています。勝利の手立ては、民主主義の国々が資源を結集して、国家戦略とグローバルな戦略をもってＡＩにおいて勝利することです。さもないと、他の〔民主主義以外の〕価値をわれわれに強いるような未来を見ることになるでしょう」[46]。ここで指摘されている脅威はたしかに由々しきものとしてあり、香港での民主化運動の弾圧、またウイグル族弾圧に典型的に見られるような中国の現体制を「オーウェル」的と形容するのは『一九八四年』の刊行当時からの一般的な流儀を踏襲している。

ドナルド・トランプの大統領選挙勝利のときの『一九八四年』のベストセラー入りについては前述のとおりだが、彼が再選を果たせなかったときの騒動においてもこれがまた使われた。二〇二一年一月六日に米国議会議事堂をトランプ支持者たちが大挙して襲撃する事件が起こった際、明らかにそれを煽動するメッセージをツイッターに投稿したトランプへの処分としてツイッター社は彼のアカウントを凍結した。その際にトランプの息子が自身のツイッターでこの処置に抗議し、「われわれはオーウェルの一九八四年に生きている。言論の自由はアメリカではもう存在しない。ビッグ・テックとともにそれは滅び、選ばれた少数者のためにだけそこにある。これはまったくの狂気だ[47]！」と投稿した。この場合は、ツイッターを自身の政治活動の重要な道具とし、大統領に選出された際に「オーウェル」的世界をもたらす懸念を米国民の多くに与えたことを棚上げにして、その息子が「ビック・テック」を批判し、父親を擁護して『一九八四年』を持ち出したわけである。

「オーウェル」と『一九八四年』は、ことほどさように、それを使う人の思惑次第で自由勝手に利用されてきたといえるだろう。考えてみると、これはいまに限ったことでなく、『一九八四年』の刊行時からこうした傾向がすでにあり、「オーウェル年」の一九八四年に増大し、いままたその使用例が異常なまでに拡大したということなのではないか。藤田直哉は、日本での一九八四年の論壇での『一九八四年』にふれた評論群を顧みた論考のなかで、つぎのように指摘している。

> 原子力政策、政権批判などのいわゆる「左派」の立場で『一九八四年』を「武器」に使えるのと同様に、いわゆる「保守」の人々も『一九八四年』を非常によく用いてきた。時には歴史修正主義者の考え方にも影響を与えたのではないかと思われる節もある。
> 　なぜこのように、イデオロギー的に対立する相手が、互いに互いを『一九八四年』の図式を使い批難しあう現象が起きるのだろうか。答えのひとつは、『一九八四年』が、**そう使えるように書かれている**からだということだ。言い換えれば、『一九八四年』は、**汎用性の高い作品として構想され、作られている**ということである。[48]（強調は引用者）

「なぜ私は書くか」（一九四六）で述べたように、作家としてのオーウェルは一九三〇年代半ば以後の十年間の最大の狙いを「政治的著作をひとつの芸術にすること」だった。「ある種の党派性の感情」があり、「ある種の不正の感覚」があって、それを世の人に訴えかけたいからという動機があって書くのだが、同時にそれが「美的経験」でなければちゃんとしたものは書けなかっただろうとオーウェルはいう。しかし読者の多くは、『一九八四年』を（また『動物農場』を）、前者の政治観だけで捉えようとする。その際、藤田がいうように、「おそらく、私たちは、このオーウェルが作った世界認識のモデルの影響下にあり、このフレームで人々が世界や事象を理解してしまう世界」[49]に生きている。「政治的著作」としてのみ読むことによって可能な「汎用性」ゆえに、さまざまな政治的立場からこれを自分の陣営に引きつけて敵を叩く道具として使えてしまう。

「政治的著作」と「芸術」の融合

いま部分的に引いた「なぜ私は書くか」の該当部分をもう少し詳しく見ておいたほうがよいだろう。オーウェルは自身の作家としてのスタンスをつぎにように記している。

> 一九三六年以来、私が本気で書いた作品は、どの一行も、直接あるいは間接に、全体主義に反対して書いたものであり、私が理解する流儀での民主的社会主義のために書いたものである。〔……〕この十年間を通じて私がいちばんしたかったことは、政治的著作をひとつの芸術にすることだった。私の出発点はいつも、ある種の党派性の感情であり、ある種の不正の感覚である。私がすわって本を書きはじめるとき、私は自分に向かい、「これから芸術作品を作ることにしよう」とは言わない。私が本を書くのは、暴きたいと思う何かの嘘があるからであり、注意をひきたい何かの事実があるからであり、真っ先に思うのは人に聞いてもらうことである。だがもしその仕事が美的経験でもあるというのでなかったら、私には一冊の本を書き上げることはできなか

ったろうし、長い雑誌記事ひとつさえ仕上げることはできなかったろう。私の仕事を調べる気になってくれる人ならば、だれでも気がつくと思うのだが、はっきりしたプロパガンダである場合でさえも、私の文章には本職の政治家ならば不要と思うことがたくさん入っている。子どものころ身につけたあの世界観を、私は完全に捨て去ることができないし、そうしようとも思わない。私が生きて丈夫でいるかぎり、私は散文の文体について強い関心を持ちつづけ、大地の表面を愛しつづけ、手応えのある事物や無用な知識のきれはしなどに喜びを感じつづけるだろう。[50]

このくだりで重要な点が二つ指摘されている。ひとつは、一九三六年が作家としての自身にとって転換期であったことの言明である。一九三六年に彼に何があったか。まず挙げられるのは、その年の初めに、長引く不況に苦しむ英国北部の工業地帯を訪ね、困窮した失業者や重労働の炭鉱労働者たち（またその家族）の調査をおこなったことである。これは翌一九三七年に『ウィガン波止場への道』というルポルタージュ作品として結実する。一九三六年に彼がもっとも労力をかけた著作がこれだった。さらに、この年はスペイン内戦が勃発した年でもある。同年暮に彼はスペインのバルセロナに赴き、翌一九三七年初めから春にかけてスペイン共和国のためにファシスト軍と戦う義勇軍に加わり、前線で敵軍と対峙した。同時に、共和国側の内部抗争に巻き込まれ、彼の所属したＰＯＵＭがトロツキスト系のマルクス主義組織であったことからソヴィエト共産党の指令で迫害を受け、自身危うく逮捕されそうになったところを逃れて帰国した。スペインで過ごした日々については、帰国後に執筆し一九三八年春に刊行したルポルタージュの傑作『カタロニア讃歌』に綴られている。スペインでの経験によって、彼が「暴きたいと思う」最悪の嘘となったのは、スターリン体制下のソヴィエトを理想的社会主義の実現形態と見る虚妄であった。その「ソヴィエト神話」を暴露するために彼は第二次世界大戦中に『動物農場』を書いた。

右の引用でオーウェルが言明しているもう一点は、彼が自著の「芸術」的要素を必須のものと捉えている点である。暴きたい「政治的」虚偽がある、注意を喚起したい「政治的」事実がある、しかしそれを書くことに「美的経験」が伴わないのなら、自分は作家としてつづけてゆくことが難しいというのである。「政治的」な主張のみに力点を置くのであれば、パンフレットという英国でも古くからの伝統ある著述のフォーマットを用いて執筆する手がある。じっさい、オーウェルは大戦中の一九四二年に『ライオンと一角獣』と言うパンフレットを執筆している。そのパンフレット自体にもじつは彼独特の「芸術的」要素がある程度ふくまれているのではあるけれども、フィクションの形式によってこそ、その狙いは十全に果たせる。「なぜ書くか」のなかで彼は『動物農場』について、「自分が何をしているかについての十分な自覚をもって、政治的目的と芸術的目的とを溶かし合わせて、ひとつの全体を作ることを試みた最初の本であった」[51]と述べている。たしかに、「おとぎばなし（A Fairy Story）」という副題を持つ『動物農場』は、「ソヴィエト神話の暴露」という政治的狙いを動物寓話という言語芸術の一様式によって果たした作品として、ソヴィエト国家そのものが解体されたのちも、用済みとはならず、政治権力をめぐる普遍的な寓話物語として永続的な価値がある。動物の万国共通の生態と動物をめぐる英国のフォークロアを基にして豚や馬や羊といったキャラクターを動かす、その水際だった語り口については、別のところで細かく論じたのでここでは繰り返さない。[52]

そして「なぜ書くか」でつぎに書く小説（つまり『一九八四年』）にふれて彼は「それは失敗作になるに決まっているし、どんな本も失敗作なのだが、私は自分がどんな本を書きたいかを、ある程度はっきり知っている」[53]と述べた。「失敗作になる」云々はいかにも彼らしい自己卑下というか謙虚さであるが、「自分がどんな本を書きたいかを、ある程度はっきり知っている」という言明には、このエッセイの文脈からいうと、「政治的目的と芸術的目的」の融合をそこでも図って書くという意志がふくまれている。私が本書で取り上げてきた一連のトピックは、後者の観点を手放さずに『一九八四年』という「ひとつの全体」を見る試みであったといってもよい。「散文の文体について強い関心を持ちつづけ、大地の表面を愛しつづけ、手応えのある事物や無用な知識のきれはしなどに喜びを感じつづける」オーウェルの美質は、この小説の細部に散りばめられて、光を放っている。

一九三六年の植樹

一九三六年が作家オーウェルにとっての転換期であった次第を前節で見たが、同年に彼が田舎暮らしを始めたことにもふれておきたい。三月末に英国北部の取材からロンドンにもどってから日を置かず、四月二日に彼はハーフォード州のウォリントン村にあるコテッジに転居した。一九二七年にインド帝国警察の職を辞して以来概ね困窮状態にいたのがまだしばらくつづいていて、格安で借りられるうえにそこで食糧雑貨店を開くことで生計の足しにすることができた。そうした事情があるが、加えて、田舎暮らし自体が彼の性に合っていた。一九四〇年に書いた自己紹介の一文のなかでオーウェルは「仕事以外での私の最大の関心事は庭いじり（ガーデニング）、とくに野菜の栽培である」と書いている。[54]家に隣接する荒れ果てた庭の手入れに早速取りかかり、野菜を育て、鶏と山羊を飼った。六月にはアイリーン・オショーネシー（一九〇五－四五）と結婚し、この田舎屋を新婚の住まいとした。コテッジへの転居早々、オーウェルは庭に薔薇の苗木を何本か植えた。それはウルワースという廉価販売の雑貨店チェーンで一苗あたり六ペンスという格安値段で購入した苗木だった。第二次世界大戦初期の一九四〇年春にロンドンに転居し、ウォリントンの暮らしは（スペイン行きに加え、肺疾患の療養で離れていた時期もあり）正味三年ほどであった。一九四四年一月に『トリビューン』紙の連載コラム「気の向くままに」で、久しぶりにウォリントンを訪ねた際に、小さかった白薔薇の苗が大きな株に育っているのを見て嬉しかったことを書き留めて、「ウルワースで何もかもが六ペンス以内で買えた良き時代に、薔薇の苗木はとびきりの売れ筋のひとつだった。いつも小さな若木だったが、二年目には花がついた。私が植えた薔薇は一本も枯らさなかったと思う」[55]と、誇らしげに書いている。

このウルワースで買った薔薇のエピソードについて読者とオーウェルのあいだでちょっとした論争があった（これについてはすでに本書第Ⅱ部の「春と独裁」の章でもふれた）。『トリビューン』は労働党左派の新聞であったが、このエッセイを発表したところ、これを「ブルジョワ的ノスタルジアに満ちた、感性（センチメント）が感傷的センチメンタリズムに堕してしまっている文章」であると批難する読者からの投書があった。花を愛好することが「ブルジョワ的ノスタルジア」であるとする見解に反論して、オーウェルは、「わが国の労働者階級の目立った特徴のひとつは彼らが花好きだということで、このことはロンドンの中の煙に曇る地域の家の窓辺の植木箱（ウィンドウ・ボックス）でキンレンカの花が競うようにして咲いていることとの説明になる。同時にまた、農業労働者が仕事のあとの夕方の時間を庭を耕して過ごしていること

――時には野菜を植える代わりに薔薇を植えて――の説明にもなる」[56]と返答している。一九四六年に発表したエッセイ「ブレイの教区牧師のために弁明を一言」のなかでもオーウェルはこのエピソードにふれて、一読者から「薔薇はブルジョワ趣味」だという批判があったが、「六ペンスの使い道としては、この方が煙草やご立派なフェビアン協会発行の調査パンフレットに投じるよりもよかったと、いまでも私は思っている」[57]と記している。

薔薇の木を植えるオーウェル――従来ほとんど注目されずにいたこの側面に、レベッカ・ソルニットはコロナ禍のさなかに執筆した著作『オーウェルの薔薇』（二〇二一）で光を当てた。「一九三六年の春、一人の作家が薔薇を植えた」という一文で始まり、それがリフレインとして何度か繰り返される同書で、植樹をし、庭造りをするオーウェルの私的な活動が彼の政治的著作と肝心なところで繋がっていることを証している。「オーウェル的（Orwellian）」という一般に広まった語義を示唆して、ソルニットはつぎのように述べる。

オーウェルは彼がその著作で反対したものによって有名である――権威主義と全体主義、嘘とプロパガンダ（また杜撰さ）による言語と政治の堕落、自由を下支えするプライバシーの浸食といったものがそれだ。そうした諸勢力から、彼が何を擁護したかを判定することは可能である――平等、民主主義、言語の明晰さと意図の正直さ、私生活とそれにともなうあらゆる楽しみと喜び、おなじくある程度プライバシーに依存するものであるが、統制や不当介入を受けない自由、そして直に経験することの喜びである。だがこれらの価値はその反対物をとおして探り当てるものであってはならない。彼はこうしたことについてたっぷりと書いた。彼の著作の重要な部分を占める多くのエッセイのなかにそれが見られるし、またエッセイ以外の著作でも、そこかしこにひょっこりと顔を出し、それらを併せればかなりの分量になる。彼が書いたもっとも陰鬱な文章にさえも、美の刹那（モメント）がある。それにもかかわらず、彼のもっとも抒情的なエッセイであっても、実質的な問題に取り組んでいるのである。[58]

否定的なものだけでなく、彼が慈しんだものについて、「大地の表面」の愛すべきことがら、「手応えのある事物」や「無用な知識のきれはし」をオーウェルは小説においてもたしかに書き留めている。『一九八四年』においては、ウィンストンとジュリアが初めて愛を交わす田園地帯（「黄金郷」）、小鳥のさえずり、春の心地よい夕べ、古道具屋で入手したクリーム色の古い日記帳、珊瑚の入ったガラスのペーパーウェイト、古い教会を描いたスティール・エングレイヴィング、一二時間制の置き時計、伝承童謡、そして大らかな声で歌いながら洗濯物を干すプロールの女性——こうしたものが『一九八四年』の暗く不自由な世界のなかにひょっこりと姿を表わす。小説のプロットのなかで、それらが恋人たちを陥れる罠として用いられる面があるのであっても、物語世界においてそれらは「美の刹那（モメント）」として、

図 III－1　オーウェルと息子リチャード，ロンドン，イズリントン，キャノンベリー・スクエアの自宅書斎にて，1945 年秋．ヴァーノン・リチャーズ撮影．

一見鉄壁に見える「ビッグ・ブラザー」体制に小さな、だが重大な亀裂を加える。ディストピア文学の書法どおりに主人公が打ち負かされ滅ぶ筋立てでありながら、『一九八四年』にはそうしたモメントによって希望が書き込まれている。その書き込みはオーウェル自身が「窓ガラスのような散文」と表した文章によってなされている。「政治的」なフレームだけでは見過ごしがちなこうした「美的」観点を読み取るのが肝心であり、本書ではこの点からの読みを強調してきた。

注

序

1 「英国人の大半、読んでいない本も「読んだふり」＝調査」『ロイター通信』二〇〇九年三月六日。https://jp.reuters.com/article/idJPJAPAN-36852820090306. 二〇二二年一月六日閲覧。

2 「よい散文は、窓ガラスのようなものだ（Good prose is like a window pane）」。George Orwell, 'Why I Write,' *Gangrel*, [No. 4, Summer] 1946, p. 9; Peter Davison, ed., *The Complete Works of George Orwell*, London: Secker and Warburg, 20 vols., 1984–98〔以下 *CW* と略記する〕, vol. 18, no. 3007, p. 320.（オーウェル「なぜ私は書くか」鶴見俊輔訳、川端康雄編『象を撃つ――オーウェル評論集1』平凡社ライブラリー、一九九五年、一一〇ページ。右の引用はこの鶴見訳による。）以下、オーウェルの文章からの引用は原則としてピーター・デイヴィソン編のこの二〇巻本全集の巻数、通し番号、ページで示す。邦訳文献がある場合はそのデータを適宜注記するが、訳文は断りのないかぎり拙訳である。

I 『一九八四年』はどのようにして書かれたのか

1 *CW*, vol. 19, no. 3477, pp. 456–57.（ピーター・デイヴィソン編『ジョージ・オーウェル書簡集』高儀進訳、白水社、二〇一一年、四六〇頁）

2 *CW*, vol. 18, no. 2870, p. 53.（『ジョージ・オーウェル書簡集』三三一頁）

3 *CW*, vol. 18, no. 2972, p. 242.（『ジョージ・オーウェル書簡集』三四三頁）

4 以下を参照。川端康雄「バーンヒルまで――ジュラ島訪問記」『葉蘭をめぐる冒険――イギリス文化・文学論』みすず書房、二〇一三年、二九四－九七頁。以下、ジュラ島訪問時の記述については、この小論と重複する部分がある。

5 ジョージ・ウドコック宛の一九四六年九月二日付の手紙でオーウェルは「ここ〔ジュラ島〕の人口は一八世紀には一万人でしたが、いまは三百人以下です」と伝えている（*CW*, vol. 18, no. 3058, p. 385.『ジョージ・オーウェル書簡集』三六〇頁）。

6 *CW*, vol. 19, no. 3242, p. 158.（ピーター・デイヴィソン編『ジョージ・オーウェル日記』高儀進訳、白水社、二〇一〇年、

五三二頁）

7　ジュラ島でのオーウェルの暮らしについては、以下を参照。川端康雄『オーウェル――「人間らしさ」への讃歌』岩波新書、二〇一九年、二〇八頁以下。

8　『一九八四年』の「ソース研究」に関わる主要著作としては以下がある。William Steinhoff, *George Orwell and the Origin of 1984*, Ann Arbor: University of Michigan Press, 1975; Dorian Lynskey, *The Ministry of Truth: A Biography of George Orwell's 1984*, London: Picador, 2019; D. J. Taylor, *On Nineteen Eighty-Four: A Biography of George Orwell's Masterpiece*, London: Harry N. Abrams, 2019.

9　*CW*, vol. 16, no. 2390, p. 22.（「フィリップ・ラーヴへの手紙」河野徹訳、『オーウェル著作集Ⅲ』小池滋ほか訳、平凡社、一九七一年、四九頁）

10　BBCの放送台本は関連文書と併せて以下に訳出されている。ジョージ・オーウェル『戦争とラジオ――BBC時代』W・J・ウェスト編、甲斐弦、三澤佳子、奥山康治訳、晶文社、一九九四年。

11　Orwell, 'Preface to the Ukrainian Edition of *Animal Farm*' [March 1947], *CW*, vol. 19, no. 3198, p. 88.（オーウェル「ウクライナ語版のための序文」『動物農場――おとぎばなし』川端康雄訳、岩波文庫、二〇〇九年、二一六頁。

12　『動物農場』脱稿後刊行にこぎつけるまで出版社探しで難航したことについては以下を参照。川端康雄「解説――ディストピアのおとぎばなし」オーウェル『動物農場――おとぎばなし』岩波文庫、二〇〇九年、二三二－三九頁。

13　Orwell, 'As I Please', 3, *Tribune*, 17 December 1943; *CW*, vol. 16, no. 2393, pp. 28–29.（オーウェル『気の向くままに――同時代批評1943–1947』小野協一監訳、オーウェル会訳、彩流社、一九九七年、四五、四九－五〇頁）

14　Bernard Crick, *George Orwell: A Life*, 1980; Harmondsworth: Penguin, 1982, p. 582.（バーナード・クリック『ジョージ・オーウェル――ひとつの生き方』全二巻、河合秀和訳、岩波書店、一九八三年、下巻三五九頁）。Peter Davison, '*Nineteen Eighty-Four*: A Starting Date? The C. D. Darlington Correspondence', *The Lost Orwell*, ed. Peter Davison, London: Timewell Press, 2006, pp. 128–29.

15　Orwell, 'For "The Last Man in Europe"'; *CW*, vol. 15, no. 2377, pp. 367–68.

16　*Ibid.*, pp. 367–69.

17　「ベイカー主義（Bakerism）」のベイカーはおそらくイギリスの生物学者のジョン・R・ベイカー（John R. Baker, 1900–84）を指す。一九四四年八月にロンドンで開催された国際ペンクラブの「表現の自由」シンポジウムでベイカーは「科学・文化・自由」のタイトルで報告している。オーウェルはこのシンポジウムを聴講し、またその記録として出された書物(Hermon Ould, ed. *Freedom of Expression: A Symposium*, London: Hutchinson, 1945)を批判的に書評している(*CW*, vol. 17, no. 2764, pp. 308–10)。ベイカーはむしろソ連における科学への政治的介入について批判的で、言論の自由を擁護する論陣を張ったので、「ベイカー主義」という表現は奇妙なのだが、これは「オーウェル的(Orwellian)」という語がオーウェルの批判した政治体制を意味するものとして流通しているのとおなじような用法なのかもしれない。ちなみにピーター・デイヴィソンは、オーウェルが彼を全体主義的なイデオローグと誤解してこの表現にしたのかもしれないという(*CW*, vol. 15, no. 2377, p. 370)。

18 *CW*, vol. 19, no. 3232, p. 149.(『ジョージ・オーウェル書簡集』三八六-八七頁)

19 *CW*, vol. 19, no. 3488, p. 467.(「アンソニー・パウエルへの手紙」小池滋訳、『オーウェル著作集Ⅳ』小池滋ほか訳、平凡社、一九七一年、四三八頁)

20 Bernard Crick, *George Orwell: A Life*, p. 549.(バーナード・クリック『ジョージ・オーウェル』下巻三一四-一五頁。引用はこの河合訳による)

21 *CW*, vol. 19, no. 3511, p. 486.(『ジョージ・オーウェル書簡集』四六八頁)

22 Fredric Warburg, *All Authors Are Equal*, London: Hutchinson, 1973, p. 103; *CW*, vol. 19, no. 3505, p. 479.

23 *CW*, vol. 20, no. 3536, p. 29.(「リチャード・リースへの手紙」平野敬一訳、『オーウェル著作集Ⅳ』四五五頁)

24 *CW*, vol. 20, no. 3541, p. 35.(『ジョージ・オーウェル書簡集』四九四頁)

25 *CW*, vol. 20, no. 3534, p. 27.

26 Julian Symons, 'Introduction,' *George Orwell, Nineteen Eighty-Four*, New York: Alfred A. Knopf, p. xx.

27 Orwell, *Nineteen Eighty-Four: The Facsimile of the Extant Manuscript*, Ed. Peter Davison, London: Secker & Warburg, 1984, p. 23.

28 Jack London, *The Iron Heel*, 1907; Chicago, Lawrence Hill Books, n.d. [1980], p. 193.

29 William Steinhoff, *George Orwell and the Origin of* 1984, pp. 10–12, 16–17.

30 Gordon Bowker, *George Orwell*, London: Little, Brown, 2003, p. 382.

31 小野協一「最終講義『一九八四年』について」小野協一教授退官記念論集刊行委員会編『英米文学論集——小野協一教授退官記念論集』南雲堂、一九八四年、六頁。

32　Fredric Warburg, *All Authors Are Equal*, p. 110.

33　*CW*, vol. 20, no. 3575, pp. 66–67.（『ジョージ・オーウェル書簡集』五〇三頁）

34　*CW*, vol. 20, no. 3594, p. 82.（『ジョージ・オーウェル書簡集』五〇九頁）

35　『一九八四年』刊行時の英米の売上については以下を参照。Gillian Fenwick, *George Orwell: A Bibliography*, Winchester: St Paul' Bibliographies, 1998, pp. 131ff.

36　Qtd. in John Rodden, *The Politics of Literary Reputation: The Making and Claiming of 'St. George' Orwell*, Oxford: Oxford University Press, 1989, p. 45.

37　Jeffrey Meyers, ed., *George Orwell: The Critical Heritage*, London: Routledge and Kegan Paul, 1975, pp. 256–57.

38　「『ＴＬＳ』〔『タイムズ文芸附録』〕で『一九八四年』を書評したのは貴兄だと思います。あのように見事でありかつ心のこもった書評をしてくれて、お礼を申し上げねばなりません。あんなわずかな紙面で、本の意味をあれ以上にうまく説き明かすことなどできなかったことでしょう。「一〇一号室」が低俗な手法だというのはもちろんおっしゃるとおり。書いていてそれを自覚していました。ですが、私の狙った効果に近いものを出すのには、ほかの手が思いつかなかったのです」一九四九年六月一六日付のオーウェルのジュリアン・シモンズ宛の手紙。*CW*, vol. 20, no. 3647, p. 137.（『ジョージ・オーウェル書簡集』五二四頁）

39　Qtd. in Edward Quinn, *Critical Companion to George Orwell: A Literary Reference to His Life and Work*, New York: Facts On File, 2009, p. 251.

40　Meyers, ed., *George Orwell: The Critical Heritage*, p. 282.

41　David Remnick, 'Soviets Will Publish "1984"', *The Washington Post*, 13 May 1988. https://www.washingtonpost.com/archive/lifestyle/1988/05/13/soviets-will-publish-1984/0d86d3e1-a36d-4930-8afa-47653281dd95/. 二〇二三年一月一一日閲覧。

42　'The Strange World of 1984', *Life*, 4 July, 1949, p. 79.

43　*CW*, vol. 20, no. 3646, pp. 135–36. なお、このメッセージの意味合いについては以下でもふれた。川端康雄『ジョージ・オーウェル——「人間らしさ」への讃歌』、二三四頁以下。

44　クレメント・アトリーについては以下を参照。河合秀和『クレメント・アトリー——チャーチルを破った男』中公選書、二〇二〇年。

45　オーウェルは一九四八年一〇月にアメリカのユダヤ人団体の雑誌『コメンタリー』（*Commentary*）に発表した評論で労働

党政権の三年間を評価したうえで、二年後に実施予定のイギリスの総選挙にふれてつぎのように述べている。「保守党が政権を取りもどしなどしたら禍いとなるだろう。なぜなら、労働党政権とおなじ政策を多く進めなければならないのに、保守党はいちばん肝心な国民への信頼を持ち合わせずにそうせざるをえないからだ。労働党が政権を確保し、あるいは数度連続して政権を担えるのであれば、私たちは少なくとも、必要なもろもろの変化を平和裡に成し遂げる機会をもてる」(Orwell, 'The Labour Government after Three Years,' *CW*, vol. 19, no. 3462, p. 441)。ちなみにその総選挙は一九五〇年二月二三日に実施され、労働党の票が一九四五年の選挙時より激減したものの保守党を僅差で破って政権を維持した。しかし翌一九五一年一〇月二五日にアトリー政権は議席拡大を狙って解散総選挙に打って出て、これが裏目に出た。その選挙で労働党は投票総数は保守党を僅差で破ったものの、肝心の議席数では保守党が三二一で労働党の二九九を上回り、前者が単独過半数を得た。これによって一九四五年以来六年間続いていた労働党政権が終わり、ウィンストン・チャーチルが首相に返り咲く。オーウェルは一九五〇年一月二一日に死去したので、これら二度の選挙結果を知ることはなかった。

46 Qtd. in John Rodden, *The Politics of Literary Reputation*, p. 434.

47 寺田透『文学論集』東京大学出版部、一九五一年、七頁。

48 吉田健一「裏返しにされたユトオピア文学」『人間』第六巻第五号、一九五一年五月、七一頁。『吉田健一著作集』第六巻、集英社、一九七九年、三〇九―一〇頁。

49 ジョージ・オーウェル『一九八四年』龍口直太郎・吉田健一訳、文藝春秋新社、一九五〇年(三頁)。

50 平野敬一「はしがき」、トム・ホプキンソン『オーウェル』英文学ハンドブック「作家と作品」シリーズ)平野敬一訳、研究社、一九五六年、iii―iv頁。石川達三のオーウェル評価をふくめ、日本での『一九八四年』の初期(一九五〇年代)の受容について、詳しくは以下を参照されたい。川端康雄「日本における『一九八四年』の初期受容」秦邦生編『ジョージ・オーウェル『一九八四年』を読む――ディストピアからポスト・トゥルースまで』水声社、二〇二一年、一六三―八九頁。

Ⅱ 何を書いたのか

1 『一九八四年』の引用箇所はピーター・デイヴィソン編の全集版(*CW*, vol. 9: *Nineteen Eighty-Four*)のページ数で示す。さらに邦訳版（オーウェル『一九八四年〔新訳版〕』高橋和久訳、ハヤカワepi文庫、二〇〇九年）の当該ページも附した。前者を算用数字、後者を漢数字で、引用文のあとに注記する。ただし訳文は拙訳。

2　この時代のイギリスの状況については以下を参照。David Kynaston, *Austerity Britain 1945–51*, 2007, London: Bloomsbury.

3　オーウェルの妹のアヴリルはつぎのように回想している。「一九四六年から七年にかけての冬は、ひどい寒さでした。私たちは燃料も底をつき、兄は冬の間じゅうあちこち具合を悪くして、一進一退を繰り返していました。彼が執筆しているときなど、少しでも部屋をあたためようとリチャードのおもちゃをこわして火にくべるというようなこともありました」（Avril Dunn, 'My Brother, George Orwell', Audrey Coppard and Bernard Crick, eds., *Orwell Remembered*, London: BBC, 1984, p. 30. アヴリル・ダン「我が兄、ジョージ・オーウェル」大石健太郎訳、オードリィ・コパード、バーナード・クリック編『思い出のオーウェル』オーウェル会訳、晶文社、一九八六年、三八頁。引用は大石訳による）。

4　「雨に濡れた土のおかげで、イギリスの野菜は、ほとんどすべてが素晴らしい風味を持つが、調理の過程でたいてい損なわれてしまう。キャベツはただ茹でるだけですましてしまう。これはキャベツをほとんど食べられなくする調理法にほかならない」（Orwell, 'British Cookery', *CW*, vol. 18, no. 2954, p. 205. オーウェル「イギリス料理」川端康雄、熊谷由里子訳、『日本女子大学大学院文学研究科紀要』第二七号、二〇二一年、一〇頁）。

5　'mansion' は本来は豪壮な大邸宅を意味するが、イギリスでは複数形にして集合住宅の名称に用いることも多い。「ヴィクトリア・マンションズ（Victoria Mansions）」という（ヴィクトリア女王にあやかった）名のアパートがロンドンにも複数あった（いまもある）ので、「ヴィクトリー・マンションズ」はそのもじりと見ることができる。なお、『一九八四年』では他に「ヴィクトリー」を冠した名称に「ヴィクトリー・ジン」、「ヴィクトリー・コーヒー」、「ヴィクトリー・シガレット」、「ヴィクトリー・スクエア」がある。

6　小説家のアントニー・バージェス（一九一七‐九三）は、『一九八四年』の物語世界は第二次世界大戦直後のロンドンを喜劇的に叙述したものに過ぎないと述べ、その例を具体的に挙げている。Anthony Burgess, *1985*, Boston: Little, Brown, 1978, pp. 11ff. アントニイ・バージェス『一九八五年』中村保男訳、サンリオ文庫、一九八四年、二四〇頁以下。

7　アントニー・バージェスは『一九八四年』が「本質的にコミックな本」だという根拠として冒頭部分の「時計が一三時を打っていた」を挙げている。バージェスは『一九八四年』を読もうとしたところ、自分の書庫に原書が見つからず、イタリア語訳があったのでそれで間に合わせようとした。ところがその訳書は冒頭部分を「一三時を打った（battevano tredici colpi）」とせずに「一時を打った（batterono l'una）」と訳していた。「ラテン人的な論理性」ゆえにそうしたのだろうとバージェスは推測して、こうつづけている。「この訳者は、たとえ一九八四年のことであっても、時計が一三時を打つなど信じられなかったのです。一二回を超えて打つのを人間の耳が聞き取るのはまず無理だからです。それでイタリアの読者は、この本の喜劇性を示すシグナルを失わざるを得なくなったのです」（Burgess, 1985, p. 11. バージェス『一九八五年』二四〇頁）。

8 *CW*, vol. 20, no. 3557, p. 50.（『ジョージ・オーウェル書簡集』四九九頁）

9 本書の第一部で見たように、『一九八四年』の創作ノートには「衡量法（こうりょう）、度量法などの比較」という記載があり、作者には「リットル」や「メートル」を物語り世界に導入する構想が早い段階からあったことが見て取れる（一七頁参照）。

10 ポンドの換算については以下を参照した。'UK Inflation Calculator', https://www.in2013dollars.com/uk-inflation. 二〇二二年二月二一日閲覧。

11 Orwell, *James Burnham and the Managerial Revolution*, London: Socialist Book Centre, 1946; *CW*, vol. 18, no. 2989, pp. 268–84.（「ジェイムズ・バーナムと管理革命」工藤昭雄訳、川端康雄編『水晶の精神――オーウェル評論集2』二二〇－六〇頁）

12 Orwell, 'Burnham's View of the Contemporary World Struggle', *The New Leader* (New York), 29 March 1947; *CW*, vol. 19, no. 3204, pp. 96–105.（「現代の世界的闘争に対するバーナムの見解」鈴木寧訳、『オーウェル著作集Ⅳ』二九七－三一〇頁）

13 Orwell, 'You and the Atomic Bomb', *Tribune*, 19 October 1945; *CW*, vol. 17, no. 2770, p. 320.（オーウェル「あなたと原爆」『あなたと原爆――オーウェル評論集』秋元孝文訳、光文社文庫、二〇一九年、一五－一六頁）

14 オーウェル作品における「歩くこと」については、以下を参照。河野真太郎「ジョージ・オーウェル『一九八四年』(1949)――歩くこと、階級、自由」高橋和久、丹治愛編『二〇世紀「英国」小説の展開』松柏社、二〇二〇年、二七一－九七頁。

15 現実のロンドンではセント・パンクラス駅はいまなお健在であるが、一九六〇年代半ばに取り壊しの計画が出され、ジョン・ベッチマンらによる「ヴィクトリア協会」の反対運動がなければ壊されていたところだった。以下を参照。木下誠「煉瓦とコンクリート――セント・パンクラス駅再開発からグローバリゼーションへ」川端康雄ほか編『愛と戦いのイギ

リス文化史 1951-2010年』慶應義塾大学出版会、二〇一一年、三三六-三九頁。

16 *CW*, vol. 16, no. 2390, p. 22.

17 Bernard Crick, *George Orwell: A Life*, p. 421.（バーナード・クリック『ジョージ・オーウェル』下巻、一四三頁）

18 *CW*, vol. 16, no. 2398, p. 46.（オーウェル『気の向くままに』六一頁）

19 W. J. West, 'Introduction,' in *Orwell: The War Broadcasts*, ed. W. J. West, London: Duckworth/BBC, p. 65.（W・J・ウェスト「編者解説1」オーウェル『戦争とラジオ――BBC時代』八〇頁）

20 「セント・クレメンツ・デイン」という「誤表記」については、以下を参照。川端康雄『増補 オーウェルのマザー・グース』五九-六〇頁。また、細かい点だが、この教会の位置を確認する二人のやりとりで、ウィンストンが「その建物は知っている。いまは廃墟だね。パレス・オブ・ジャスティス（Palace of Justice）の外の通りの真ん中にある」というのに対してチャリントンは「そのとおりです。ロー・コーツ（Law Courts）の外側です」と答える（101. 一五〇頁）。この記述のとおり、セント・クレメント・デインズ教会（St. Clement Danes）はロンドン、ストランド街のロイヤル・ロー・コーツ（Royal Law Courts）の外にある。別名「ロイヤル・コーツ・オブ・ジャスティス（Royal Courts of Justice）」、「王立裁判所」と訳されるヴィクトリア朝のネオ・ゴシックの建築物である（一八八二年竣工）。「ロー・コーツ」が略称で、チャリントンはヴィクトリア朝以来の正しい呼び名を使っているのだが、（たとえばパリの「パレ・ド・ジュスティス」のように）「パレス・オブ・ジャスティス」とは通常呼ばない。ウィンストンはイングソックの独裁体制になってからおそらく改称されたその名称しか知らないということなのであろう。「法律というものが一切ない」（220. 三二三）オセアニア国の、文字どおり「無法」の世界で、「正義（ジャスティス）＝裁判の宮」の名前の建物として残されている――ささやかな皮肉がここに表現されている。

21 セネット・ハウスの歴史については以下を参照。https://london.ac.uk/about-us/history-university-london/history-senate-house. 二〇二二年一月二八日閲覧。

22 以下の指摘も参照。「セネット・ハウスがナチスの基地ではありえないとしても、共産主義者の基地ならばありえたかもしれない。それはよく「スターリン的だ」と悪口を叩かれるし、その塔の量塊性には、たしかに多くのスターリン時代の摩天楼の段状の輪郭を思わせるところがある。〔……〕セネット・ハウスでは、わたしたちは純然たる権力のイメージを目にする」(オーウェン・ハサリー『緊縮ノスタルジア』星野真志・田尻歩訳、堀之内出版、二〇二一年、一三九-四〇頁)。ハサリーの指摘するとおり、「スターリン様式」と称される、スターリンの独裁時代のソヴィエトの、モスクワの一連の巨大建築とセネット・ハウスには似たところがある。完成には至らなかったが、一九三〇年代初めに計画が始まった「ソヴィエト宮殿」(ボリス・イオファン設計)は、完成すれば高さ四一五メートル、頂上に高さ一〇〇メートルのレーニン像が据えられた、テラス状の高層ビルであった。その偉容はセネット・ハウスの拡大版であったといってよいだろう。

23 第二部第九章でウィンストンが部分的に読む『寡頭制集産主義の理論と実践』は、エマニュエル・ゴールドスタイン著とされているのだが、第三部第三章でウィンストンがオブライエンに「あなたはあれを読んだのですか?」と聞くと、オブライエンは、「私が書いたのだ。つまり、その執筆に協力したのだ。知ってのとおり、いかなる本も一人の個人によって生み出されることはない」と答える(274: 四〇五頁)。オブライエンが真実を語っているのかどうかはともかく、この「本のなかの本」はオブライエンがウィンストンに手渡したという点で愛情省の管理下にあったわけであり、物語中の世界システムを解説する手引き書として示される一方で、ウィンストンを罠にかける仕掛けのひとつとしてアイロニーを帯びている。

24 ここで扱った『一九八四年』における「愛」の主題について、別の観点から扱った論考として、以下を参照。小川公代『『一九八四年』における愛と情動』秦邦生編『ジョージ・オーウェル『一九八四年』を読む』一一七-三九頁。

25 川端康雄『増補 オーウェルのマザー・グース』三六頁以下を参照。

26 John Bowen, 'Introduction', George Orwell, *Nineteen Eighty-Four*, Oxford: Oxford University Press, 2021, p. xvi. 武藤浩史は、『一九八四年』が「表面上は男女間の恋愛に光を当てながら実はホモエロティックな欲望に貫かれていて、それが政治・社会論と結び付けられる点」に注意を促している。「作中、繰り返し言及される、主人公の男が管理・監視社会幹部オブライエンに感じる同性への愛情は、悲しいことに最後は、拷問を受ける側と拷問を行う側の対立、すなわち被支配者と支配者という究極の上下関係、全体主義社会的関係に帰結してしまう。男同士の情的な絆が当事者間の平等な関係に導かれないのは、巨大化して上下関係の固定化した管理・監視競争社会に起因することが示唆されているようだ」(武藤浩史「1950年――労働党政権と創造的なものの意味」、武藤浩史ほか編『愛と戦いのイギリス文化史 1900-1950年』慶應義塾大学出版会、二〇〇七年、三一三頁）。

27 Gregory Woods, *A History of Gay Literature: The Male Tradition*, New Haven: Yale University Press, 1999, p. 266.

28 John Bowen, 'Introduction', *op. cit.*, p. xvii.

29 Orwell, 'Such, Such Were the Joys', *Partisan Review*, September-October. 1952; *CW*, vol. 19, no. 3409, pp. 356–87.（「あの楽しかりし日々」川端康雄編『象を撃つ——オーウェル評論集1』一四八－二三六頁）

30 Daphne Patai, *The Orwell Mystique: A Study in Male Ideology*, Amherst: The University of Massachusetts Press, 1984.

31 田嶋陽子「うしろ姿のロビンソンと眠れるロクサーナ——SFにおける男と女」『英語青年』第一二九巻第六号、一九八三年九月、五頁。

32 同、六頁。

33 中村麻美「家父長制批判としての『一九八四年』?」秦邦生編『ジョージ・オーウェル『一九八四年』を読む』八二頁。

34 同、八三頁。

35 Orwell, 'Some Thoughts on the Common Toad', *Tribune*, 12 April 1946; *CW*, vol. 18, no. 2970, p. 238.（オーウェル『一杯のおいしい紅茶』小野寺健編訳、一〇七頁。「ヒキガエル頌」からの引用はこの小野寺訳を使用した。以下同）

36 *Ibid.*, p. 239.（『一杯のおいしい紅茶』一〇八－一一頁）

37 *Ibid.*, pp. 239–40.（『一杯のおいしい紅茶』一一一頁）

38 E・R・クルツィウス『ヨーロッパ文学とラテン中世』南大路振一、岸本通夫、中村善也訳、みすず書房、一九七一年、二八一頁。

39 クルツィウス、同書、二八二頁。

40 オルダス・ハクスリー『すばらしい新世界』黒原敏行訳、光文社古典新訳文庫、二〇一三年。

41 Orwell, "Just Junk—But Who Could Resist It?", *Evening Standard*, 5 January 1946; *CW*, vol. 18, no. 2842, p. 18.（『一杯のおいしい紅茶』九二－九三頁。「ガラクタ屋」からの引用はこの小野寺訳を使用した。以下同）

42 *Ibid.*, p. 18.（『一杯のおいしい紅茶』九三－九四頁）

43 *Ibid.*, p. 18.（『一杯のおいしい紅茶』九四頁）

44 この点については川端康雄『増補 オーウェルのマザー・グース』（前掲）第一章を参照。

45 ニュースピークとベイシック英語の関連を扱ったこの節は以下の拙稿を下敷きにしている。川端康雄「「ニュースピーク」と「ベイシック英語」」秦邦生編『ジョージ・オーウェル『一九八四年』を読む』九二－九四頁。

46 C・K・オグデン宛のオーウェルの手紙。一九四二年一二月一六日付。*CW*, vol. 14, no. 1746, p. 239.

47 Qtd. in W. J. West, 'Introduction', in *Orwell: The War Broadcasts*, p. 62.（オーウェル『戦争とラジオ――BBC時代』七六頁）

48 *Ibid.*, pp. 63–4.（オーウェル『戦争とラジオ』七七－七九頁）

49 *CW*, vol. 16, no. 2412, p. 82.（オーウェル『気の向くままに』九五頁）

50 *CW*, vol. 16, no. 2534, p. 338.（オーウェル『気の向くままに』二七八－七九頁）

51 「ニュースピーク」を『一九八四年』におけるパロディ手法の典型と捉える議論としては以下を参照。Howard Fink, 'Newspeak: the Epitome of Parody Techniques in "Nineteen Eighty-Four"', *Critical Survey*, vol. 5, no. 2 (Summer 1971), pp. 155–63.

52 Orwell, 'Politics and the English Language', *CW*, vol. 17, no. 2815, p. 421.（オーウェル「政治と英語」工藤昭雄訳、『水晶の精神――オーウェル著作集3』川端康雄編、平凡社ライブラリー、一九九五年、九－一〇頁。引用文は工藤訳を利用したが、立論の都合で引用者によって適宜修正をほどこした。以下同）

53 *Ibid.*, p. 423.（「政治と英語」一四頁）

54 *Ibid.*, p. 423.（「政治と英語」一四頁）

55 *Ibid.*, p. 425.（「政治と英語」一九頁）

56 「伝道の書」からの訳は『舊新約聖書』日本聖書協会、一九八二年、一一五七頁の文語訳を一部仮名遣いを改めて引用した。

57 *Ibid.*, p. 425.（「政治と英語」二一頁）

58 *Ibid.*, p. 427–28.（「政治と英語」二六－二八頁）

59 Orwell, 'Notes for "Politics and the English Language"', February to October 1945?, *CW*, vol. 17, no. 2816, pp. 432–38.

60 Orwell, 'Politics and the English Language', *op. cit.*, p. 430.（「政治と英語」三二頁）

61 「彼はエマニュエル・ゴールドスタインを作りあげるために、いくつかの伝記的資料から人相、さらにそのユダヤ人的な名前までも、トロツキー＝ブロンスタインから採った。『一九八四年』の非常に多くのページを占めた「あの本」〔第二部第一〇章でウィンストンが読むかたちで読者に伝えられる『寡頭制集産主義の理論と実践』〕のいくつかの断片は、あまりうまくいっているとは言えないが、トロツキーの『裏切られた革命』の書き換えであることは明らかである」(Isaac Deutscher, *Russia in Transition and Other Essays*, New York: Coward-McCann1957, p. 241. アイザック・ドイッチャー『変貌するソヴェト』町野武、渡辺敏訳、みすず書房、一九五八年、一六四頁)。

62 T. R. Fyvel, 'Wingate, Orwell, and the "Jewish Question": A Memoir', *Commentary*, Feb. 1951, p. 142.

63 United States Holocaust Memorial Museum〔米国ホロコースト記念ミュージアム〕「反ユダヤ主義」『ホロコースト百科辞典』https://encyclopedia.ushmm.org/content/ja/article/antisemitism. 二〇二一年一二月二七日閲覧。

64 Orwell, 'Anti-Semitism in Britain', *Contemporary Jewish Record*, April 1945; *CW*, vol. 17, no. 2626, p. 64.（オーウェル「英国におけるユダヤ人差別」小野寺健訳『オーウェル評論集』岩波文庫、一九八二年、二五九頁。引用はこの小野寺訳を一部語句修正を加えて用いた。以下同）

65 *Ibid.*, p. 66.（「英国におけるユダヤ人差別」二六四頁）

66 *Ibid.*, p. 69.（「英国におけるユダヤ人差別」二七三頁）

67 *Ibid.*, p. 70.（「英国におけるユダヤ人差別」二七五－七六頁）

68 T. R. Fyvel, *George Orwell: A Personal Memoir*. London: Hutchinson, 1983, p. 180.（T・R・ファイヴェル『ジョージ・オーウェル』佐藤義夫訳、八潮出版社、一九九二年、二九一－九二頁）

69 Fyvel, *George Orwell*, p. 142.（ファイヴェル『ジョージ・オーウェル』二二七頁）

70 以下を参照。Ralph Barker, *Children of the Benares: A War Crime and Its Victims*, London: Methuen, 1988.

71 以下を参照。Douglas Frantz and Catherine Collins, *Death on the Black Sea: The Untold Story of the 'Struma' and World War II's Holocaust at Sea*, New York: HarperCollins, 2003; Bernard Wasserstein, *Britain and the Jews of Europe 1939–45*, Oxford: Oxford University Press, 1988, pp. 143ff.

72 以下を参照。Bernard Wasserstein, *Britain and the Jews of Europe 1939–45*, pp. 60ff.

73 United States Holocaust Memorial Museum, 'Exodus 1947', *Holocaust Encyclopedia*. https://encyclopedia.ushmm.org/content/en/article/exodus-1947. 二〇二一年一二月二七日閲覧。

74 Orwell, *Nineteen Eighty-Four: The Facsimile of the Extant Manuscript*, Ed. Peter Davison. London: Secker & Warburg, 1984, p. 29.
75 *Ibid*.
76 Lyndsey Stonebridge, *Placeless People: Writings, Rights, and Refugees*, Oxford: Oxford UP, 2028, p. 81.
77 Hannah Arendt, 'Political Science 110 A: Contemporary Issues', University of California, Spring 1955.（米国議会図書館のハンナ・アーレント文書）https://www.loc.gov/resource/mss11056dig.040540/?sp=10&r=-1.346,0.374,3.692,1.456,0. 二〇二一年一二月二七日閲覧。
78 Cf. Stonebridge, *Placeless People*, p. 81. Hannah Arendt, *The Origins of Totalitarianism*, London: Penguin, 2017.（ハンナ・アーレント『全体主義の起原3　全体主義〔新版〕』大久保和郎、大島かおり訳、みすず書房、二〇一七年、三二四－五四頁）
79 David Rousset, *A World Apart*, translated by Yvonne Moyse and Roger Senhouse, London: Secker and Warburg, 1951. ルセの著作の仏語版原書データは以下のとおり。Rousset, *L'Univers Concentrationnaire*, Paris: Éditions du Pavois, 1946.
80 Thomas Pynchon, 'Foreword', in Orwell, *Nineteen Eighty Four*, New York: Plume, 2003, p. xvi.（トマス・ピンチョン「解説」、オーウェル『一九八四年〔新訳版〕』高橋和久訳、ハヤカワepi文庫、二〇〇九年、四九六－九七頁。引用は高橋訳による）
81 Melvyn New, 'Orwell and Antisemitism: Toward *1984*', *Modern Fiction Studies*, Spring 1975, Vol. 21, No. 1, p. 94.
82 *Ibid*., p. 84.
83 米映画『マラソンマン』（ジョン・シュレシンジャー監督、一九七六）のなかで元ナチス党員の歯科医クリスティアン・ゼル（ローレンス・オリヴィエ）が主人公ベイブ（ダスティン・ホフマン）を診察台に縛り付けて麻酔なしで正常な歯をドリルで神経まで削り、引き抜く拷問シーンがある。もしかしたらこれは『一九八四年』のここの描写にヒントを得たのかもしれない。
84 チョコレートにまつわるウィンストンの少年期の記憶は、このように小説の後半に入って家族離散の際のトラウマ的経験に関わるものとして意識下に押込めていたことが明かされるわけだが、小説の初めのほうからテレスクリーンをとおして豊富省の増産の虚偽報道の具体的なアイテムとして何度も提示されていることに注意したい。あたかもウィンストンがチョコレートという語の言及に我知らず反射してしまう、その心理状態を語り手が伝えているかのようである。
85 秦邦生「鳥とネズミのあいだ――『一九八四年』における「人間らしさ」と動物たち」秦邦生編『ジョージ・オーウェル『一九八四年』を読む』一五〇－五一頁。

86 同、一五二頁。

87 Orwell's Letter to Jack Common, 20 April 1938; *CW*, vol. 11, no. 437, p. 134.

88 Orwell, *Road to Wigan Pier*, 1937. *CW*, vol. 5, p. 82.（『ウィガン波止場への道』土屋宏之、上野勇訳、ちくま学芸文庫、一九九六年、一二一頁）

89 *Ibid.*, p. 82.（『ウィガン波止場への道』一二一頁）

90 *Ibid.*, p. 83.（『ウィガン波止場への道』一二二－一二三頁）

91 小説と批評を併せてのウィリアムズの仕事を扱った日本語文献として、以下のすぐれた著作がある。山田雄三『感情のカルチュラル・スタディーズ――『スクリューティニ』の時代からニュー・レフト運動へ』開文堂出版、二〇〇五年。山田雄三『ニューレフトと呼ばれたモダニストたち――英語圏モダニズムの政治と文学』松柏社、二〇一三年。大貫隆史『「わたしのソーシャリズム」へ――二〇世紀イギリス文化とレイモンド・ウィリアムズ』研究社、二〇一六年。

92 Raymond Williams, *Orwell*, London: Fontana, 1971; 3rd ed. 1991.（レイモンド・ウィリアムズ『オーウェル』秦邦生訳、月曜社、二〇二二年。この邦訳版に収録された訳者による「附論　レイモンド・ウィリアムズとジョージ・オーウェル――ある中断された対話への注釈」では、オーウェルとウィリアムズの関係について踏み込んだ議論が展開されている。

93 Raymond Williams, *Culture and Society 1780–1950* (London: Chatto and Windus, 1958), pp. 292–93.（レイモンド・ウィリアムズ『文化と社会』若松繁信、長谷川光昭訳、ミネルヴァ書房、一九六八年、二三九頁）

94 *Ibid.*, p. 293.（ウィリアムズ『文化と社会』二四〇頁）

95 アニメ版『動物農場』については、以下を参照。川端康雄「冷戦下の『動物農場』――ハラス&バチュラーのアニメ映画化をめぐって」『葉蘭をめぐる冒険――イギリス文化・文学論』（みすず書房、二〇一三年）所収。川端康雄「『動物農場』を語る――冷戦下の『動物農場』」https://www.ghibli-museum.jp/animal/neppu/kawabata/. 二〇二二年一月二三日閲覧。

96 川端康雄『増補　オーウェルのマザー・グース』（前掲）

97 同書、五七－五八頁。

98 「ニュースピークに関する論文は標準英語の三人称過去形で書かれている。これは政権が倒れ、言語と個人主義が生き残ったことを意味する。ニュースピークに関する論文を書いたのが誰であれ、『一九八四年』は終わったのだ。そのため、わたしはオーウェルは通常考えられているよりも人間精神の強さを信じているのだと考える。〔……〕『侍女の物語』の最後に、『一九八四年』に多くを負う部分がある。数百年先に開かれるシンポジウムに関する記述で、小説に現れる抑圧的な政府がいまやただの学術分析の対象となる。オーウェルのニュースピークに関する論文との関連は明らかなはずだ」（マーガレット・アトウッド「ジョージ・オーウェル――いくつかの個人的なつながり」西あゆみ訳、秦邦生編『ジョージ・オーウェル『一九八四年』を読む』三八、四〇頁）。

「「ニュースピークの諸原理」はその第一文から、一貫して過去形で書かれているのだ。まるで、この附録が一九八四年よりずっと後の、ニュースピークが文字通り過去の遺物となった時代に書かれたものであり、また、この匿名の著者はどうしたものか、今では表現の自由が許されて、ニュースピークを基礎としていた時代の政治体制について批評的、客観的に議論しているかのようである。その上、このエッセイはニュースピーク以前の、我々が使用するような英語を用いて書かれている。ニュースピークは二〇五〇年までには一般に広く使用されるようになっているはずだった。しかしどうやらニュースピークは成功に酔うどころか、そこまで生き長らえもしなかったらしい。そして標準英語に息づくヒューマニズムの思考様式は消えることなく生き残り、最終的には勝利したらしいのだ。もしかするとその英語が代弁する道徳的秩序までもどういうわけか復旧したのかもしれない」（トマス・ピンチョン「解説」オーウェル『一九八四年［新訳版］』高橋和久訳、五〇七頁）。

ロバート・アイクとダンカン・マクミランによる『一九八四年』の舞台劇化においては、過去形で書かれた附録「ニュースピークの諸原理」を肝心なテクストとしてアダプテーションがなされている。「オーウェルの「附録」を「本質」として扱うことにより、彼の小説はより一層主観的かつ複合的な何かとなり、もはや単なる殺伐としたディストピア未来小説ではなくなってしまう」と「まえがき」に述べられている（Robert Icke and Duncan Macmillan, *George Orwell's 1984: A New Adaptation*, London: Oberon Books, 2013, p.11.『1984』平川大作訳『悲劇喜劇』第七九二号、二〇一八年五月、一三六頁。引用は平川訳による）。

右に紹介した三つのうちもっとも古いのがアトウッドの論考で、原文の初出は二〇〇三年であったが、すでに一九八四年にフランス文学者の清水徹が「ニュースピークの諸原理」の過去時制の意義について鋭い指摘をしている。以下に一部引用しておく。

「ぼくが注目したいのはこの論文〔「ニュースピークの諸原理」〕の内容ではなく、この論文が過去形で書かれているということ、たぶんほとんど指摘されていない事実です。〔……〕

もし、付録が現在形で、つまりより自然なスタイルで書いてあれば、われわれは、「彼はビッグ・ブラザーを愛していた」という物語部分の最終行を読み、それ以後のあわれなウィンストンの運命をぼんやりと想う。つづいて現在形で書かれた「ニュースピーク」論を読めば、われわれ読者の意識のうけとめるものは、オセアニア国の厳然たる存在です。ところが、物語が「彼はビッグ・ブラザーを愛していた」という一行で終らず、つづいて「ニュースピーク」についての論文を、その過去形ゆえにある違和感とともに読み、最終ページに到る。――そういう場合、われわれ読者の想い描きうるものは何か？　ふつうの小説のように、このあともそのまま時間がつづくという感じではない。過去形論文の違和感ゆえに、先の持続という意識が何か不安定なものになる。

そうです、この論文の過去形というのは、オセアニア国はやがて崩壊してしまった、もしかしたらプロレ階級がついに意識をもって立ち上ったのか、やっぱり兄弟同盟が存在したのか、いずれにせよ、ビッグ・ブラザーが君臨し、ニュースピークを全体的に採用しようとしていたオセアニア国も、くつがえされたということをオーウェルは暗に示そうとしたものではないのか？　オーウェルはけっしてペシミストではなかったのです」（清水徹「二十世紀小説としての『一九八四年』」『現代詩手帖』第二七巻第九号、一九八四年八月、一一一－一一二頁）。

99　ここまで論じた「プロールへの希望」についてさらに踏み込んだ議論としては、「自由」と「プライベートな価値観」という両義的な問題と関連づけた以下の論考を参照されたい。星野真志「「普通の人びと」への希望――『一九八四年』とポピュリズム」秦邦生編『ジョージ・オーウェル『一九八四年』を読む』四六－六六頁。

Ⅲ　人の生をどう捉えたのか

1　Orwell, 'Notes on Nationalism', *Polemic*, no. 1, Oct. 1945, *CW*, vol. 17, no. 2668, p. 141.（オーウェル「ナショナリズム覚え書き」小野協一訳、川端康雄編『水晶の精神――オーウェル評論集2』三六頁。同評論の訳文はこの小野訳を使用した。議論の都合上若干訳文を修正したところがある。以下同）

2　*Ibid.*（同書、三六頁）

3 *Ibid.*, pp. 145–47.（同書、四四－五〇頁）

4 *Ibid.*, pp. 147–48.（同書、五一頁）

5 *Ibid.*, p. 148.（同書、五一－五二頁）

6 *Ibid.*, p. 154.（同書、七〇頁）

7 イーヴリン・ウォーからオーウェル宛の一九四九年七月一七日付の手紙。Mark Amory, ed., *The Letters of Evelyn Waugh*, London: Phoenix, 1995, p. 302. ウォーとオーウェルの関係については以下を参照。川端康雄「「不釣り合い」な二人組――ウォーとオーウェル」『葉蘭をめぐる冒険』二七四－八三頁。

8 以下を参照。Michael G. Brennan, *George Orwell and Religion*, London: Bloomsbury Academic, 2016. 本書の第一部で紹介したように、『一九八四年』の初期の創作ノートには「RCs〔ローマ・カトリック教徒たち〕の地位（Position of R.C.s.）」という語句が記されていた（本書一七頁参照）。宗教は、「ビッグ・ブラザー教」とでも呼ぶべきカルト宗教以外は姿を消し、カトリック教徒も存在していないのだが、オブライエンの人物造形によってオーウェルは、「ナショナリズム覚え書き」で「転移型ナショナリズム」のひとつとして彼が挙げた「政治的カトリシズム」の陰鬱な戯画を示していると読むことができる。

9 Orwell, "As I Please," 14', *Tribune*, 3 March 1944, *CW*, vol. 16, no. 2429, pp. 112–13.（オーウェル『気の向くままに』一二八－二九頁。「死後の生命の信仰」（『象を撃つ――オーウェル評論集1』二四五－四六頁）

10 Orwell, 'Arthur Koestler', in *Critical Essays*, London: Secker and Warburg, 1946, p. 140; *CW*, vol. 16, no. 2548, p. 399.（「アーサー・ケストラー」小野寺健訳、『鯨の腹のなかで――オーウェル評論集3』二四九頁）このくだりは以下でも多少取り上げた。川端康雄『ジョージ・オーウェル――「人間らしさ」への讃歌』二〇六－七頁）

11 William Golding, *Lord of the Flies*, 1958, London: Penguin, 2006.（ウィリアム・ゴールディング『蠅の王』平井正穂訳、集英社文庫、二〇〇九年。『蠅の王〔新訳版〕』黒原敏行訳、ハヤカワepi文庫、二〇一七年）

12 『一九八四年』における「忘却に対する記憶の戦い」については以下を参照。三村尚央『記憶と人文学――忘却から身体・場所・もの語り、そして再構築へ』小鳥遊書房、二〇二一年、一八四頁以下。

13 以下を参照。川端康雄『増補 オーウェルのマザー・グース』（前掲）八九頁以下。

14 Raymond Williams, *Culture and Society*, pp. 293–94.（ウィリアムズ『文化と社会』二四〇頁）

15 秦邦生「鳥とネズミのあいだ――『一九八四年』における「人間らしさ」と動物たち」秦邦生編『ジョージ・オーウェル『一九八四年』を読む』一四七頁。

16 「世界人権宣言」からの引用は以下に依る。「世界人権宣言テキスト」国際連合広報センターＨＰ https://www.unic.or.jp/activities/humanrights/document/bill_of_rights/universal_declaration/. 二〇二一年一〇月七日閲覧。

17 David Dwan, 'Orwell and Humanism,' *The Cambridge Companion to* Nineteen Eighty-Four. Cambridge: Cambridge University Press, 2020, p. 64.

18 Orwell's Letter to Arthur Koestler, 10 January 1946, in Sonia Orwell and Ian Angus, eds., *The Collected Essays, Journalism and Letters of George Orwell*. 4 vols., London: Secker and Warburg, 1968, vol. 4, p. 76.（『オーウェル著作集Ⅳ』七〇頁。引用は平野敬一訳による）

19 *Ibid.*（同書、一一〇－一一一頁）

20 David Smith, *George Orwell Illustrated*, Illustrated by Mike Mosher, Chicago: Haymarket Books, 2018.

21 'The Manifest,' qtd. in David Smith, *George Orwell Illustrated*, pp. 230–31.

22 *Ibid.*, p. 233.

23 *Ibid.*, pp. 233–34.

24 *Ibid.*, pp. 236–37.

25 *Ibid.*, p. 228.

26 *Ibid.*, p. 229. ジェフリー・ゴーラー宛の一九四六年一月二二日付の手紙で、前日にシローネ夫妻をディナーに連れていったと述べている。Orwell, *CW*, vol. 18, no. 2870, p. 52.（『オーウェル書簡集』三三〇頁）

27 以下に引用。Dwan, 'Orwell and Humanism,' p. 77, note 18.（カール・マルクス「道徳的批判と批判的道徳――ドイツ文化史に資して。カール・ハインツェンにたいするカール・マルクスの反論」『マルクス・エンゲルス全集』第四巻、大内兵衛・細川嘉六監訳、大月書店、一九六〇年、三六七頁）

28 Orwell, 'Charles Dickens,' *CW*, vol. 12, no. 597, p. 31.（オーウェル「チャールズ・ディケンズ」横山貞子訳、川端康雄編『鯨の腹のなかで――オーウェル評論集3』一二〇頁）

29 *Ibid.*（「チャールズ・ディケンズ」前掲書、一二〇頁）

30 Orwell, '2. What Is Socialism?' *CW*, vol. 18, no. 2876, p. 61.

31　Orwell, *Homage to Catalonia*. *CW*, vol. 6, pp. 83–84.（オーウェル『カタロニア讃歌』都築忠七訳、岩波文庫、一九九二年、一二三頁）

32　川端康雄『増補　オーウェルのマザー・グース』（前掲）四〇頁以下を参照。

33　Bernard Crick, *George Orwell*. *A Life*, p. 24.（バーナード・クリック『ジョージ・オーウェル』上巻、一三頁）

34　関曠野「B・クリック『ジョージ・オーウェル』」『資本主義——その過去・現在・未来』影書房、一九八五年、一六一–一六二頁。

35　イギリスにおける思想的系譜をたどるなら、一九世紀初めに産業化の進展に伴う伝統的な農村共同体の荒廃を憂いたウィリアム・コベット（William Cobbett, 1763–1835）、一九世紀後半に産業主義に抗って工芸家・詩人・社会主義者として活動したウィリアム・モリス（William Morris, 1834–96）の延長上にオーウェルを位置づけることができる（少なくとも私自身はその見立てで考えつづけている）。コベットにせよモリスにせよ（後者はその中世主義への傾きにもかかわらず）関の指摘するような「古代的なトーン」を帯びている点はオーウェルと共通するように思われる。モリスが社会主義運動をもっとも精力的におこなっていた一八八〇年代にホメロスの『オデュッセイア』の全巻韻文訳を刊行していることも想起したい。以下を参照。川端康雄「『希望の巡礼』のリズム——ウィリアム・モリスの一八八〇年代」『ヴィクトリア朝文化研究』第一四号、二〇一六年一二月、二〇頁以下。http://www.vssj.jp/journal/14/14-kawabata.pdf. 二〇二二年一月一八日閲覧。

36　このセクションの前半部分は既発表の以下の論考を基にしている。川端康雄「新型コロナ時代に、ジョージ・オーウェルが再び注目される理由——「ディストピアの言語」とは何か」『現代ビジネス』（オンライン）二〇二〇年四月二四日。https://gendai.ismedia.jp/articles/-/72066. 二〇二二年二月二二日閲覧。

37　"Word of the Year 2016." *Oxford Languages*. https://languages.oup.com/word-of-the-year/2016/. 二〇二一年一二月九日閲覧。

38　Sean Rossman, 'George Orwell's "1984" leaps to top of Amazon bestseller list', *USA Today*. 25 Jan. 2017. https://www.usatoday.com/story/news/nation-now/2017/01/25/orwells-1984-leaps-top-amazon-bestseller-list/97031344/ 二〇二一年一二月二九日閲覧。

39　Eric Levenson, 'George Orwell's "1984" hits bestseller list again', *CNN*. 25 Jan. 2017. https://edition.cnn.com/2017/01/24/us/george-orwell-1984-bestseller-trump-trnd/index.html. 二〇二一年一二月二九日閲覧。

40　「それなりに反響があったので連載になりました。いけるところまでいってみましょう。「ポスト真実」時代を予言したと話題のジョージ・オーウェル『一九八四年』（第一部－2、高橋和久訳、ハヤカワepi文庫）、無料公開002。」https://www.hayakawabooks.com/n/n2fd8ab5fe865. 二〇二二年一月八日閲覧。

41　福田直子「新型コロナ「危機的事態」に陥ったヨーロッパの現実」『現代ビジネス』二〇二〇年三月三〇日。https://gendai.ismedia.jp/articles/-/71436. 二〇二一年一二月二九日閲覧。

42　John Walko, 'Mobile Phones to Track and Trace Coronavirus', *EE Times*, 20 March 2020. https://www.eetimes.com/mobile-phones-to-track-and-trace-coronavirus/#. 二〇二一年一二月二九日閲覧。

43　*Ibid.* 日本語版も参照。https://eetimes.itmedia.co.jp/ee/articles/2004/02/news059.html. 二〇二一年一二月二九日閲覧。

44　イゾベル・アッシャー・ハミルトン「アメリカ政府はスマホの位置データで人々の動きを追跡している…パンデミック収束後も使われる危険性」『ビジネス・インサイダー』二〇二〇年四月三日。https://www.businessinsider.jp/post-210345. 二〇二一年一二月二九日閲覧。

45　Alan Macleod, 'Google's Dystopian Crisis Tracking Could Be Straight out of George Orwell's 1984'. https://www.mintpressnews.com/google-coronavirus-tracking-privacy/266453/. 二〇二一年一二月二九日閲覧。

46　'Microsoft president: Orwell's 1984 could happen in 2024', *BBC News*, 27 May 2021. https://www.bbc.com/news/technology-57122120. 二〇二一年一二月二九日閲覧。

47　Donald Trump Jr., 'We Are Living Orwell's 1984', 9 Jan. 2021, Tweet. https://twitter.com/donaldjtrumpjr/status/1347697226466828288. 二〇二一年一二月二九日閲覧。

48　藤田直哉「『１９８４年』の汎用性――なぜイデオロギー的に対立する相手が、互いに互いを『一九八四年』の図式を使い批難しあう現象が起きるのか」『図書新聞』第三三六六号、二〇一八年九月八日。http://www.toshoshimbun.com/books_newspaper/week_description.php?shinbunno=3366&syosekino=11807. 二〇二一年一二月二九日閲覧。

49　藤田直哉「『１９８４年』の汎用性」〈前掲〉

50　Orwell, 'Why I Write', *Gangrel*, no. 4, Summer 1946; *CW*, vol. 18, no. 3007, pp. 319–20.（オーウェル「なぜ私は書くか」鶴見俊輔訳、川端康雄編『象を撃つ――オーウェル評論集1』一一六－一一七頁。引用は鶴見訳を一部修正して用いた。以下同）

51　Orwell, 'Why I Write', p. 320.（「なぜ私は書くか」同書、一一九頁）

52 以下の拙稿を参照されたい。「『動物農場』再訪――「イギリスのけものたち」のフォークロア」川端康雄『オーウェルのマザー・グース――歌の力、語りの力』岩波書店、二〇二一年。

53 Orwell, 'Why I Write,' p. 320.（「なぜ私は書くか」前掲書、一一九頁）

54 オーウェル「自伝的覚書」*CW*, vol. 12, no. 613, p. 148.（「〔私の略歴〕」上田和夫訳、『オーウェル著作集Ⅱ』二四頁）

55 Orwell, 'As I Please' 8, *Tribune*, 21 January 1944, *CW*, vol. 16, no. 2410, p. 78.（オーウェル「ウルワースで買った薔薇」『気の向くままに』八八頁）

56 *Ibid.*, pp. 78–79.（「花を愛でるのはセンチメンタルか」奥山康治訳。オーウェル『気の向くままに』八九頁。引用は奥山訳による）

57 Orwell, 'A Good Word for the Vicar of Bray,' *Tribune*, 26 April 1946, *CW*, vol. 18, no. 2985, p. 260.（オーウェル「ブレイの教区牧師のために弁明を一言」工藤昭雄訳、川端康雄編『ライオンと一角獣――オーウェル評論集4』二九五頁。引用は工藤訳による）

58 Rebecca Solnit, *Orwell's Roses*, London: Granta, 2021, p. 47.（レベッカ・ソルニット『オーウェルの薔薇』ハーン小路恭子・川端康雄訳、岩波書店、二〇二二年刊行予定）

図版リスト

図Ⅰ－1 ジュラ島地図

図Ⅰ－2 ジュラ島、バーンヒル（二〇〇八年著者撮影）

図Ⅰ－3 「『ヨーロッパで最後の人間』のための覚書」オーウェルのノートブックより（ロンドン大学UCL図書館所蔵）Literary notebook 1939/40–1946/47, Folio 35, in Orwell Archive, UCL Library, London

図Ⅰ－4 『一九八四年』の草稿。Orwell, *Nineteen Eighty-Four: The Facsimile of the Extant Manuscript*, Ed. Peter Davison. London: Secker & Warburg, 1984, p. 29.

図Ⅰ－5 『一九八四年』の初版（左：英国版、右：米国版）著者撮影

図Ⅰ－6 『ライフ』誌の特集記事

図II－1　『一九八四年』の世界版図
図II－2　オセアニア国のピラミッド構造
図II－3　一九四〇年代の（現実の）ロンドン
図II－4　セネット・ハウス、ロンドン
図II－5　《タトリンの塔》（模型）、モスクワ、一九二〇年。
図II－6　オーウェルとウィリアム・エンプソン。BBC放送局のスタジオ内で。一九四二年九月。
図III－1　オーウェルと息子リチャード。ロンドン、イズリントン、キャノンベリー・スクエアの自宅書斎にて、一九四五年秋。ヴァーノン・リチャーズ撮影。

図版出典

I–3 Orwell Archive, UCL Library, London
I–4 Orwell, *Nineteen Eighty-Four: The Facsimile of the Extant Manuscript*, Ed. Peter Davison. London: Secker & Warburg, 1984, p.29.
II–4 'The Senate House tower, as seen from below', photo by Ethan Doyle White. https://en.wikipedia.org/wiki/Senate_House,_London#/media/File:Senate_House_Library_Tower.jpg.
II–5 Nikolai Punin, *Tatlin* (*Protiv kubizma*) [Татлин (Против кубизма)]. Gosizdat, Petrograd 1921, p. [1], Wikimedia (Public Domain)
II–6 https://www.bbc.co.uk/programmes/p013r4t8/p013r55s. III–1 https://writingasiplease.files.wordpress.com/2013/01/george-and-richard.jpeg.

あとがき

『一九八四年』がどのようにして生まれたか、また初期の受容がどのようなものであったか、という点から始めて、これが成立した時代状況をふまえて、主要人物たちの「愛」の関係、政治と言語、反ユダヤ主義とナショナリズム、プロールの表象、「人間らしさ」の価値等々、重要と思われるいくつかのトピックを取り上げて、三部構成、一二の章立てにして小説の読解を試みた。

この「世界を読み解く一冊の本」のシリーズで扱われた『旧約聖書』や『クルアーン』などと比べると、二〇世紀の半ば、たかだか七〇数年前に成立した本にすぎないのであっても、『一九八四年』はこれまでに（少なく見積もっても）五〇以上の言語に翻訳され、世界各地で読み継がれ、また多くの論評、言及がなされてきた。日本語訳は原書刊行の翌年に吉田健一と龍口直太郎訳の共訳で初訳（『一九八四年』文藝春秋新社、一九五〇年）が刊行され、その後新庄哲夫訳（『一九八四年』早川書房、一九六八年）、高橋和久訳（『一九八四年［新訳版］』ハヤカワepi文庫、二〇〇九年）、田内志文訳（『1984』角川文庫、二〇二一年）と（紙媒体の書物形態にかぎれば）併せて四種出され、最後の二点はいま現在出ている。本書のほとんどの読者はいずれかの日本語訳でお読みになった（あるいはこれからお読みになる）と思われるが、本書の狙いのひとつは、物語世界の背景となる情報の提示と併せて、日本語訳の読者にとって読み取りにくい細部の含意について説明を加えることだった。

『一九八四年』は大方に「政治的な著作」とみなされてきた。その形容がべつだん間違いだとは思わないが、小説として、物語作品としての質について否定的な評価が伴うのであれば同意できない。私たちがいまの世界を生きるうえでヒントになるような明晰な政治思想がこの著作にあるとすれば、それは小説テクストの細部に綿密かつ周到に織り込まれている、だからその言葉を綿密かつ周到に読み解く作業が肝心なのだと考える。

上記の既訳はいずれも達意の訳業であるが、本書での『一九八四年』からの引用はあえて私自身の訳文を用いた(ただし読者の便宜を図って原書に加えて高橋和久訳の該当ページも注記した)。拙訳を示すこと自体が本書での読解の重要な部分をなすと考えてのことである。オーウェルの他の著作や手紙、日記類からの引用については大方が拙訳だが、部分的に既訳も併用した。

私にとって『一九八四年』は読むたびに細部のどこかで新たに気づかされるテクストで、本書の執筆過程でもそういう機会が何度かあった。本書の本文の初校を編集部に戻したところでいまこの「あとがき」を書いているのだが、ここにきて気になってきたのだが本文で扱えなかった点をひとつ書いておこう。

第Ⅰ部で紹介した創作ノート「『ヨーロッパで最後の人間』のために」のなかに「ウィンドウ・ボックス(window box)」という語句が見える(一七頁)。「窓台に置く植木箱」と注記しておいたとおり、家屋の窓の下枠に置く長方体のプランターで、都会の街並みに華やぎを与える。現実のロンドンではおなじみの情景だが、『一九八四年』では——もうひとつ創作ノートに記された「BM」(ブリティッシュ・ミュージアム）と同様に――これは出てこない。そもそもエアストリップ・ワンのロンドンでは寒々しい風景が広がるばかりで、被爆後の瓦礫の山に「アカバナ（willow herb）」がまばらに生えているという描写が例外的で、他に花の描写はなく、ウィンストンとジュリアが落ち合う田園地帯の牧歌的風景とは対照的である。当初の構想のなかで、オーウェルはこのウィンドウ・ボックスをどのように盛り込もうと考えたのだろう。本書の結論部分でレベッカ・ソルニットの『オーウェルの薔薇』を援用して、庭造りをするオーウェルの私的活動と彼の政治的著作との意外な（しかし肝要な）関連について述べた筆者としては、「ウィンドウ・ボックス」というアイテム（の不使用）がここにきて私のなかで謎として立ち上がってきた――ということを記しておきたい。

諸般の事情で本書は脱稿までに当初の予定以上の時間を要した。企画段階から辛抱強くお付き合いくださった慶應義塾大学出版会編集部の上村和馬氏に心より感謝申し上げる。

二〇二二年二月二三日

川端康雄

川端康雄 かわばた やすお

日本女子大学文学部教授。英文学専攻。明治大学大学院文学研究科博士後期課程退学。主な著書に『増補オーウェルのマザー・グース――歌の力、語りの力』（岩波現代文庫、2021年）、『ジョージ・オーウェル――「人間らしさ」への讃歌』（岩波新書、2020年）、『葉蘭をめぐる冒険――イギリス文化・文学論』（みすず書房、2013年）、『ジョージ・ベストがいた――マンチェスター・ユナイテッドの伝説』（平凡社新書、2010年）、主な訳書にモリス『ユートピアだより』（岩波文庫、2013年）、オーウェル『動物農場――おとぎばなし』（岩波文庫、2009年）、『オーウェル評論集』（編、共訳、全4巻、平凡社ライブラリー）などがある。

あなたにとって本とは何ですか？

物心ついてからしばらくは本といえば、紙媒体であるのはもちろん、活版印刷本、つまり可動金属活字を組み合わせて凸版としてインクで用紙に刷ったのを綴り合わせた書物というのが当たり前のかたちだった。

技術革新によって一九七〇年代半ばあたりから徐々にオフセット印刷に取って代わられ、電算写植、DTPと、技術革新が飛躍的に進み、西欧では一五世紀半ばのグーテンベルク聖書以来、五百年（日本でいえばそれが導入された明治初期以来百有余年）にわたって主流であった書物形態が二〇世紀末にほぼ廃れた。

何しろ凸版なので、活字本は指でさわってみれば印字部分の紙の凹みが触知できるし、インクの微妙な滲み（それを計算した上での印字）もある。本の内容が肝心であるにせよ、ページをめくりながらそうした物質的な形態を感知しつつ読んだ経験は、他の形態では味わえない独特なものだった。それでいうなら、電子書籍であればやはりその物質的形態（スマホや電子書籍リーダー）との接触と相まっての独特の読書経験があるとはいえるのだろう。

しかし本といえば活字本、というふうに刷り込まれた私は、複数の刊本があれば古い活字本のほうを偏愛する。漱石全集などがそうだが、最新版の学問的価値がより高いのは承知しつつ、昭和時代の精興社の正真正銘の活字本を手に取ると、喜びと安らぎを覚える私は、まあ古臭い人間なのだなと思う。

シリーズウェブサイト　https://www.keio-up.co.jp/sekayomu/
キャラクターデザイン　中尾悠

世界を読み解く一冊の本
オーウェル『一九八四年』
――ディストピアを生き抜くために

2022年4月25日　初版第1刷発行

著　者――――川端康雄
発行者――――依田俊之
発行所――――慶應義塾大学出版会株式会社
〒108-8346　東京都港区三田2-19-30
TEL〔編集部〕03-3451-0931
〔営業部〕03-3451-3584〈ご注文〉
〔　〃　〕03-3451-6926
FAX〔営業部〕03-3451-3122
振替　00190-8-155497
https://www.keio-up.co.jp/
装　丁――――岡部正裕(voids)
印刷・製本――株式会社理想社
カバー印刷――株式会社太平印刷社

Printed in Japan　ISBN 978-4-7664-2557-4

世界を読み解く一冊の本　刊行にあたって

書物は一つの宇宙である。世界は一冊の書物である。事実、人類は世界の真理を収めるような書物を多数生み出し、時代や文化の違いをこえて営々と読み継いできた。本シリーズでは、作品がもつ時空をこえる価値を明らかにするのみならず、作品が一冊の書物として誕生し、読者を獲得しつつ広がっていったプロセスにも光をあてる。書物史、文学研究、思想史、文化史などの第一人者が、古今東西の古典を対象として、その作品世界と社会や人間に向けられた眼差しをわかりやすく解説するとともに、そもそもその書物がいかにして誕生し、読者の手に渡り、時代をこえて読み継がれ、さらに翻訳されて異文化にも受け入れられたのかを書物文化史の視点から考える。書物の魅力を多角的にとらえることで、その書物がいかにして世界を読み解く一冊の本としての位置を文化のなかに与えられるに至ったかを、書物を愛する全ての読者に向かって論じてゆく。

二〇一八年十月

シリーズアドバイザー　松田隆美

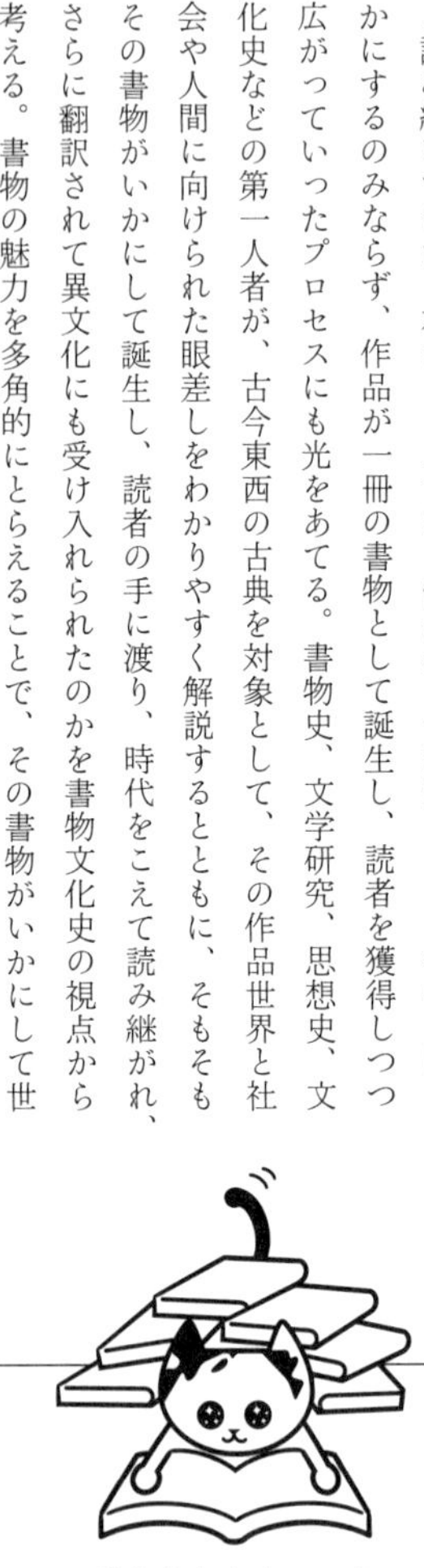

せかよむ★キャット

あたまの模様は世界地図。
好奇心にみちあふれたキラめく瞳で
今日も古今東西の本をよみあさる！